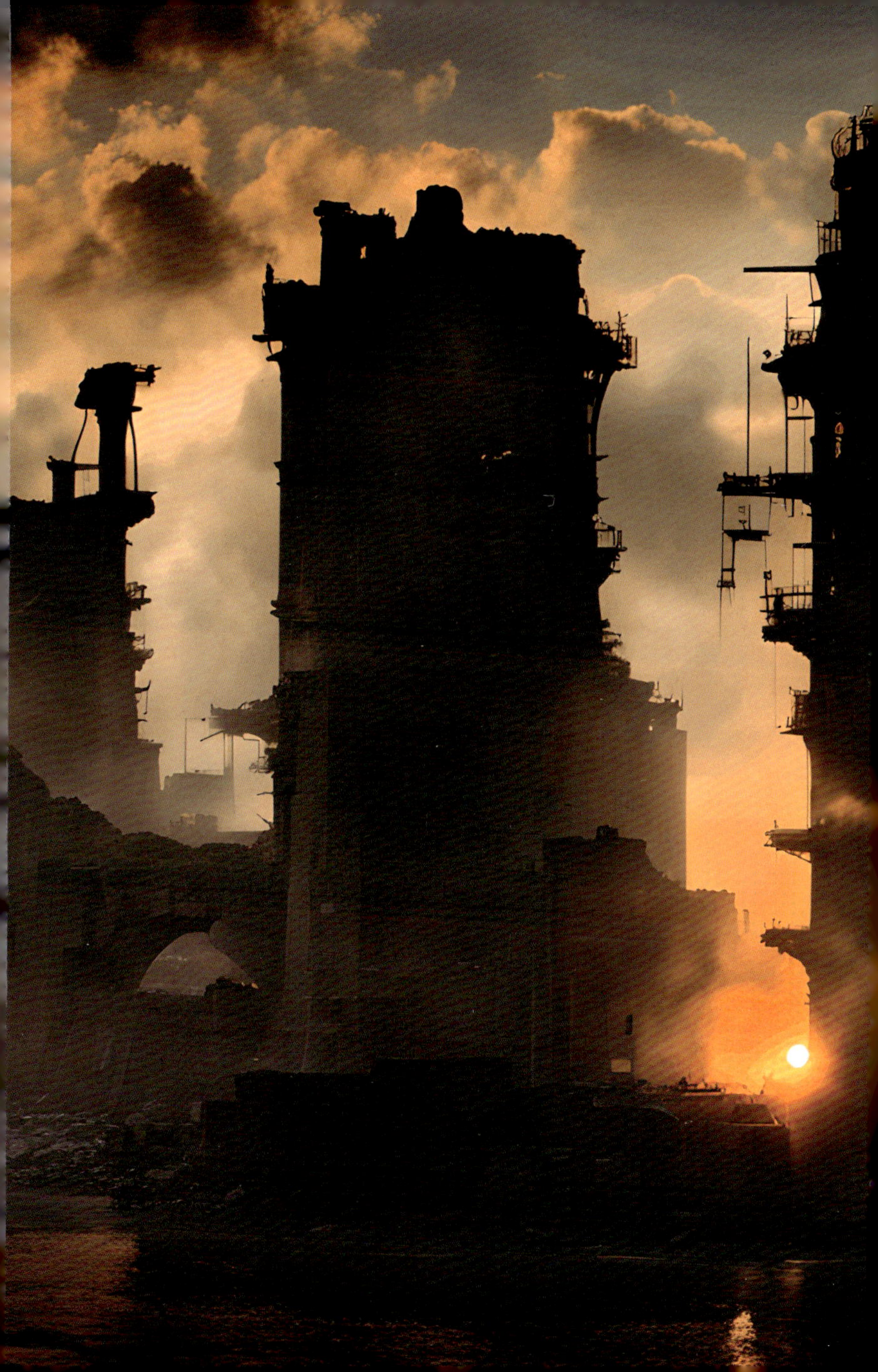

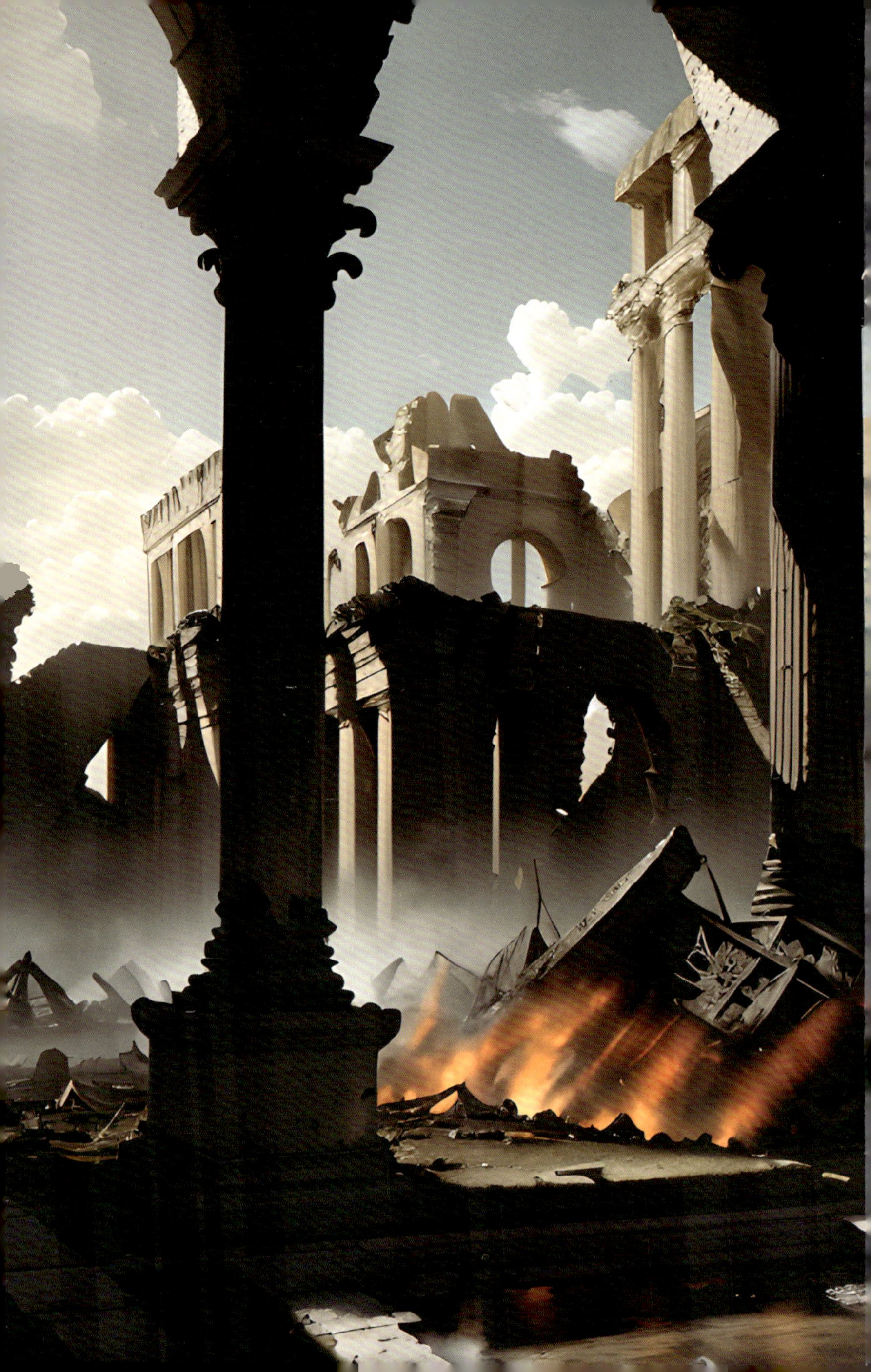

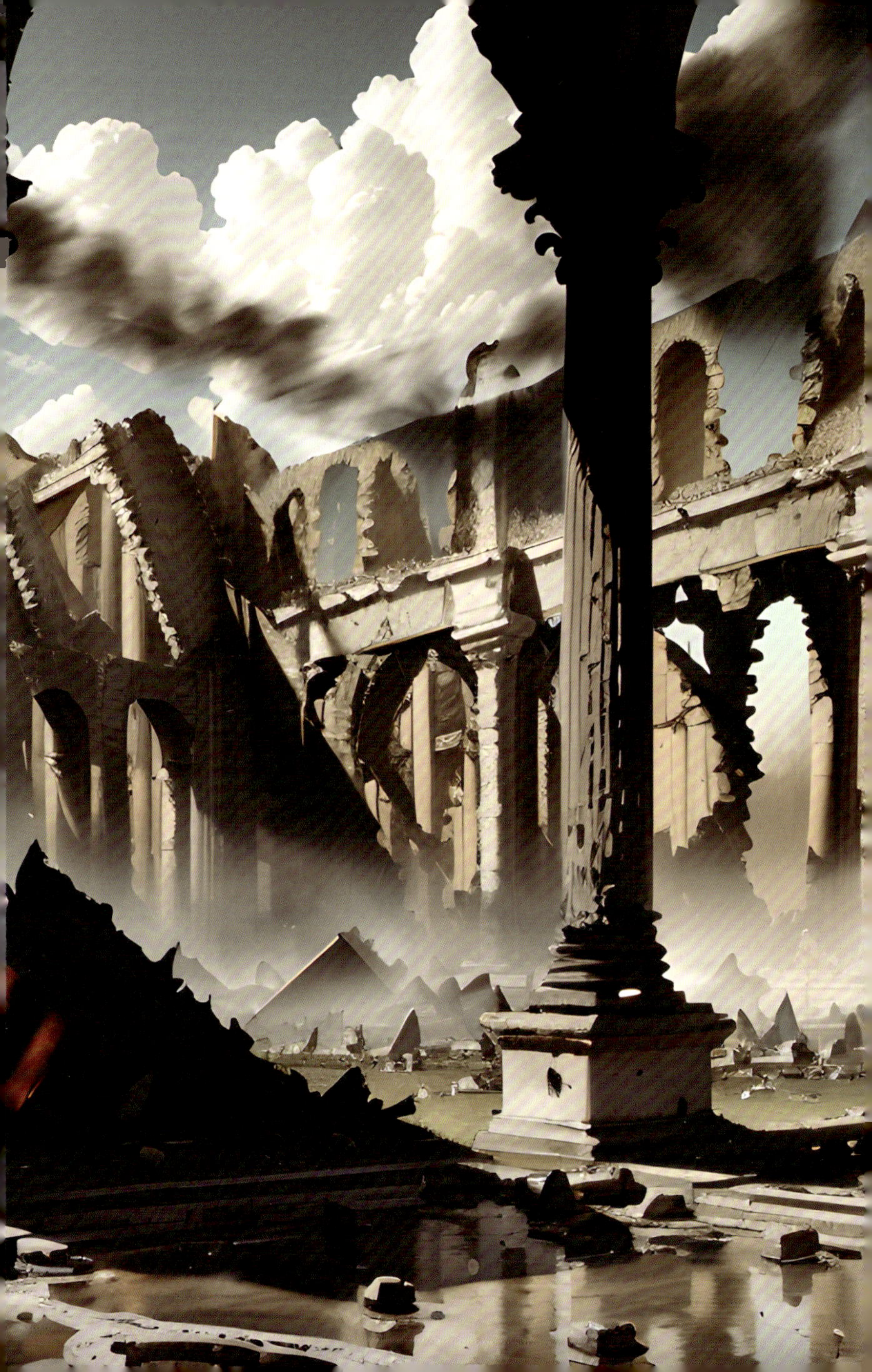

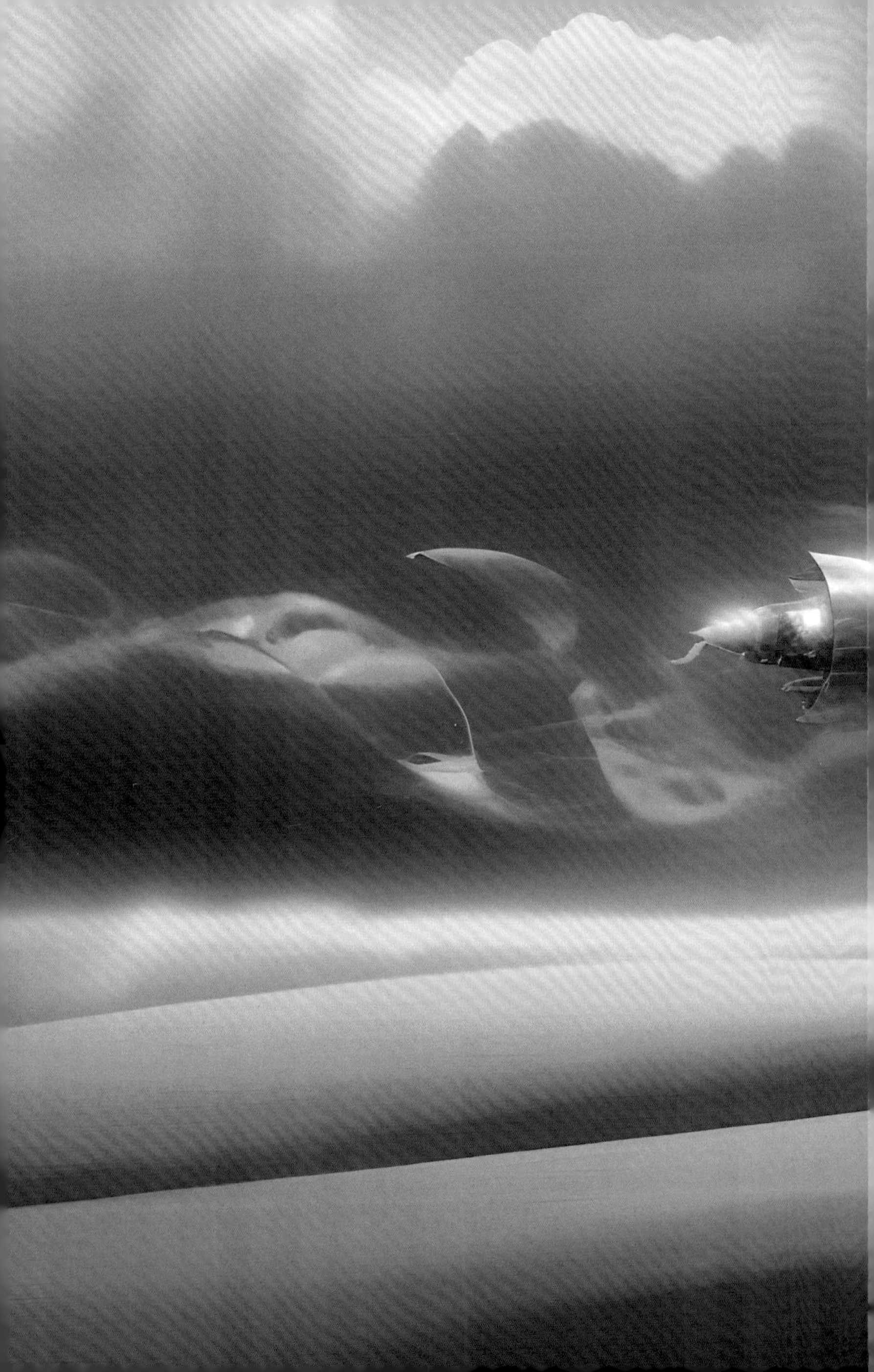

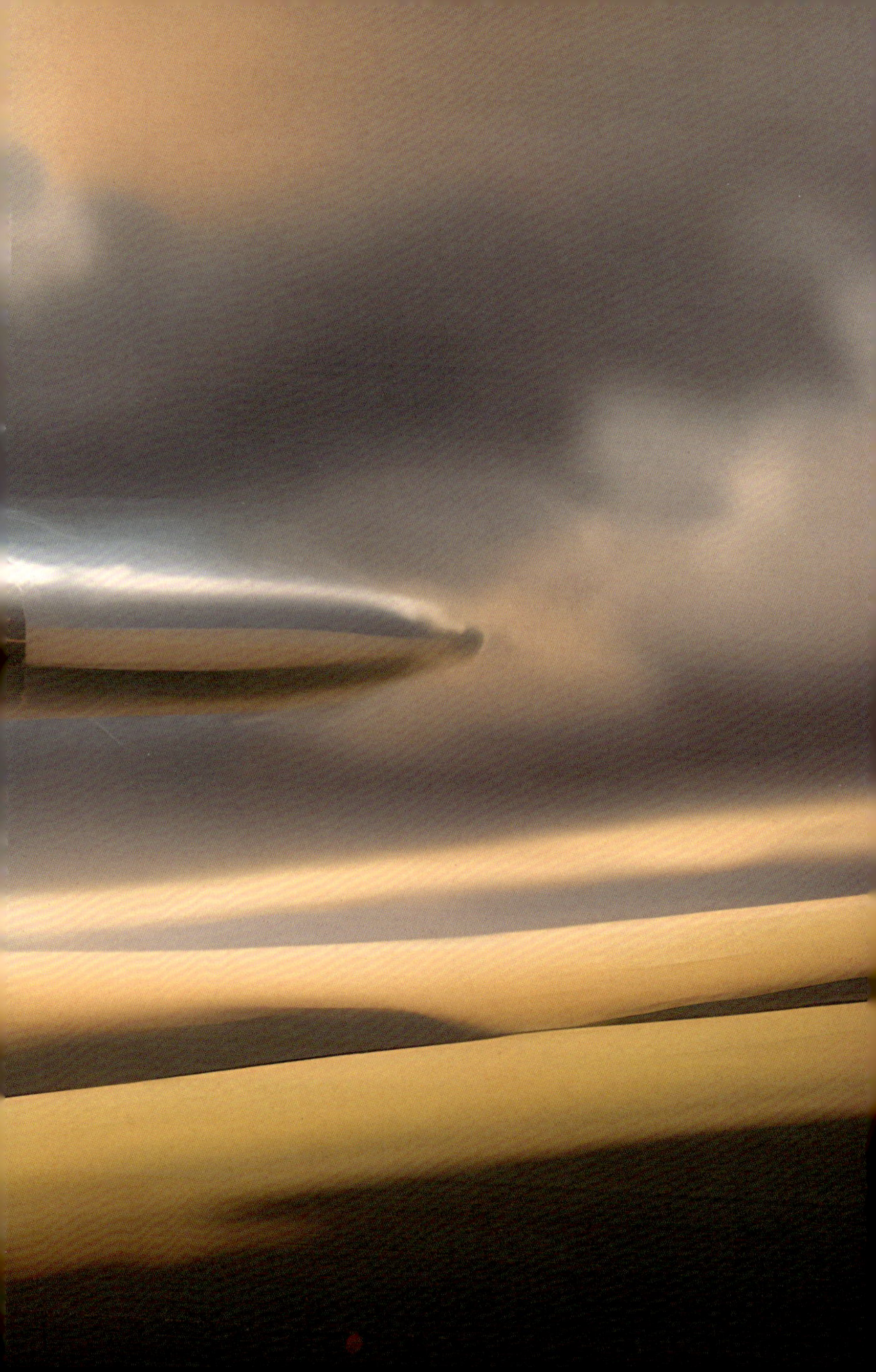

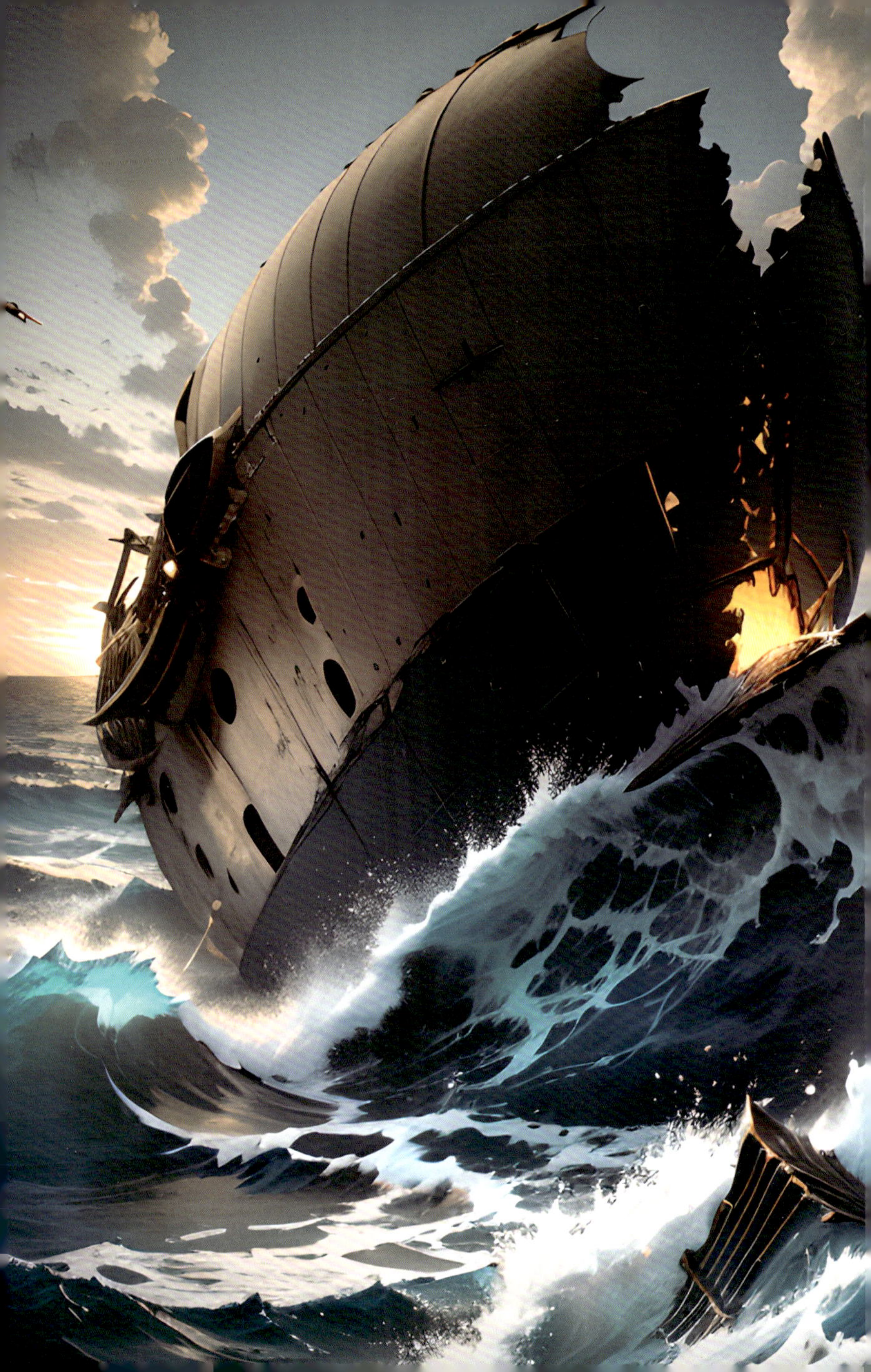

"血与锈"经典科幻系列

图尔之战

[美]保罗·巴奇加卢比 著

平行出版实验室 译

任雨婕 审校

中信出版集团│北京

图书在版编目（CIP）数据

图尔之战 /（美）保罗·巴奇加卢比著；平行出版
实验室译 . -- 北京：中信出版社，2023.8
（"血与锈"经典科幻系列）
书名原文：Tool of War
ISBN 978-7-5217-5772-9

Ⅰ.①图… Ⅱ.①保…②平… Ⅲ.①幻想小说—美
国—现代 Ⅳ.① I712.45

中国国家版本馆 CIP 数据核字（2023）第 112419 号

Tool of War by Paolo Bacigalupi
Copyright © 2017 by Paolo Bacigalupi
Published by agreement with Baror International, Inc., Armonk, New York, U.S.A. through The Grayhawk Agency
Simplified Chinese translation copyright © 2023 by CITIC Press Corporation
ALL RIGHTS RESERVED
本书仅限中国大陆地区发行销售

图尔之战
（"血与锈"经典科幻系列）
著者：[美]保罗·巴奇加卢比
译者：平行出版实验室
审校：任雨婕
出版发行：中信出版集团股份有限公司
（北京市朝阳区东三环北路 27 号嘉铭中心　邮编　100020）
承印者：北京盛通印刷股份有限公司

开本：880mm×1230mm 1/32　　插页：4
印张：10.75　　　　　　　　　　字数：229 千字
版次：2023 年 8 月第 1 版　　　　印次：2023 年 8 月第 1 次印刷
京权图字：01-2023-3260　　　　　书号：ISBN 978-7-5217-5772-9
定价：52.00 元

版权所有·侵权必究
如有印刷、装订问题，本公司负责调换。
服务热线：400-600-8099
投稿邮箱：author@citicpub.com

真正的英雄不是战无不胜，
而是为了正义永远奋不顾身。

目 录

第一章　战略部署　　　　001

第二章　神军落幕　　　　006

第三章　触达！开火！　　015

第四章　拉克号起航　　　018

第五章　噩梦重演　　　　032

第六章　黑暗中的呼吸　　045

第七章　天命战神　　　　050

第八章　袍泽之情　　　　053

第九章　相机里的生物　　059

第十章　鲜血里的荣耀　　073

第十一章　一起走吧　　　075

第十二章　基因溯源　　　092

第十三章　驶入海景　　　100

第十四章　设置埋伏　　　109

第十五章	兽医诊所	113
第十六章	准时就位	121
第十七章	谋，而后陷	122
第十八章	野兽还在沉睡	127
第十九章	卡洛亚的秘密	134
第二十章	梦中的对话	144
第二十一章	他们来了	149
第二十二章	弹已上膛	158
第二十三章	正面厮杀	163
第二十四章	绝地反击	175
第二十五章	别了，拉克号	183
第二十六章	放逐南极洲	189
第二十七章	换血疗愈	197
第二十八章	寻找无畏号	205
第二十九章	两位故友	214
第三十章	外交与战争	226
第三十一章	安全警报	234
第三十二章	不要伤害他！	241

第三十三章	像苍蝇一样死去	251
第三十四章	信任危机	255
第三十五章	准备谈判	259
第三十六章	我们是善意的！	263
第三十七章	攀上北极夜空	276
第三十八章	安纳普尔纳号遇袭	280
第三十九章	为谁而战	293
第四十章	逃生吊舱	300
第四十一章	弑神者	305
第四十二章	故主的驯服	310
第四十三章	吾血之血	315
第四十四章	巨兽觉醒	321
第四十五章	终极援救	324
后记		332

第一章
战略部署

无人机在战争废墟的上空高高地盘旋着。

一周前，还没有无人机的影子。一周前，"淹没之城"还不值一提，更别说派无人机监视了。

淹没之城是被不断上升的海平面和政治仇恨淹没之后，一个碎石遍布、炮火不休的地方。它曾经是一座荣光熠熠的都城，大理石走廊上的原住民统治了大半个世界，但现在就连地图上都难觅其踪，文明人聚集之地就更没有关于它的记忆了。它所统治的历史，它所控制的领土，都随着人们陷入内战而消失，最终被遗忘。

然而现在，一架猛禽级巡检无人机在空中盘旋着。

湿热的气流将它高高托举，送它去调查微咸的丛林和被侵蚀的海岸线。它盘旋着，张开双翼捕捉大西洋的暖风。它的相机扫过野葛蔓生的沼泽和蚊虫滋生的翠塘。它的目光在大理石纪念碑、建筑物的尖顶圆顶和倒塌的柱子上久久停留，这些是这座城市辉煌过往的断壁残垣。

起初，大家觉得相关报道不过是战争难民们的混乱叙述：有个怪物率领童子军屡战屡胜；有头怪兽刀枪不入，能把敌人大卸八块；有个野蛮的庞然大物出现了，无尽的敌人头骨被献祭于它……

起初，没有人相信。

但后来，模糊的卫星照片拍到燃烧的建筑物和行进的军队，证实了甚至最荒诞的说法。于是，无人机来此地寻找。

这只电子秃鹫在高空中懒洋洋地打转，鼓鼓的肚子里装着摄像头、热传感器、激光麦克风和无线电拦截设备。

它拍下过去的瓦砾和野蛮的原住民，窃听一段段无线电通信，分析军队的行动、爆炸的模式，追踪枪声的方向，录下敌军被肢解的过程。

在遥远的大陆的另一端，猛禽级无人机的主人正在接收信息。

一艘巨大的飞艇飘浮在太平洋上空，雄伟壮观。它侧面的名字和军舰本身一样宏伟：安纳普尔纳号。

这艘指挥飞艇和侦察猛禽机之间有四分之一个地球的距离，但信息一眨眼就送达了，还触发了警报。

"将军！"

一位分析师从控制屏幕前走开，眨着眼，擦去她额头上的汗水。梅西耶公司的全球战略情报中心闷热不已，满是计算设备。分析师摩肩接踵，都在各自的工作站上忙于业务，房间里充满了他们工作中的喃喃低语和排气扇拼命散热的嗡嗡声。安纳普尔纳号上的人都认为，高效利用空间、最大化视听比舒适更重要，所以他们都流着汗，却没有人抱怨。

"将军！"这位分析师再次喊道。

一开始，她痛恨自己被派来干这徒劳的差事——她的忙碌全无成果，而她的情报分析师同事们则制止了革命，消灭了叛乱分子，还阻止了锂价和钴价的上涨。他们在食堂、寝室和淋浴间取笑她，起哄说她没有带来任何效益，还提醒她，如果再不为公司的利润做出点儿贡献，她这个季度的奖金就泡汤了。

私底下，她郁郁不乐，觉得他们说得都对。

此刻却不同了。

"卡洛亚将军！我想我看到了一些东西。"

回应的人个子很高，身穿的蓝色制服被熨得平平整整。成排的勋章在他的胸前闪闪发光，标志着他在梅西耶军衔提升之路上的浴血奋战。他已然褪白的金发剪得很短，这是他一生的自律习惯，但他的脸破坏了他整洁的个人形象——粉红色的伤疤和坑坑洼洼、皱皱巴巴的凹陷处被潦草地缝合起来，战地医生已经尽最大努力来保持他苍白的面容完好无损了。

他的脸的确不整洁，但至少算是完整的。

将军从她肩膀上方俯下身来。"看到什么了？"

分析师咽了口口水，将军冷峻的目光令她紧张起来。"我看到强化人了，"她说，"就是您标记的那个。"

"你确定吗？"

"差不多都匹配上了。"她调出了无人机的实时画面，一张凶残的脸塞满了屏幕，"肯定是强化人。"

这张照片颗粒感很重，但考虑到拍摄距离和角度，能如此清晰地呈现这个怪物的样子，已经是科技魔法带来的奇迹了。六米外也是可以拍摄到强化人的——这个怪物高约两米四，肌肉发达，是狗、人、老虎和鬣狗基因的结合，是长着利爪和獠牙、凶残恐怖的战兽。

"那么，老朋友，我们又见面了。"将军低声说道。

这个怪物的一只眼睛受伤紧闭，手臂和脸上还有其他旧伤，看起来就像是在地狱里战斗之后凯旋的。

分析师说："另外，我还拿到了这些设计代码。"她调出了一张强化人耳朵的特写，上面文着几排数字和字母。"这是您想要的东西吗？能匹配吗？"

将军凝视着屏幕，不由自主地抚摸着自己饱受摧残的脸，手指在一条从下巴一直延伸到脖子的皱巴巴的伤疤上摩挲。他脸上的部分血肉已不知所终，留下星星点点的凹陷，好像他的脑袋曾落入巨兽口中。

"长官？"分析师急切地追问，"这就是目标，对吧？"

将军不耐烦地瞟了她一眼。她的制服标签上写着"艾瑞尔·琼斯，通信员"。没有勋章，没有经验，年纪轻轻，又是一个通过梅西耶在保护地安排的技能测试入选安保部队的新兵蛋子。她很有进取心，大概好不容易才脱离某片苦海进入梅西耶，但她不知道真正的战争，不像他，不像屏幕上他们研究的那头野兽。她当然急切了，她还从没参加过战争呢。

"就是他，"卡洛亚将军确认道，"他就是我们的目标。"

"他看起来不太好对付。"

"他是最难对付的目标之一了,"卡洛亚表示同意,"我们有什么利器?"

琼斯查看了一下她的状态屏。"我们可以在二十分钟内准备好两架突击猛禽机。"她说,"我们可以从北大西洋的喀喇昆仑山号上发射。"她笑了,"破坏王听从您的命令,长官。"

"到达目标需要的时间?"

"六个小时。"

"很好,琼斯。突击猛禽机准备就绪的时候知会我。"

第二章
神军落幕

图尔竖起耳朵,追踪着远处的枪声和淹没之城中闲适的交谈声。

声音里有多种语言,图尔全能听懂——AK-47和M-16的扳机声、12号和10号口径霰弹枪的沉闷轰鸣声、30-06猎枪的脆裂声以及5.6毫米小口径步枪的爆裂声。当然,999弹的尖锐之声会穿透一切,为其他所有战斗画上句号。

这是一场熟悉的对话,来来回回——询问、回答、侮辱、反驳。但在过去的几周里,对话发生了变化。淹没之城渐渐只使用图尔的语言,用他军队的弹药术语,用他团里的作战行话。

战争仍在继续,但这些声音正在融合,成为一声和谐的胜利怒吼。

当然,还有其他声音,图尔全都能听到。即使在自己的宫殿中庭,远离前线,他也可以跟进战争。他的耳朵总是竖得高高的,张得大大的,能捕捉到很多人类的耳朵听不到的东西,比狗耳朵还灵敏,同样,他的其他感官也能收集到比

第二章 神军落幕

任何相应的人类感官都多的信息。

他知道他的士兵在哪里。他能闻出每个不同的人。他可以通过感受气流在他皮毛和皮肤间的流动变换来感知他们的动作。他可以在黑暗中看到他们,他的眼睛比暗夜中的猫还要敏锐。

他所领导的这些人类对于大多数事情都是又盲又聋,但他依然率领着他们,并试图将他们塑造成有用之才。他帮助他的人类幼崽去看、去闻、去听。他教他们将各自的眼睛、耳朵和武器结合使用,组成獠牙、利爪、拳头,组成班、组成排、组成连、组成营,成群地战斗。

他要组成一支军队。

透过宫殿裂开的穹顶,图尔可以看到风暴云的腹部闪烁着橙色,反射着肆虐的火焰。神军正在做最后一次绝望的尝试,试图建立一条战线来阻止他的部队进攻,实际上只是在自我毁灭。

雷声隆隆,闪电划过云层,一场飓风正在酝酿。这是数周来的第二场飓风,但它不会来得那么快,无法拯救神军。

图尔听到身后大理石走廊上的脚步声,有人向他匆匆走来。踉跄蹒跚的脚步声告诉他,这是斯塔布。这个男孩坚韧、敏锐、聪明,能勇敢地冲破 K 街上的路障,图尔已将他提拔为指挥人员。

当神军威胁要突围并摧毁他们当时脆弱的希望时,库尔卡特带头冲锋,为此牺牲。他身旁的斯塔布踩到地雷,失去了一只脚,但他自己绑上止血带,在指挥官都已经死去的情况下，依然吃力地向前爬行，鼓舞战友们继续战斗。他勇猛无惧，愿洒热血，敢抛头颅。

是的，是斯塔布——气味是对的，跛行的声音也没错。但还有另一种气味萦绕着这个男孩——刚凝结的血液的气味，应该是铁钉造成了新的腐肉。

斯塔布带来了一条消息。

图尔闭上他完好的那只眼睛，深呼吸，享受着此刻的气味——火药散发着浓烈的味道；风暴即将降临，天气闷热不已，闪电炙烤着空气，带来浓郁的臭氧味。他深深吸气，试图将胜利的时刻永远地刻在自己的脑海中。

他的许多记忆都支离破碎，在战争和暴力中消失了。他的历史是千变万化的图像、气味和翻腾的情绪交织而成的一片混沌，是漫无目的的欢乐和恐惧，其中大部分已被尘封，无从回顾。但这一次，就这一次，他想把这个时刻完整地、永久地记在心里，尝一尝、闻一闻、听一听，让这个时刻填满他，挺直他的脊梁，让他站得高高的，让他的肌肉充满力量。

他要享受这个胜利的时刻。

他曾驻守的宫殿已经成了废墟。它曾恢宏过——有大理石地板、宏伟的柱子、古老的大师级油画和优美的圆厅。现在，他站在一片破碎的穹顶下，站在已被轰炸的墙壁面前，俯瞰他为之作战的城市。他可以一直看到大海，潮水拍打着他正前方的阶梯，雨水溅了进来，在地板上形成了又薄又滑的水洼。炬火在潮湿的空气中摇曳着，为人类提供光明，以便他们能够看到图尔轻而易举就能看到的景象的冰山一角。

一片悲惨的废墟,一个胜利的地方。

斯塔布毕恭毕敬地等待着。

"你带来了新消息。"图尔背对着斯塔布说。

"是的,长官。他们完了。神军……完了。"

图尔的耳朵抽动了一下。"为什么我仍然能听到枪声?"

"只是一些扫尾工作。"斯塔布说,"他们都不知道自己是什么时候战败的,很笨,但他们很顽强。"

"他们真的被打败了吗?"

男孩立刻笑了。"好吧,帕金斯和米塔利给您送来了这个。"

图尔转过身。斯塔布举起了他拿着的东西。

萨克斯将军被砍下的头颅空洞地凝视着周遭,没有身体,十分孤凄。他是淹没之城的最后一位军阀。这名男子的表情在震惊和恐怖之间凝固了。他额头上的绿色保护十字被鲜血弄脏了。

"啊。"图尔拿起这个头颅,在手掌中掂量着。"看来他的唯一真神并没有救他。毕竟不是什么先知救世主。"

很遗憾最后没能到场,错过了将那个人的心从胸口剖出并大快朵颐的机会,错过了从敌人那里缴获战利品的机会。即使是现在,图尔也有强烈的冲动,但杀戮的荣耀是利爪的特权。他现在是一名将军,像曾经别人派遣他那样,他要派遣拳头、利爪和獠牙投入战斗,因此他错过了在战斗中肾上腺素飙升的机会,失去了屠戮的鲜血溅满脸颊的快乐……

图尔遗憾地叹了口气。

致命一击不是我的职责。

尽管如此，作为一名将军，看着另一位将军的眼睛，接受他的投降，还是有一种小小的乐趣。

"'违背自然'，我想你是这么评价我的。"图尔沉思道，"你说我'令人憎恶'。"他抬起头，凝视着萨克斯满是惊恐的死去的眼睛，"说我是'弗兰肯斯坦笔下的拼接怪物，成不了气候'。当然啦，你还说我'亵渎神明'。"

图尔高兴地露出了牙齿。萨克斯到死都生活在否认中，一直相信自己是上帝之子，按照上帝的形象塑造自己，以受到神圣的保护，免受图尔之类的东西的伤害。"看来他的唯一真神最喜欢亵渎。"

即使是现在，图尔也认为他能从这位死去的将军的眼中看到一丝否认——萨克斯被迫与被设计得比自认为得到保佑的可怜的人类军阀更迅速、更聪明、更坚韧的生物战斗，认为这很不公平。

单纯的萨克斯并不理解，图尔被不断优化，极能适应杀戮生态系统。图尔的神对现代战争的兴趣远远超过了这个伤心人对神的膜拜。这就是竞争和进化之道。眨眼间，一个物种取代了另一个物种：一个进化了，另一个灭绝了。

即便是将军，也并不一定了解进化的概念。

有些物种注定会被淘汰。

沉重的轰隆声震天动地，是图尔的999弹发出来的。宫殿的地基都在颤抖着。

整个城市安静了下来。

一直安静着。

斯塔布惊讶地抬起头看着图尔。图尔抽动着耳朵倾听，却什么也没有听到。没有枪声，也没有迫击炮发射声。图尔竭力运用着他的感官。风暴带来了一种强烈的期待感，仿佛在等待暴力的恢复，然而现在，淹没之城归于沉寂。

"结束了。"斯塔布充满敬畏地低声说道。然后他提高了嗓音说："淹没之城是您的了，将军。"

图尔对男孩深情地笑了笑。"一直都是。"

周围，图尔指挥的人员中，年轻人都停下了手中的事情，包括正在进行中的任务。他们都在倾听，都认为会有新一轮的暴力，却都只听到了和平。

和平。在淹没之城。

图尔深深地吸了一口气，品味着这一刻，然后停了下来，皱着眉头。奇怪的是，他的部队散发的不是胜利的气息，而是恐惧的气息。

图尔仔细地端详着斯塔布。"怎么回事，士兵？"

男孩犹豫了。"将军，现在该干什么？"

图尔眨了眨眼睛。

现在该干什么？

在那一瞬间，图尔发现了问题。看看他这些指挥人员，他们都是最优秀、最敏锐、最精良的属下，这无可厚非，从他们的表情和气味就能判断出来。斯塔布，一个勇敢的人，即使腿被摧毁了也照样战斗；萨沙是拳头里的那个铁手套，甚至连最冷峻的新兵都被他吓坏了；阿礼欧非常擅长国际象棋，因此图尔将他招入中央司令部；莫格和莫特这对金发双胞胎是闪电利爪的负责人，勇敢无畏，有在炮火下即兴发挥的天赋。

这些年轻人足够聪明，知道谋定的冒险和鲁莽之间的区别，但他们都未满二十岁。有些人脸上还没开始冒胡子。阿礼欧甚至都不到十二岁……

他们都还是孩子。

淹没之城的军阀们一直都很重视年轻人的可塑性。孩子们天生忠厚，很容易就能让他们习惯于为一个明确的目标努力。所有淹没之城的士兵都是在他们年轻时被招募的，很早就被洗脑了，被灌输了意识形态和绝对真理。他们无须辨识细微差别，也无须产生自己的见解。他们只知道对与错、叛徒和爱国者、善与恶、入侵者和原住民、荣誉与忠诚。

还有正义感。

炽热的正义感很容易在年轻人身上培养出来，因此年轻人就是出色的武器，是完美狂热的杀戮工具。对世俗的简单理解使他们被打磨成无比锋利、易于放血的刀子。

并且，他们会服从到最后一刻。

军事科学家设计图尔，就是融入了恭顺物种的基因，通过基因控制和无情的训练令他盲目服从，像奴隶般忠诚。而根据他的经验，年轻人的可塑性还要高得多。他们甚至比狗更听话，真的。

而他们一旦获得自由，就会感到害怕。

现在该干什么？

萨克斯将军的头仍在图尔手里，他皱着眉头看着它。当所有对手都被斩于剑下之后，这把剑该再干些什么？当一把枪不再有敌人可扫射的时候，它还有什么用？在没有战争的情况下，士兵的意义何在？

图尔把那个血腥的战利品递还给斯塔布。"把它和其他那些码在一起。"

斯塔布小心翼翼地抱着那颗头。"然后呢？"

图尔想冲着他号叫。自己摸索吧！建立你们自己的世界！你们的同类建造了我！为什么我必须建造你们？

但这种想法并不友善。他们还是原来的他们。他们受到的训练就是服从，因此没有指令便迷失了方向。

"我们要重建。"图尔最后说道。

士兵们脸上洋溢着宽慰。他们再次从不确定性中被拯救出来。他们的战神甚至已经做好准备迎接"和平"这一可怕的挑战了。

"传令，我们的新任务是重建。"图尔提高了音量，"淹没之城现在是我的。这是我的……王国。我会让它蓬勃发展。我们会让它蓬勃发展。这是我们现在的使命。"

就在他这么说的时候，图尔还在想是否可以做到。

他的爪子能把肉撕碎，他可以拿枪屠杀大量的人，他的牙齿能把骨头碾成粉。带着他的拳头强化人，他可以入侵一个国家，出现在外国海岸大肆屠杀，让鲜血遍洒，大获全胜——但一场和平战争是怎样的呢？

一场没有人死亡，以人人吃饱肚子、家家炊烟袅袅为胜利标志的战争，是怎样的呢？

是农场上的丰收吗？

图尔翻起嘴唇，露出老虎的牙齿。他厌恶地咆哮着。

斯塔布匆忙撤退。图尔努力控制着自己的表情。

杀人很容易。任何一个孩子都有可能成为杀手。有时最愚蠢的人反而是最好用的，因为他不太理解自己所面对的危险。

但是务农呢？耐心地犁地？翻土？播种？懂得这些事情的人在哪里？明白该如何耐心、安静地完成这些事情的人在哪里？

他们要么死了，要么逃走了。他们中最聪明的人早就走了。

他需要一个完全不同类型的指挥班子。他需要想办法引进培训师、专家，一个由知道该如何设计生命，而不是设计死亡的人类组成的拳头……

图尔的耳朵竖了起来。

淹没之城的宁静被一个声音打破——一个从高空传来的鸣笛声。

一个可怕的，几乎快被忘记的声音……

但很耳熟。

第三章
触达！开火！

"突击猛禽机已就绪，将军。"

"找到目标了吗？"

"目标锁定。破坏王5弹，上膛。破坏王已进入发射轨道。"

"所有发射轨道，任意发射。"将军说。

分析师惊讶地瞥了一眼。"所有吗，长官？这……"她犹豫了一下，"会有很多附带损害，长官。"

"确定。"将军坚定地点点头，"非常确定。"

分析师点了点头，敲了敲她的键盘。"是，长官。整整六组，长官。"她又对着自己的通信器说："弹药控制，确认——六组将打击。卡洛亚将军请确认。"

"六组将打击，已确认。六组破坏王。"

"六组，向上。六组，带武器……"她又敲击了一些按键。"进入轨道……导弹已发射，长官。"她抬起头来，"破坏王还有十五秒触达。"

分析师和将军都向前探了探身子，看着电脑屏幕。

监视器上布满了彩虹般的红外信号。泥泞的红色、蓝色和炎热的紫色。人类部队的小热点主要是橙色和黄色的，强化人所在的地方有一大块红色。

分析师观察着。有相当多的热量特征。最可能是强化人指挥的人员。军队里的人都在做自己的事，不知道死亡正在向他们袭来。

突击猛禽机的镜头可真是精确啊，人们只要一靠在桌子上，分析师就能辨识他们手掌的余热。一名战士赤足在国会大厦古老的大理石地板上走过，热量特征显示，他的脚印如幽灵一般出现又消失了。远远看去，如此平静。寂静又不真切。

那个强化人正站在其他几个士兵旁边，可能正在下达命令，也可能正在接收一些情报，但没有人意识到，他们即将被从地球上抹去。

"还有十秒。"她低声说道。

卡洛亚将军倾身向前，坚决地说："好吧，老朋友，这次让我们看看你怎么逃走。"

进攻监视器开始了倒计时。"五……四……三……"

那个强化人一定感觉到了危险，开始移动。当他运动起来时，热量在他的身体内涌动着。

分析师漫不经心地想："他们被设计得太警觉了。"所以，即使到了现在，这头战争野兽也还在努力活下来。这就是强化人的本质。他们是为了战斗而生的，即便战斗已经变得徒劳。

屏幕开始闪耀。

红色、橙色、黄色——

白色。

灼热的白色。比一千个共同燃烧的太阳还要明亮。更多的撞击接踵而至。随着被导弹击中,目标开始一个接一个地闪烁。

巡检无人机上的热量记录仪闪烁到黑色,被释放出来的地狱般的热量淹没了。

"触达,"分析师宣布,"六组破坏王,触达。"

第四章
拉克号起航

玛丽亚躺在拉克号的甲板上。真奇怪,她记得自己明明是站着的,但现在她却是躺着的。

不对。她并不是躺在快速帆船的甲板上,而是倚在舷窗旁边的舱壁上。也不对。她是躺在舱壁上。事实上,整艘船并不是立着的。

我的船侧翻了。

玛丽亚仰头望着翻滚的橙色云层,试图搞清楚目前的状况。

拉克号侧翻了。我的船不是立着的。

玛丽亚又思考了一阵。她周围的世界有种超越现实的遥远之感,她仿佛是透过一根非常长的管子在窥探着一切。

还很灼热。

异常灼热。

星星点点的火焰环绕着天空,着火的鸦雀疯狂地打转。燃烧的碎片在狂风和烈火中翻飞着,明亮而混乱。

刚才她还在监督一幅用帆布包裹着的画作的装载工

作——那是一幅加速时代的杰作,她想在飓风雨变得太大之前将它固定在货仓里——现在她却在躺着,凝望乌云腹部跳动的火光。

她觉得需要采取些紧急行动了,但她身上很痛,后脑勺也疼。她把手探到后面摸自己的伤口,结果头磕到金属,疼得她嘶的一声。

命运女神哪,她太混乱了,都忘了自己很多年前就被神军的小战士们砍掉了右手,在海景装了假肢。玛丽亚犹豫地举起左手触碰头皮,用有触感的手指摸索着。

肿了个大包,但好像没有伤口。头骨没有裂开,大脑也没有变成海绵状。她又查看了手指,也没有流血。

拉克号缓缓立了起来。玛丽亚开始往下滑,经过了舷窗,甲板向她迎面冲来。她想做好着地准备,但双腿瘫软无力,她狠狠地摔在了碳质甲板上。

终于,这艘快速帆船完全恢复了平直状态,晃动着,甲板上的海水倾泻而出。

玛丽亚艰难地动了动自己的脚,一时有些担心自己出现了脊柱损伤。求求了,让我的腿好用。她集中精力动了动一只腿,长舒一口气。另一只腿也能动。她抓住一个舷窗的边缘,撑着站了起来,呻吟着。她的身体像木偶一样,四肢像木头,没有牵线,但她终于站了起来,蹒跚着走到栏杆处。

"人都去哪儿了?"

他们被一个巨物击中了。如果是范,会说这是个"史诗级巨物"。也许是999弹的流弹,就这样从天而降,砸到了他们？但这没道理啊，现在只有图尔用999弹，而图尔的兵都训练有素，不会犯这种错误。

玛丽亚向船的纵深处望去，审视着拉克号——她美丽的船。除了被泡过的甲板仍在滴水之外，这艘快速帆船看起来一切正常。

"有人受伤吗？"玛丽亚嘶哑着喊道，"阿尔玛迪船长？奥乔？"她发现鞋盒子跟跄着向她走来，茫然地瞪着眼睛。她抓住他的胳膊，把他拉了过来。

"你知道奥乔在哪儿吗？"她自己都听不到自己的声音，但鞋盒子似乎听懂了。他点了点头，一瘸一拐地离开了。希望他是找奥乔去了。

尘屑倾盆而下，尖利的黑色塑料碎片燃烧着，从暴风云的暗处飘落。玛丽亚顺着尘屑的方向往天空看去，找到了它们的来源。

"宫殿。"这次她听到了自己的声音。

宫殿所在的地方，黑色的烟柱滚滚耸入天空。她遮住火光，眯缝着眼，感受到了强烈的光和热。整个宫殿都被夷为平地，邻近的建筑也是一样，甚至通往宫殿的大理石楼梯都凹陷了，熔岩在流淌……

熔化了？

就像深水基督徒希望非信徒统统下地狱一般，连宫殿前的湖泊都着火了。

怎么水都能着火？

附近有人尖叫，但不像人的声音，更像是动物的声音。

玛丽亚的听力明显恢复了。现在她可以听到火焰的咆哮声、被烧伤者的尖叫声以及码头下的士兵们喊出的指令。火势正在蔓延，吞噬了相邻的建筑物。火异常狂怒地燃烧着。越来越强的暴风将火焰掀得更高了。一股热浪和烟雾袭来。

"损害报告在哪儿？"玛丽亚再次大喊道。她咳嗽着，掩面避开烟雾。奥乔跟跟跄跄地走上甲板。他的前额上有一道血迹斑斑的伤口，但他还能动。他穿过烟雾向她走来。

"他们袭击了宫殿。"他在她的耳边大喊道。

"我看到了，"玛丽亚大喊着说，"谁干的？"

"不知道。范说有东西从天上掉下来了。一大堆火针。"

"神军？"

"不可能。"奥乔说，"图尔已经制伏他们了。"

图尔。一股令人作呕的全新的恐惧充满了她的内脏。他在里面。在宫殿里。她太蠢了，没能早点儿看出来。图尔被杀了。她再一次想起自己在淹没之城中的孤军奋战。当时的她没有盟友，被小战士们包围着⋯⋯

玛丽亚抓住船舷，抵御着恐惧。她想起自己曾趴在泥地里，向命运女神、卡利-玛丽慈悲神、深水神以及所有其他宗教的神或圣人祈祷，希望小战士们在枪杀那些同她一样的弃儿时不会注意到她。她想起自己在淹没之城外的沼泽里艰难跋涉，饥饿又孤独。她想起自己抓蛇来吃，想起她发现了一个村庄，里面的每个人都被屠杀了。小战士们按住她，高高地举起一把砍刀，砍掉了她的右手⋯⋯

然后她遇到了图尔。

多亏了图尔,她才从淹没之城的内战中逃脱,然后又搭乘拉克号返回城市,从事打捞工作。多亏了他,她才得以逃脱并为自己创造了新的生活。

现在,一切都瞬间被炸成了碎片。

奥乔显然也意识到了同样的事情,在回忆里陷入震撼。那时淹没之城还处于混乱之中,而他是联合星际部队的一名小战士。"命运女神哪,"奥乔说,"这个地方即将分崩离析,一切都将回到……"

地狱。

拯救淹没之城于混乱之中的那个人,刚刚被烧成了灰烬。曾经保护他们并让他们得以顺利做生意的那个人,已经走了。

玛丽亚内心有个声音想为不公而尖叫——我们都快打赢了,但还有另一个声音,也是更理智的声音,让她在最糟糕的岁月里得以存活下来的声音,告诉她"没关系"。她不能再耽误时间了。

"我们能起航吗?"她问,"我们能离开这里吗?"

"我去问问阿尔玛迪,看她觉得这艘船还能不能航行。"奥乔开始往船桥的方向跑,然后停下片刻,向头顶上方呼啸翻滚的雷暴乌云挥了挥手。"暴雨得多大,才能阻止你冒险?"

玛丽亚冲他凄然一笑。"你觉得我们要是留在这儿的话,图尔之前的军队会让我们保留拉克号吗?"

奥乔的脸上闪过一丝绝望。"命运女神哪。只有一次……"

奥乔把说了一半的话咽了回去。他神色冷峻,"我会搞定的。"

他疲惫地向她行了个礼,最后一次瞥了一眼燃烧中的宫殿,然后跑向船桥。他是一个幸存者,就像玛丽亚一样。他很稳定。即使在一切都崩溃的时候,他也很稳定。有了他在身后,玛丽亚可以假装自己有力量继续前行。他们都可以欺骗对方,让对方相信自己很强大。

更多的船员从船舱里爬出来:奥乔指挥的前联合星际部队士兵,还有阿尔玛迪船长的水手。水手们已经在告诉士兵们该做什么了,他们都在努力让自己搞清楚状况。

两名水手背着阿尔玛迪的大副阿姆津·洛尔卡上来了。他的胸部插着一块金属碎片,玛丽亚不需要凑近看就知道他已经死了。

阿尔玛迪在哪里?

码头上,图尔的部队正在努力控制混乱的局面,各小队士兵组成了群队。他们是图尔的拳头、利爪和獠牙。小型生物柴油艇已经发动引擎,穿过宫殿前辽阔的矩形湖泊,加速驶向袭击区,在火焰中盘旋,寻找根本不存在的幸存者。

部队目前看起来仍然运转良好,但一旦图尔死亡的事实浮出水面,争夺控制权的战斗就会再次开始。所有那些被图尔征服,被迫加入他军队的指挥官及其部队和派系都会分崩离析。

然后那些人会奋力补上他的空缺。

如果不是这样,那么也许还会有某个聪明的中尉或上尉决定,是时候彻底离开淹没之城,将拉克号据为己有了。

不管怎样,到那时她都需要跑得远远的。

狂风的势头更猛了,火势持续蔓延着。宫殿的废墟在烈烈熔岩里闪着光。

就在数小时前,她还在那里面,在图尔的物流供应处领取运送军火的酬金,并在通行证上盖章,要帮他们把新的货物运出去,包括绘画、雕塑等——这些古老的博物馆物件都会运往海景的艺术市场。

如果那天有任何差池,她就可能还待在那里,就坐在图尔和他的军官身边,听他们策划如何袭击神军。

此时此刻,她可能早就化成了灰,融入了火焰,或是变成了一缕烟,要升天去见那些图尔声称属于自己的战神了。

奥乔带着阿尔玛迪船长回来了。船长身材高大,仪态威严,以淹没之城的标准来看,她算是老人了。

至少三十五岁了。

玛丽亚和奥乔的士兵们带着他们的第一批艺术品和历史文物逃离淹没之城后,玛丽亚用所得购买了拉克号,然后雇用阿尔玛迪和她的船员来管理这艘船。这一安排对所有相关人员都有好处,只是偶尔也会有些争议。

从阿尔玛迪的表情来看,奥乔激怒了她。玛丽亚瞥见另一个人跟在他们后面,他的耳朵是电子植入物,闪着蓝色的幽光,这标志着他是奥乔的兵。尽管周围一片混乱,或者说,正因为周围一片混乱,范咧嘴笑着,情绪高涨。这个男孩很小就参战了,所以他的脑子有些奇怪。

"你看到那些东西袭击的场面了吗?"范几乎无法控制

他自己,"残暴的史诗级砰砰砰!"他远远地靠在栏杆上,凝视着远处的火焰,"火针,砰砰砰,好家伙!"

玛丽亚没理他。"这艘船是怎么回事?"她问阿尔玛迪。

船长还没来得及回答,奥乔就说道:"船长说我们沉不了,可以出发。"

阿尔玛迪瞪了他一眼。"才不是。我说了,我们遭到了严重破坏,而且我还在收集报告中。"

"她说了,我们不会沉的。"奥乔说。

"因为我们现在没有下水,"阿尔玛迪抗议道,"我可没说驶入三级风暴之后我们还能活着!"

"可我们不一定会碰上三级风暴啊。"奥乔说。

阿尔玛迪又瞪了他一眼。"风越来越大了。我从不赌天气,所以我还活着。我不是个鲁莽的孩子。"

"我们失去了海兹。"奥乔说,"爆炸的时候他撞到头了,头破血流,失血至死。还有,阿尔玛迪也失去了洛尔卡。"

阿尔玛迪的表情说明,洛尔卡是一名经验丰富的水手,她在最需要他的时候失去了他,而对于海兹,她根本不关心。

"还有其他人吗?"玛丽亚问道。

"其他人?"阿尔玛迪瞪大了眼睛,"这还不足以让你停下来吗?我甚至还没来得及点名呢。我还得好一阵才能弄清楚我们是否适合出海,更别说直面暴风雨了。"

玛丽亚特别想要去摇醒这个女人。难道你看不见这里马上就要崩溃了吗?不过,她并没这样做,而是将自己的假手伸到了阿尔玛迪的面前。

"看看这个。"她转动着人造手,向船长展示了其骨骼般的机械结构、蓝黑色的钢铁和微小的嘶嘶作响的关节。"我失去这只手的时候,还说自己运气挺好。你看看范,"她指着倚着栏杆的范——他的电子植入物的蓝色幽光在风暴渐浓的昏暗中越来越显眼,"你看到他们对他的耳朵做了什么吗?"

"你不知道会发生什么——"

"我只知道那些等着弄明白真相的人会遭遇什么!外面所有那些士兵,他们来自至少五个不同的军队!你觉得他们喜欢彼此吗?你觉得他们在乎对方吗?他们只是害怕图尔罢了。他们都效忠于图尔。可现在他走了。眼下,图尔手下的大概二十个上尉都要开始为自己考虑:考虑他们想要什么、考虑他们信任谁、考虑他们仍然憎恨谁。他们停止战斗并不是因为放下了憎恨,而是因为图尔命令他们这样做。现在他不在了,我保证他们每一个人都想要这艘船,而他们中没有一个人想要我们。"

"飓风只是想杀了你,而这里的战争蛆虫呢?"范敲了敲自己的电子植入物,"他们想把你撕成碎片。"

奥乔一顿猛点头。"只要有任何办法可以航行,我们就试试,船长。"

阿尔玛迪从燃烧的城市里望向天空,看着滚动的乌云,一脸苦相。"等我先拿到剩下的损害报告,再看看能做什么吧。"

"我们没有时间了。"玛丽亚催促道。

"是你雇用我负责这艘船的!"阿尔玛迪情绪突然失控,"我们说好了,在涉及航行问题时,让我做决定。你负责贸易,我负责拉克号!"

奥乔意味深长地看着玛丽亚。她知道他在想什么。他会叫来几个小战士,拿枪指着阿尔玛迪,用在淹没之城里的方式解决问题……

玛丽亚给了他一个警告的眼神。还没到时候呢。

奥乔耸耸肩。你说啥就是啥吧。

事实是,拉克号的船员是阿尔玛迪的。虽然是玛丽亚付他们的工资,但他们只对阿尔玛迪忠诚。船员意志不坚定的话,是完全无法在飓风中生存下去的。玛丽亚缓和了语气。

"我为洛尔卡感到遗憾,真的很遗憾。你说得对,你比我们更了解这艘船。但我们了解淹没之城,一旦战斗再次拉开……"她摸了摸自己的假手,"有些事情比风暴更糟。"

"我不知道,我的确不知道,但我会尽快评估损害,然后我们再谈。"她摇着头大步离开了。

玛丽亚抓住奥乔的胳膊。"跟她一起去,我们最好能沿着海岸线航行一小段路程,在狂风暴雨最肆虐之前找到一个隐蔽的停泊点……只要能离开这里,怎样都行。说服她。"

奥乔使劲点了点头。"这就去办。"

"也看看到底是什么样的风暴!"她喊道。

"谁在乎呢？"范问。"一级风暴、二级风暴、三级风暴、四级风暴、五级风暴、六级风暴……都比脑袋挨枪子儿要好。如果这个女的不出航，我发誓我会割下她的耳朵，让她感受一下淹没之城的生活。"

玛丽亚瞪了他一眼。

"我开玩笑的！"范举起双手辩解道，"只是开玩笑！"

范追着奥乔和船长离开后，玛丽亚又回过头去看还在燃烧的宫殿。

毁灭触目惊心。就像图尔的战神把一个巨大的火拳猛烈地砸向宫殿，没有任何东西还能屹立，没有任何生命还能存活。一切都被摧毁殆尽了。

很难相信图尔已经不在了。她还记得，她被一群科伊狼攻击，他消灭它们之后蹲在丛林里的样子。血从这个凶残的半兽人的下巴上流淌下来，他用巨大的拳头递给她败将科伊狼的一颗新鲜的、热乎乎的心，邀她与他结盟，建立真正的联结。

群队。他是这样称呼的。他曾经是她的群队，她也是他的群队。在她看来，他比自然界的一切生物都更强大。

可现在呢？他化为乌有，蒸发殆尽，什么也没有留下。

她想要奔向高耸的火焰，想去寻找他，想象自己能拯救他。她欠他太多了……

"别告诉我你打算过去。"

奥乔回来了。他冷静地观察着蔓延的火势，观望着用力很猛却不太有效的救援。

玛丽亚咽了口口水,强迫自己压抑住悲伤。"不,我不会去的。"

"那就好。因为刚刚有一秒钟的时间,你看上去就像个会徒然赴死的战争蛆虫。"

"我才不是呢。"她再次咽了口口水。现在还不是悲伤的时候。图尔已经死了。他会嘲笑她没有战略思维。"没有人去了能活着回来。"

"船长说我们可以起航了。"奥乔说。

"你扭她胳膊啦?"

"可能扭了一下吧。"奥乔耸了耸肩,"我们要沿着海岸线找一个隐蔽的停泊点。一切顺利的话,要航行几个小时。她觉得应该能避开最恶劣的风暴。"

"挺好。"玛丽亚离开栏杆,"那我们走吧。"

"我们还会回来吗?"

"你觉得呢?"

奥乔凝视着这个遭到严重破坏的城市,做了个鬼脸。"太糟了。这可真是一趟'好'差事啊。"

"是啊,"玛丽亚苦笑着,"没有什么是永恒的,对吧?"

"没错。"

玛丽亚不知道她的表情是否像奥乔一样冷静。两个人都在努力让自己看起来很坚强。

几分钟之后,船帆开始升起,机械滑轮嘎吱嘎吱地响着,缆绳穿过损坏错位的滑轮。碳纤维尼龙船帆飘展开,先是鼓起,随后咔嗒一声绷紧,满满兜载着狂风。

天空中乌云密布，风吹过甲板，大雨倾盆而下，拍打在波托马克河灰色的波浪上。

瓢泼大雨中，玛丽亚依稀辨出斯托克、斯迪克、伽马和森特，他们都在努力解开船绳。玛丽亚努力从麻木的状态中清醒过来，跑过去帮忙。绳索从防滑钉上脱落了。

拉克号开始移动，顺风而行。

这艘快速帆船是人类工程的奇迹，即使在恶劣的天气中也能航行。但是，玛丽亚在祈祷，希望这艘受损的船能够承受住即将到来的风暴。

这艘美观、流线型的快速帆船加速前进着。码头上，小战士们看着他们离开。有些人指指点点，似乎在想他们是否应该阻止这艘即将驶离的船，但还没有人发出命令。他们也不知如何是好。

拉克号奋力前进着，划破灰色的浪花，船帆鼓满雄风。海浪起伏，玛丽亚和船员赶快把船加固好，准备应对风暴。

忙碌的他们都没有注意到，一块残骸出现在船尾，像一根木头似的浮在水面上。它钩住船体，像缠结的海带一样拖在后面。应该是被遗忘的垃圾，很快就会脱离船体。

然而，"它"却开始往上爬了。

"它"双手交错，从容不迫地从水中升起，动作很慢但很坚定，从深水中一点一点靠近，最终悬挂在快速帆船的船尾栏杆上。

那东西状似野兽，扭曲可怖，紧抓着船尾不放。"它"全身烧焦，皮肤溃烂，好像从地狱归来。尽管下着瓢泼大雨，仍能听到这只重生的怪物嘶嘶作响,散发着巨大的热量。

船在不断高涨的海浪中颠簸前进着。"偷渡者"浑身发黑,浑身冒烟。

狂怒地燃烧着。

第五章
噩梦重演

"敬血,"卡洛亚将军低声说道,"敬血和那段历史。"

敬噩梦终结。

他端起一杯干邑,对着客舱窗外的景色举杯。

六千米之下,广阔的太平洋铺展开来,如一条月光织就的毯子。站在卡洛亚的高度,他仿佛置身于另外一个星球,俯瞰着水银般闪闪发光的海面——一个黑暗且尚未被发现的地方。

很多方面都是如此。加速时代结束后,大半个世界都在倒退,在干旱、洪涝、飓风、流行病、作物歉收等灾难中崩溃。饥饿肆虐,难民遍野,广阔的土地需要人类重新探索。

是他带着人们探索。三十多年来,他开拓了新的疆域,平息了动乱,也让混乱之所得到了梅西耶的有序治理。

他的客舱很大,与他的级别相称,里面遍布着他打胜仗的标志:一块纪念攻打北非控制苏伊士运河的地毯;一把用鲸须雕刻的匕首,是西北通道控制权之争的战利品。法国农业战争时期的白兰地光洁明亮,它下面的架子上摆满了纸质书，都是克劳塞维茨、莎士比亚等人的作品，其中一些已是相当古老——考虑到独角鲸级飞艇的空间和载重有限，它们就更显豪华了。

安纳普尔纳号满载近五千人。其中指挥员和工程师五百人，还搭载着一支两千人的海军闪攻特遣队。飞艇上设有无人机和发射设施、后勤部、指挥部和情报中心，而这些都由卡洛亚监管。

有电子眼和电子耳保持与卫星、部队和舰队之间的通信，卡洛亚将军站在安纳普尔纳号的甲板上就能掌控四分之一个地球——无论是美国，还是南极北极，只要是梅西耶需要的地方，都尽在他的掌握之中。

他在公司获得的第一枚徽章是一个咆哮的强化人的图像，上面写着：

梅西耶闪攻

图像下面用金线绣着指导他事业的金玉良言：

狂野。忠诚。

此时此刻，他摸了摸徽章，想知道自己的噩梦是否真的终结了。

在他脚下，遥远的梅西耶南加州保护地的黑色海岸线向北延伸。已沦为废墟的旧洛杉矶依稀可辨，而梅西耶摩天大楼高耸入云，如一串闪耀的项链。

爬到这个位置花了他一辈子的时间。公司里几乎没有比他衔级更高的了。下一步就是晋升到公司的执行委员会了，也就是长期理事会的管理岗位。那个位置上的人都是梅西耶最优秀的员工，他们在洛杉矶最高的摩天大楼的顶楼审议公司战略。

如果他再被提拔一次，就再也没有晋升空间了。这种感觉还挺奇怪。

卡洛亚被自己这个想法逗乐了，走到办公桌前，今晚最后一次查看状态板。

北极地区有执行委员会很关注的几起小冲突，可能是亚洲公司对钻井作业施加了压力，而且跨西伯利亚的西北航道一直受海盗之扰，他们的因纽特雇佣兵会对穿越极地的船只上的钱财"征税"。真是烦人，他的部队主力仍部署在南部，在安第斯山脉的锂平原，即便是用梅西耶的飞艇舰队把他们拉到北边来，也需要不少时间。但至少他的部队已经准备好抵抗严寒了。

他把屏幕擦干净。一切都还可以再等等。此时此刻，就让他好好放松一下，享受一次职业特权吧！他再次伸手去拿他的干邑。

通信器发出了噪声。

卡洛亚有些不悦，问房间的 AI："是谁？"

墙面的屏幕上浮现出一个熟悉的面孔：年轻，热切。是那个分析师……卡洛亚试图想起她的名字……

我真是上年纪了。

琼斯。就是她。

年轻、热切、满脸青春痘的琼斯，惹人烦的琼斯，上进的琼斯，出类拔萃的琼斯。她的档案上记录着，她在梅西耶资格和服役考试中名列前茅。那可是让人闻风丧胆的梅资考试。非凡的成绩让她摆脱了以前的生活，进入了梅西耶服役。更让人咂舌的是，她十六岁就参加了能力测试。所以，和他一样，她很早就进入公司，并且晋升得很快。

惹他烦的可能是竞争的灼气。

我曾经也是房间里最聪明的那一个，别以为自己多了不起。她可能像一把战刀一样锋利，但他已明确下班，她竟然跳过了所有的指挥汇报程序来联系他。

"最好是好事，初级分析师琼斯。"

他伸手去拿通信器，本想数落她一顿，却迟疑了。毕竟，这位热心的小分析师找到了他很久以来都挥之不去的心腹之患。她会筛选数据，发现别人多少年都发现不了的事情。

尽管如此，这种唐突的行为还是不容鼓励的。他打开通信器，瞪着眼说："初级分析师，你们不是有值班人员吗？"

她哽住了。

"你喜欢在六千米高空擦窗户吗？"

"长官，对不起，长官。"她胆怯地说，"有……有……有些东西需要您看一下。"

卡洛亚在咆哮的边缘停了下来。他不是一个迷信的人，也不会轻易受到惊吓。他在七个大洲都打过仗，杀人无数。然而，这位年轻分析师的语气让他感到不安。

"什么东西？"

"我真的很抱歉在您下班时间打扰您，长官……"

"你已经这样做了，"他厉声说，"有事说事。"

"我——我只是觉得您应该过来看一下。"

"你还想让我过去找你看？"

她有些结巴，但努力表现得很勇敢："是的，长官，您会想要亲眼看看的。"

五分钟后，卡洛亚来到指挥甲板上，一边往战略情报中心走，一边忙着系好制服夹克上的扣子。

飞艇上海军特遣队的两个巨大的强化人布鲁德和斯普林特见他来了，都让到一旁。他们是狗、狼獾和老虎的结合体，是残暴之兽。卡洛亚盯着身份扫描仪的摄像头时，他们警觉地观望着。

熟悉的红色光芒掠过他的虹膜，卡洛亚眨了眨眼。安全系统读取了他的眼纹信息，验证了他的军衔和进入情报中心的权限。扫描仪响起确认的嘀嘀声，布鲁德和斯普林特松了一口气。虽然他们认识卡洛亚，但每次仍然保持警惕。与人类不同，他们从不懈怠，也永远不会玩忽职守。

狂野。忠诚。

防弹门滑开了，一股热浪扑面而来，伴随着键盘的咔嗒作响和忙碌的分析师们的低语。卡洛亚穿过一个个工作站，分析师们纷纷向他问好，大家都毕恭毕敬的。而且下属们向他致意后，马上又都回到工作中，所有人都一刻不停地关注着梅西耶的运营状态。

"琼斯，什么事情这么要紧？"

琼斯正在和突击执勤兵讨论事情呢。两人见他来了，都紧张起来。分析师看起来比在通信器中多了一丝犹疑，可能她终于意识到她是在大半夜召唤一位全球指挥官了。现在你没那么自以为是了吧？

"怎么回事？"

琼斯咽了一口口水。"这个，长官。"她指着她的一个观察工作站。屏幕上，一团红色的斑点在冰冷的蓝色背景下晃动着。附近散落着小一点儿的、不那么活跃的橙色斑点。那是人类。

画面模糊晃动了一会儿，又重新聚焦。

"这是在给我看什么？"

"这是……这是热能标记。"

"我知道这是热能标记。为什么给我看这个？"

"这是一艘快速帆船。那个强化人，长官，他——没有死！"分析师脱口而出，"他就在那艘船上！"

"什么？"卡洛亚扑上前来，盯着屏幕说，"不可能！我们击中了！我们打到他了！"

"是的，长官，"突击兵确认道，"打得很准。"他看起来也很不安。

"我们是击中目标了，"琼斯说，"但那个就是强化人。他就在那儿。"

"可能是别的强化人，"卡洛亚辩称，"这是一艘私掠船。可能是从海景乘船过来的商贩。他们都会雇用半兽人。"

琼斯摇了摇头。"不是的，长官。"她弯腰在键盘上输入指令，"猛禽一号……我调出来给您看。"

影像迅速倒带。图像闪烁，光影摇曳，红外记录的袭击和残局开始倒放：死亡撤销、破坏自愈、导弹反向飞行——

分析师放缓了录像。

"这是第一次袭击前的记录。"她说。

他又出现了。熟悉的最后几秒，卡洛亚之前已经看过。人们在建筑物里徘徊。在视频的一角，是导弹袭击的倒计时。一切都没问题。将军看不出任何不对。

现在就要见证真相了，只有两秒钟导弹就要袭击了。这个强化人感知到自己即将死亡，做了最后一跃。

袭击发生了，将军咬住嘴唇。这个强化人的速度很快。强化人都非常快，所以梅西耶要用他们。这个强化人比大多数强化人都要厉害。但强化人不是由魔法制成的。无论基因如何优化，他们仍然是血肉之躯。他们会活下来。

并且也都会死去。

"这就是第一次袭击。"突击兵宣布。

屏幕上爆发出一个正在扩大的灼热光球。

琼斯按下暂停键。

"第二次袭击马上开始……"她指着屏幕说，然后调整了一下旋钮，"但我重放了录像，滤掉了热量，去找那个温度最低的目标，您看……"分析师指着屏幕，声音渐小。

一个幽灵般的影子还在移动。

"你到底想让我看什么？"将军问。"这几乎是教科书式的袭击。"

录像拉近了一点儿。这个强化人开始燃烧，开始升温。

"那儿！你看到了吗？他被击中了！"卡洛亚喊道，"这再明白不过了！"

琼斯面露愁容。"是的，长官。第二次袭击正在进行中。"

又来了一个致命的爆炸火球，盖住了第一个火球，强化人被火焰包围了。在他周围，其他人正在死去，蜷缩成灰烬。

第三次袭击开始了，一切都不过短短几秒钟。

一秒……一秒半……

两秒。

"他死了，"将军坚定地说，"他就在爆炸半径内。"

"我还没讲完呢，长官。"琼斯委屈地说。卡洛亚猜测她在培训的时候也用过同样的语气，向她的教练展示她比他们聪明得多。"猛禽一号的传感器丢了，但猛禽二号的热成像还很好，所以我把它调过来了。"

"你到底为什么要费这个劲？"

琼斯和突击兵两人都面有愧色。"当时有风，我没用燃料，"她本想为自己辩解一下，但看了一眼突击兵之后便承认，"我们——我想看看六组炸药的威力。我从来没有一次发射过这么多的军火。"

"她第一次发射破坏王。"突击兵说，对于琼斯迫切地想要看自己搞的破坏的样子感到好笑。卡洛亚同样记得也理解那种充满敬畏的迫切——想要看看自己所运用的神的力量，看看留下的弹坑。输入几个发射代码，世界便在热量、岩浆和火焰中熔化。这种迫切永远不会消失，即便对于一个老男人来说也是如此。

但卡洛亚压抑住自己的笑意,不想让她来劲。他叹了口气,"好吧,给我看看吧。"

琼斯松了一口气。"调整突击猛禽机的方向和分辨率花了一点儿时间。有一场飓风要来,所以我操作了一番,另外,突击猛禽机的情报套件不太好用,但我锁定了——"她用手指顶着屏幕,"看,在那儿。"

屏幕里仍是一片白茫茫的炽热。燃料和货物中间处处起火。古老的国会大厦前方,巨大的矩形湖泊中的水被地狱般的火河分成条状。但在水中,有一个单独的红点。一个独立活动的点。

画面突然切断了。

"是风暴。"分析师抱歉地说。

画面恢复了,有些晃,但足够清晰。热能标记很大,且正在移动,持续地、毅然地离爆炸点远去。

正如分析师所说,这个摄像头不如猛禽一号上的摄像头好。猛禽二号是用来杀人的,而不是用来监视的。但那个东西很大,还在移动……而且是滚烫的。

"他着火了。"将军低语道。

"是的,长官。我也这么觉得,长官。这个强化人仍在水下燃烧着。我觉得我们第一次袭击的时候他就负伤了,第二次袭击可能也打到了他,但是后面那些……"

"我们没打中。"

那个身影继续游动着。

大家都盯着屏幕。"为什么他没有死呢？"突击兵问，"他应该死了啊。"

将军愁眉不展。"强化人都被制造得很顽强，几乎不会感到痛苦和害怕，是非常好的武器。"

"是的，长官，但是……这很反常，哪怕他是个强化人。"

将军咬住上下牙。突击兵不知道他刚刚说的话是多么正确。卡洛亚年轻的时候觉得，武器越精良越好。但现在他不再抱有那时的一腔热血了。有时候，手中锋利的刀也会伤到自身。

那个点一直在移动，但速度很慢。"他受伤了。"卡洛亚说。

"绝对是这样，"琼斯附和道，"我们用来袭击的东西可是很扎实的。HH-119可甩不掉，应该已经烧穿他的身子了。我觉得长时间浸泡在水里对他有帮助。只是没想到，他没有氧气居然能坚持这么久。"

"就是这样设计的，他们能水陆两栖作战，"将军说，"他们能在水下坚持至少二十分钟。"

"那我们怎么不直接给他们设计鱼鳃呢？"突击兵问。

"我们试过，调配不了他们吸入的气体。"卡洛亚板着脸，"我不敢相信这个家伙还在动。"

"但是，"突击兵说，"他都快熟了。瞧这个热能标记，他这会儿正在被煮着呢。他在动，并不表明他不会死。只是需要些时间罢了。"

"现在他在哪儿?"将军问。

琼斯又快速播放了一遍录像。这个畜生速度极快地闪过水面,滑过湖泊,然后……

他消失在一艘船的阴影中。

"是雪纳船,蝠鳒级的,"琼斯说,"速度很快的小船,我们觉得是走私船。目标藏在它下面好一阵,然后船一起航……"

热点出现在船尾处。

"这个浑蛋搭便车了。"将军说。他生气地看着那个畜生的热能标记。那个家伙还在苟延残喘。还是甩不掉,像是地狱归来的藤壶怪一样。

屏幕模糊而闪烁。

"这是实时视频吗?"将军问道。

"是的,长官。风暴会影响信号。看起来只会达到二级,最多三级,但已经相当不利于航行了。"

"也许他们会沉船。"突击兵充满希望地说。

将军瞪了他一眼,他闭上了嘴。

船在波浪中猛烈地上下颠簸着,屏幕再次因风暴干扰而闪烁。

"打他们,"将军下令,"击沉那艘船。"

"长官?"琼斯和突击兵双双惊讶地转向他。

"打他们,"卡洛亚坚定地重复道,"也许那个强化人已经死了,但你们相信我,我们要确定他死彻底。放任他乱跑太危险了。这是一个该死的潘多拉魔盒。就击沉整艘船吧，没人会发现的。那是个无人区，何况还是在风暴里。打他们。"

"但是，长官！"琼斯抗议道，"我们把弹药都打完了！天上没有多余的导弹了。还要好几个小时才能让更多的突击猛禽机出动。可那时就有飓风了，根本飞不了。"屏幕又模糊了。琼斯皱着眉，手指敲打着控制器。画面又恢复了。"已经很难追踪了。"

"你是说我们马上就定位不到他们了？"

琼斯咽了口口水，愧疚地看了突击兵一眼——他看起来也很绝望。"是的，长官。"

"愿命运女神保佑我们。"

卡洛亚将军不寒而栗：旧的恐惧，旧的回忆，愈演愈烈。他扯了扯领口，调整呼吸。他突然觉得战略情报中心太闷热了。他抵抗着逐渐增加的幽闭恐惧感，试图集中精力处理手头的事情。

这是我的错，我太着急了。我应该有所保留的。我太傻了，太傻了，太傻了——

他意识到自己的手放在了脸部的伤疤上，手指摆弄着，勾起了他有关伤口的回忆——

卡洛亚大吼一声，把手从连细胞编织液都不能完全治愈的疮口上抽走了。

这次不一样，这次我占上风。

他注视着快速帆船深入风暴中航行的视频。"找到它，"他说，"找到那艘船。拿到它的登记信息，尽可能地了解它的动向。"

"那是艘走私船,长官。他们不会记录自己去了哪儿。"

"动动脑筋,分析师!向我证明你不仅仅会考试。走私船是会走私的!他们必须在某个地方重新补给。他们必须卖掉他们从城市的旯旮儿里挖出来的东西。扫荡东海岸。曼哈顿-奥尔良、海景、密西西比地铁,还有各个海湾和岛屿。如果有必要,伦敦的登记处也要查!"

卡洛亚凝视着视频里的这个半兽人。他仍然紧紧地抓着船尾,在雨浇风虐之下缩成一个热团。

可能它自己会死掉的吧。一个声音悄悄希冀着。但将军压制住了这个念头。受害者才会许愿。那些悲哀的灵魂向卡利-玛丽慈悲神祷告,祈求他们的海堤不倒。那些傻蛋祈求命运女神,不要让飓风演变成六级风暴。那些深水基督徒向上帝祷告,以求洗刷他们的罪过。

但战士不会许愿。

战士直面现实,否则就只有死路一条。

"那艘船总有个目的地,"卡洛亚说,"查明白是哪儿,我们在风暴的另一边烧死他们。"

第六章
黑暗中的呼吸

快速帆船又爬上了一个浪峰，从浪的背面冲下来。图尔紧紧抓住船。大雨恶狠狠地砸下来。船跌入波谷，泡沫滚滚的海水擒住图尔，他奋力坚持着。

他所有的皮肤都被烧伤了，但他几乎没有感到疼痛。他伤得很重，神经被烧死了，导弹的灼热仍在向内蔓延。即便是此刻，他的皮肤也仍在发热，他伤痕累累的肉身还在冒烟。

他闻起来就像他的小战士们曾经在篝火上烤的科伊狼的味道，那时他们刚开始夺取淹没之城。他意识到，他们现在都走了，所有围坐在篝火边的人都已经不在了。斯塔布、萨沙、阿礼欧、莫格、莫特……他仍然记得，自己转身飞跑，而斯塔布被火焰包围了。

人的肉身化为灰烬，连尖叫的机会都没有。

我的群队。

船又爬上了一个巨浪。图尔艰难地抓紧船。他能感觉到自己越来越虚弱，但好像也无所谓了。他的王国还没揭开序幕就被摧毁了，他的小战士们……

他们不是亲人，但他们是群队战友。而今，大家眨眼之间就灰飞烟灭，成为另一种更先进的捕食者的猎物。

图尔的嘴唇翻起。闪电划过云层，他锋利的牙齿发着光。

我可不是猎物。

一段记忆。一个咒语。他最真实的本性。他向那些投下火焰企图除掉他的神咆哮着。

我可不是猎物。

没有人能在导弹袭击中幸存下来，除非像他这样，生来就是为了经受住战争的完美考验。他注定要活下来，注定要比那些柔弱的生物活得久。

抑或是他在自欺欺人罢了。也许他已经死了，只是还没有意识到。在一定的温度下，所有的肉都会被烤熟。被深度烧伤的人要过很长时间才会死去。他意识到，他对这件事有记忆。他记得火焰倾泻而下。他的群队成员被活活烤死，但接下来好几个小时都还在动，不知道自己已经完蛋了。

我以前被烧伤过。

记忆浮现，混乱的影像在他的脑海里回放：像他一样的强化人燃烧着，怒吼着，变成一根根火柱——

一股咸浪浇了上来，把图尔拖回了现实。另一股浪袭击了船的正前方，海水冲过倾斜的甲板。图尔奋力坚持着。

船长似乎下定决心要驶入风暴中，但这艘船显然遇到了麻烦。另一股巨浪从背后涌来。浪砸下来的时候，图尔的手指打滑了。他用一只手猛击，拼命够到船尾的最后一根栏杆。泡沫般的海水把他完全吞没了。

惊人的是，这艘船调整了过来，再次开始艰难行进。图尔浮出水面，吐了口水。他在瓢泼大雨中撑开眼皮，看到船员们在甲板上搬弄着绳索，挣扎着升起更多的帆。他猜测他们的自动滑轮出了故障，正在尝试徒手自救。

风暴就是人类造成的，现在你们是自食恶果。

看到人类如此挣扎，他有一种邪恶的满足感。这就是人性——总是不假思索地跃入危险之中，总是乐观地觉得自己会笑到最后。所以他们才会死去。

另一个浪头劈上了船，绳索断了。很多挣扎的船员被浪掳走，消失在泡沫滚滚的大海中。他们的尖叫声消失在狂风中。

他们没有别的活路了。要是图尔再不出现，这些弱不禁风的人类就只有死路一条了。

图尔扒着栏杆向上爬。当感觉到爆炸的弹片刺穿他的皮肤时，他抑制不住一声号叫。他满身灼伤，皮开肉绽，千疮百孔，但如果还有痛觉，就表明他并不是全身都被煮熟了。哪里有疼痛，哪里就有生命。疼痛是他的盟友，让他心安地知道，他的心脏仍在跳动，他的爪牙仍然可以撕咬。

图尔奋力向前，紧紧抓住栏杆，水环绕着他的腰。突然，一个人从他身边滑过，图尔抓住了他的手腕。

"抓紧了！"图尔咆哮道。这个船员惊惧万分地点点头，紧紧地抓住他。

真小，还只是个男孩。没了耳朵，脸颊上有个陈年字符烙印。还未成年，现在就快被淹死了。图尔把男孩拖回船上，让他捡回了一条命。

男孩指着甲板的另一头喊话。他的话听不清,但他的意思很明确。另一名船员正艰难地摆弄着主桅,还是升不起船帆。如果没有帆,他们就会沉到海里。

图尔振作起来,一跃而起。他碰到了桅杆,但还没来得及抓住,下一波海浪就向他们袭来。摆弄桅杆绳索的船员抬起头来,睁大了眼睛。眼熟。

"玛丽亚!"

她还没来得及回应,另一股浪就涌了上来。她险些被卷走,图尔及时抓住了她。他们都紧紧地抓住桅杆。

感觉眼前一片黑暗,但图尔依旧紧抓着桅杆。他也快没力气了。海洋继续袭击着他,而他能感觉到自己的力量在渐渐耗尽。

大海是浩瀚的,而我们是脆弱的。

黑暗侵入他的视线,疼痛也衰微了。他快要死了。他们终于成功地杀死了他。图尔露出牙齿,他恨自己被敌人打败了。

他使出最后的力气抓住卡住的滑轮机械。里面的绳子缠成一团,令人绝望。他猛地一扯,把滑轮扯了下来,向桅杆砸去。一次,两次。

金属破碎了。

图尔用牙齿咬住绳子,把它扯松了。他挣扎着拽住绳子,抵抗着昏迷。

帆缓缓升起。

他再次猛拉，帆升得更高了，在大风中翻滚着。终于，帆张满了。船向前冲去。图尔摇摆着，与巨大的风搏斗。他们唯一的希望就是向前推进，冲过海浪，冲在浪的前面。然而现在他再也拉不动了。在飓风的威力下，他快要握不住绳子了。他跪了下来。

玛丽亚在他旁边，大声喊着什么。他把绳子绕在拳头上，打了个结，便瘫靠在桅杆上。他仍然握着绳子，抬头看帆。他向后靠了靠，让帆张满。他感觉到船的动力越来越足了。

他意识到人们向他身边涌来。人类，脆弱的人类。人类如蝼蚁，疯狂地工作，徒劳地挣扎。他感觉到有人拿绳子捆住他，把他绑在桅杆上。他听到玛丽亚大声下令，但狂风呼啸，他听不清她究竟在说些什么。

黑暗完全侵占了他的视线。

第七章
天命战神

图尔闻到了他的利爪们的气味,还有挤在攻击艇闷热的船舱里的湿毛皮、枪油、海盐、铁血、腐烂的鱼以及燃烧的塑料的气味。这些东西被堆放在一起,就像黑魆魆一片中拥挤纠缠着的沙丁鱼一样。空气很沉重,让人感到压抑。黑暗中,他与他的利爪们感受着彼此带有血腥味的呼吸。

狂野。忠诚。

攻击艇冲向岸边,碳纤维船体振动着,砰砰作响,拍打着海浪。船舱里的嘈杂声就像建筑工地上的打锤声,一直不绝于耳。船身颠簸震动,图尔的利爪们也都跟着不断左右摇晃,但是没有人抱怨。速度就是一切。速度、雷达偏转度,还有运气。

爆炸的震响穿透了攻击艇,盖过了船里的噪声。

图尔竖起了耳朵,用獒犬般的鼻子嗅着空气,很是疑惑。好像差一点儿就击中他们了,好像是导弹袭击。好像在海洋中,在他们周围。他的群队战友都在死去,血块和骨头碎片与其他船体的碎片不分彼此地混合在一起。

第七章　天命战神

又一声爆炸震响。

也许其他人都已经死了，就差他们了。

也许他们永远无法上岸。

他们的攻击艇向前冲去，猛击海浪，好似一枚莽撞的鱼雷，带着炸药直奔海岸。

他们又差点儿被炸到。船急转强震。一些利爪跌倒了。空气中充满新流的血中铁刺的气味，依然没有人抱怨。船又加速了，海浪又开始隆隆作响。利爪中响起赞许之声。他们不会死在水上。他们会到达岸边。他们会战斗。

一盏灯亮了，闪烁着红光。

红灯、红灯、红灯。

利爪们做好了准备，挣扎着移动，蜷缩在一起。他们检查了武器和彼此的装备。前锁扣、设备束带，他们发出声音彼此确认，竖起大拇指，裸露獠牙。

红灯、红灯、红灯。

绿灯。

船尾打开了，一阵热带海风扑面而来。

快走快走快走。

大家鱼贯而出。五秒钟之内，大家全力以赴，飞速跳下水去。翻滚、下沉、定向。现在，他们奋力向海岸游去。周围的水面炮火连天，却几乎不能阻止他们的前进。

他们逃出汹涌的浪，奋力游动。海浪和泡沫追咬着他们，子弹从他们耳边呼啸而过。海滩上，攻击艇熊熊燃烧，他们被冲击到陆地上。敌人远程控制沿岸的防御工事，一顿轰炸，炸出一个个地狱般的大洞，要埋葬图尔和他的利爪们。

图尔呼啸着冲上泥泞的海岸，他的利爪兄弟姐妹伴随他的左右，他们都怀着杀戮的欲望长嗥。

人类在等待。柔软、缓慢、无能的人类。

图尔一手拿着砍刀，一手拿着枪。子弹从枪口喷薄而出，人们被炸得四分五裂，凄鸣着死去。图尔掉进了防守战壕，嗅到了利爪们的气味，听到了利爪们的声音，他们都在他的身边。他不需要看到他们，不需要说话，他实在太了解他们了。他的大砍刀穿过战壕，如一把镰刀在收割。人们在他所经过之处倒下一片，就像血迹斑斑的麦穗。

他爆发出一声胜利的咆哮，同他的利爪、拳头、獠牙们的号叫声交响着。那是他的排，他的连。他们所有人都高呼胜利，要向他们的领袖献祭。

战神是有孩子的。

而现在，在梦里，图尔明白了那时尚未懂得的东西。一切太容易了。真正的屠杀才刚刚开始，反击迫在眉睫。图尔在梦境与回忆中加入他的同伴一起庆祝血淋淋的胜利，同时也在为他的利爪们感到悲伤，因为他们许多人将会成为加尔各答虎卫队的虎口之食。

但即便是这样的悲伤，也比不过知道自己的神最终会向他开火。

第八章
袍泽之情

玛丽亚蹲在图尔旁边，试图止住他身上数十处弹片伤口的血流。这个强化人的背上满是水疱和焦黏的炭渣。

"该死，咱的朋友糟透了。"奥乔说。

"完全是屠杀。"范表示同意，"不过，你确定你真的在治疗吗？"

"他比刚开始的时候好多了。"玛丽亚辩称，她正在检查炽热的弹片击穿的另一个黑洞。

"不得不说，我从没见过这样的屠杀。"范跳过甲板上流淌的鲜血，"我甚至不知道狗脸怪身上有这么多血。"

图尔笨重的身子在太阳下闪闪发光。即使是现在，在玛丽亚为他做了缝合和止血工作之后，新的血液也还在不断涌出，如明亮的红宝石。有几十个坑洼和伤口还没有缝合。他的一些肉被烧焦了，找不到焦炭和血肉下的弹创。苍蝇嗡嗡作响，痛快饱食，陷入黏稠的血块。图尔近乎超自然的血液正在试图自我凝固。

拉克号停泊在一个小海湾里，在明亮的蓝色海面上从容地漂浮着。阿尔玛迪船长详细地评估了风暴造成的损失。在航行狼狈收尾之后，阿尔玛迪坚称，在她满意之前，他们不会再次出海。尽管玛丽亚迫切希望将图尔送到真正的医疗机构，她还是赞同阿尔玛迪的话。他们差点儿沉船，她不想再冒险了。

玛丽亚用前臂擦了擦额头，挺直了身子。一只明亮的黄黑色的马蜂盘旋着，十分凶猛地叫着。它被图尔身上的肉类盛宴吸引了。还有一只马蜂在玛丽亚耳畔嗡嗡作响。

"走开，"她说，徒劳地挥手驱赶着，"可不能让它们凝结在他的伤口里。"

"可我不知道该怎么阻止它们。"奥乔说。

"他还活着吗？"范问道。"他闻起来像培根。"

"他还活着。相信我，"玛丽亚说，"他有过伤得更重的时候。"

"你真这么觉得？"

"给我多拿点儿愈合药包就行。"

"没有了，你已经用光了。"范说。

玛丽亚有些混乱。"全部用完了？"

"别怪我！"范戒备地举起双手，"你给他扎针，搞得他像个针垫一样。这样的怪物分分钟就能把我们榨干了。一百毫升对他来说就像大桶里的一滴水。我不得不偷偷绕过阿尔玛迪大概五次，才把这些弄到手。"

"我们还有什么？"

"只剩下四升细胞编织液了。这头野兽吸药水就跟海绵似的。"

第八章　袍泽之情

"去拿细胞编织液。"

"你确定吗？他可能还是会死的，那样好药就浪费了。"

"他不会死的。"玛丽亚厉声说道。

"他闻起来像培根。"

"去拿细胞编织液吧，"奥乔插话道，"如果不是他，我们不可能在这场风暴中活下来。"

"如果他没有被炸，我们从一开始就不用跑了。"

"范……"

"我只是说说而已。"

奥乔给了他一个警告的眼神。

范举起双手。"我走，我走。"

这个小战士弯身下了舱口，但他的声音又冒了出来。"我只是说说，有人想要他的命，我们也差点儿一命呜呼。都这样了，不知道我们还欠他什么。"

玛丽亚疲惫地摇了摇头。"'只是说说'。"

"别恨报信人，"奥乔说，"大多数船员都是这么想的。如果没有人投弹，我们根本不会陷入那场风暴。"他蹲在她身边，压低了声音，"而且我们自己也是需要药物的。你知道吗？那场风暴中也有其他人受伤。查姆和鞋盒子，我们刚给他们上了夹板。抵达港口之前，不知道我们还会碰上什么。把药用光了，阿尔玛迪会不高兴的。"

"这是我的药。"玛丽亚瞪了他一眼，"主人是我，不是阿尔玛迪。"

"我——"

"'只是说说'？"

"好了，玛丽亚，不是你想的那样。"

玛丽亚皱着眉头，希望自己真的能生奥乔的气，但他只是把她同样怀有却极力掩藏的担忧宣之于口而已。这才是奥乔真正令人愤怒的地方：这个曾经的小战士太实在了。他看到什么，就会如实地说什么，从不会隐瞒。考虑到他大部分时间都生活在反社会杀手当中，他简直像个圣人。当然，这也是其他小战士跟随他的原因。他们都相信他胸有大局，能保证他们活命，不会对任何人撒谎。

奥乔不会心存任何幻想。

但现在她不需要实在人。她需要一个疯狂到相信一切皆有可能的人。

"帮帮我，好吗？"她用假手比画着，"用这个缝不了。"

奥乔犹豫了一会儿，点了点头，从她的金属手指上接过了线。他检查了半兽人的残肢，弹掉了一块黑色的皲裂的皮肤。

"他都熟了。"

"你能别这么说了吗？他只是受伤了。"玛丽亚说，"他会痊愈的。他总是能痊愈的。"她的声音沙哑了，"你不能杀了他。相信我，他有过比这更糟糕的时候，我见过。"

"我也看到过他痊愈，"奥乔说，"但这次的伤完全不同。这回用的是某种高科技导弹，我以前从没见过。这些人只想烧毁一切。你不担心吗？"

"他就是为这种战争而生的。"玛丽亚坚定地说，"他会活下来的。"

"也许吧。但我想说的是,我们绝对不是为这种战争而生的。"

玛丽亚想反驳,但诚实地讲,她也很害怕。她从未见过这样的战争。

一眨眼,世界就被烧毁了。

"帮我缝吧。"她避开了奥乔的目光说,"我把弹片弄出来了。我的假手很难做精细的工作。"

"如果那些人跟踪他或者我们……"

玛丽亚瞪了他一眼,但奥乔没有退缩。他用带着金色斑点的绿眼睛注视着她,不眨眼,不害怕。"有时候死也没关系,"他说,"但有时候,让某个人活着,只意味着你会让他更痛苦。"

她希望自己能解雇他。

你需要他。她脑子里的一个声音提醒她。她需要他来领导士兵们,还有树立威信,保证枪火和防卫。

你需要他让你保持稳定。这个不受欢迎的声音低声说道。当你只想烧毁一切的时候,他很稳定。

但这就是问题所在。奥乔很稳定,因为他看得太多了。他看到他的小战士们被枪杀、刺伤、勒死,看到他们被炸成碎片,看到他们被倒塌的建筑物砸得稀烂。他从人们的外表看到了他们的内心。他见惯了蹂躏、撕裂、粉碎……

死亡对奥乔来说并不是一场悲剧,而只是一个事件。

有时候,让某个人活着,并不是一种仁慈。

图尔完好的那只眼睛睁开了。那是只黄色的兽眼,充满了愤怒。

"我——不——是——肉。"他咆哮道。

"图尔!"玛丽亚张开双臂抱住他,感到如释重负,"我就知道你会挺过来的!"

但光是说话似乎就用尽了他的力气。他像獒犬一样的头又静止不动了,接着,他巨大的身体似乎塌陷了。他开始呼吸急促。玛丽亚一度以为他真的死了,但随后图尔又有了呼吸,缓慢、稳定、低沉的呼吸。一个沉睡的怪物。他终于开始休息了。

"你看到了吗?"玛丽亚推搡着奥乔,"我告诉过你他会做到的!"

奥乔还没来得及回答,范就回来了,将一大堆医疗包扔在他们身边。它们落在血迹斑斑的甲板上,晃动着,在太阳下闪闪发光,就像刚刚捕获的水母一样。

"什么?我错过了什么?"

"他说话了!"玛丽亚抓起其中一个医疗包,架起静脉输液管,"他会活下来的。"

"不是一坨肉,而是真正地活着。"奥乔摇了摇头,"离这个目标还是有差距的。"

虽然嘴上怀疑,但他还是从玛丽亚笨拙的假手中接过细胞编织液,熟练地用静脉输液管刺破,然后将这些生长液吊在高处。

帮助她。

提供她没有的那只手。

第九章
相机里的生物

琼斯离开她的工作站，疲倦地揉着双眼。她已经寻找了数日，仍未查到那艘船的去向。她已经反复查看了突击猛禽机的录像，但无法在任何一帧画面上看清船的名称或注册信息——不是角度不对，就是太暗了。她在操纵巡检无人机时，港口并不是她的关注点，所以现在她只有几张船（以及船上的水手）的碎片化的图像。

更糟糕的是，她已经筋疲力尽。自从猛禽机袭击以来，她就一直睡不好觉。导弹袭击之前的画面总是浮现在她的眼前。人们在四处走动，不知道他们即将死亡。

当她首次说服托里让她带着猛禽机回来再看看她的杰作时，那感觉就像一场游戏。她之前做了很多次模拟，后来又得到了袭击后的所有实况录像。主要袭击范围外的很多人扭曲地燃烧着。剩下的人奔跑着寻求援助，试图去拯救垂死的朋友……

担心附带损害不是我的工作。我的工作是按照将军的要求投放破坏王。

但红外线相机中的许多人看起来很小。可能是孩子，是早早入伍的童子军。据说,他们是残忍、野蛮和暴力的生物——然而,当她闭上眼睛时,她仍然能看到他们的热能标记。她仍然能看到他们的脚印如何温热了大理石地板,以及他们在穿过破碎的国会大厦时留下的幽灵般的残影。

然后她抹去了他们。

随着一阵炽白的破坏王热浪,他们都消失了。

她按一下按钮,就让多少人烧成了灰烬?

她以前从没杀过人。在进行基本战斗训练时,她接受了梅西耶标准配备的魅惑炮手枪和步枪的使用培训,但她从未参加过地面部队的行动,从未真正开枪打过任何人。现在,她按下一个按钮,消灭的人数就比一些闪攻小队一年内消灭的还要多——

"老头儿让你加班了吗?"

琼斯吃惊地抬起头,托里已经站在她身后。

琼斯揉着双眼,"我需要咖啡。"

"我很确定你需要睡觉。"

"老头儿不睡觉,所以我也不睡。"*而且我不想再梦到猛禽机袭击了。*

"是啊,但他是老头儿,"托里说,"你还只是个宝宝,宝宝需要睡觉。"

琼斯不满地看了他一眼,"我并不比你小多少。"她僵硬地从椅子上起身,走向咖啡区。托里跟在她后面。

"开什么玩笑?你刚来这儿值班的时候,我还在想咱们的物资处是不是囤尿布了。你参加优选考试的时候几岁?"

琼斯没理他。她在咖啡机上选了三份浓缩咖啡，全都倒入了一个杯子。

"这么喝影响发育。"托里说道。琼斯又白了他一眼，托里笑了起来，毫不在意。"你还是找不到那艘船，对吗？"他从咖啡机上拿起自己的咖啡，靠在她身边的柜台上。

"如果我找不到它，卡洛亚会杀了我的。"琼斯说。

"这到底是为了什么呢？我已经把北大西洋地区的一半无人机派出去徒劳地追捕那艘船，因为你们找船的任务优先级高。只是我不明白，这件事到底重要在哪儿？"

"我可以告诉你，但之后我就得杀了你。"

"你怎么也说这种陈词滥调，琼斯？我本以为在梅资考试中拿到完美分数的分析师会说更有趣的话，至少会有新的想法。"

"你怎么知道我的考试成绩的？"

托里得意地笑了。琼斯想要找糖，但没找到。"你也不知道，对吧？"托里刺激她，"将军让我们的宝宝分析师四处追捕，但她甚至不知道原因。"

"别这么说了！"琼斯爆发了，"不仅仅是那些猛禽机的时间问题。你知道我们在那个强化人身上投下了多少导弹吗？那可是一大堆破坏王啊。"

"嗯，既然他还活着，我想我们需要更多了。"

"但是为什么？"

"听着，琼斯。你在这里工作的时间已经够久，已经习惯于不知道某些事情。只要服从命令，保持尿布干爽，你就会不断晋升。就这么简单。"他又露出得意的笑,"好吧,你还得找到那个强化人。"

"感谢你的鼓舞,白痴突击兵。"

"我关心你嘛。"他看了看时间,"哎呀,我得走了。有一群休斯敦沼泽战士要和破坏王聚一聚,那些笨蛋一直试图登上我们的悬浮炼油厂。"

他拍了拍她的背,走了。

"托里?"她搭住他的手臂,他停下脚步回过头来。她压低了声音,"投放破坏王这件事让你困扰过吗?"

"让我困扰?"他皱起眉头,"为什么会困扰?你是担心成本吗?用几组破坏王打这些家伙,比与他们直接对峙要高效得多。"

"我总是担心附带损害。"

"那又怎样?那些人又不是股东。"他看起来满是关切,但她内心深知,他肯定又在取笑她的天真。

不过,让她惊讶的是,他并没有开玩笑。相反,他极尽友善地说:"对自己好点儿吧,琼斯。好好睡一觉。这个附带损害不在你的责任范围内,是卡洛亚批准的。他说要六组,你就发射了六组。你不过是服从命令罢了。明白了吗?"

琼斯缓慢地点头道:"明白了。"

"很好!"他拍了拍她的肩膀,再次露出笑容,"现在,如果我是你,我会花更多时间担心那个强化人去哪儿了,而不是担心投放破坏王的时候地面情况如何——要是你想保住工作的话,就照我说的去做。"

"要是我知道他为什么非要这个强化人死,我应该会感觉好一些。"

"这不是你这个职级的人能知道的,琼斯。把工作做好就得了,别在意那些不该你管的事情。"

琼斯皱起眉头,喝着苦涩的咖啡。托里吹着口哨,踱着步子走开了。他并不感到困扰。他还会发射更多的破坏王,烧毁整个世界,并且依然睡得很香。

只要把工作做好就行了。

梅西耶招艾瑞尔·马达莱纳·路易莎·琼斯并不是为了给公司找不痛快。公司招她是因为她通过了梅资考试。

随它去吧。

但这个问题仍在困扰着她。她一直对事物充满好奇,总是痴迷于各种问题,而当她被某件事情吸引的时候,是很难随它去的。

她冥思苦想着强化人的事情。自从那次例行图像匹配之后,卡洛亚就开始支配她工作的方方面面,让她重新指派无人机,将他们北大西洋的战力调配到海岸近旁,供他进行袭击。

她问过将军,他们在跟哪家公司对抗,又是谁在指挥强化人,但卡洛亚拒绝回答,说这不重要。

她只能猜测,强化人的雇主是某家想要独占淹没之城废料和再生市场的公司。可能是劳森-卡尔森,或者其他什么公司,但这也讲不通。比起卡洛亚通常监视的那些作战行动,一个强化人在这么个小地方进行的活动无关痛痒。他可是要指挥数千个强化人战斗,要征服领土、镇压叛乱、接管深海港口的。卡洛亚组织了对融化的北极的海上贸易的军事垄断，他不会把时间浪费在偏远打捞区的一个强化人身上。

但他确实这么做了。

所以现在，琼斯并不担心梅西耶是否将失去他们对秘鲁锂矿的控制权，反倒担心偏远海域的那艘破烂的走私船能否在飓风里活下来。

琼斯皱着眉头回到她的工作站上。她喝了一口浓缩咖啡，被苦得五官都要拧到一起，然后打开了她的研究文件。

从雷克雅未克到里约热内卢，大西洋数十个港口停泊过的蝠鲼级快速帆船名单在屏幕上滚动着。即便是最近的那些港口，也有数百艘船要排查——泽西沉城、海景波士顿、密西西比大都市、迈阿密礁……他们还可能走得更远，比如去了伦敦，或者拉各斯。一艘蝠鲼级快速帆船能去往世界上的任何一个角落。

她研究了一下她拍的几张码头照片。只是远远的几张，很模糊。她监控的时候没有把猛禽机对准这艘快速帆船，所以实际上只有一组能看的定格照片，是从一段长达十秒的猛禽机全景镜头里截取的。

琼斯再次点开这些照片，无意识地凑近屏幕盯着看，好像这样就能让这些糊图变清晰似的。

小战士们穿着强化人部队颜色的衣服，扛着某种形状奇怪的货物走上了登船桥。一位黑头发、黑皮肤的年轻女子似乎在监督。她的脸乍看像东亚人，但细看更像是非洲人。

这个女孩应该是负责这批货物的，虽然她看起来并不比琼斯大多少，但在淹没之城，所有人都很年轻。年纪大的很多年前就已经被枪杀了。这个女孩看起来很憔悴。琼斯试着改善图像质量。女孩的一边侧脸上有疤痕，像过去的民兵标记。琼斯查了查她的研究文件。

UPF。就是这个组织。她脸颊上的烙印是三重井号，就像船上的其他一些人一样。UPF是联合星际部队的意思。琼斯又看了看这些图片，皱起了眉头。这个女孩还安着某种假肢，框架是蓝黑金属的。考虑到这个女孩显然不是主要贸易集团的员工，她用的属于高端产品了。若她是给梅西耶干活的，那倒说得通。若她是劳森-卡尔森或者帕特尔全球的人，也能理解……但一个独立走私商人怎么能安这样的假肢？

琼斯紧盯着这只机械手的像素化图像。她长叹一声，有些沮丧。如果猛禽机的相机直接对焦这个女孩，琼斯或许可以从假肢上找到特定的设计，甚至是序列号，然后识别出这个女孩，最终也许还可以确定这艘船……但现在她不能。

"好吧，"她嘀咕着，研究着这个只有一只手的女孩，"那你在淹没之城做的是什么生意呢？"

她打开了更多的研究页面。淹没之城出口的主要产品都是从沉城打捞的原材料，包括铁、大理石、废品。那段海岸线内战不休，因而没有任何农产品，也发展不了制造业。淹没之城只购买子弹，偶尔还有些药品。他们的贸易就是废品换子弹，子弹换废品。

所以，他们是走私军火的。

如果他们此行是为了买武器，那么他们最可能去哈瓦那或者伦敦，再或者是大阪。琼斯再次研究了猛禽机的图像，这一次她重点关注了小战士们装载的货物，有盒子、板条箱，还有些扁平巨大的东西，是长方形的，让她想起她母亲以前的大镜子……

琼斯盯着粗麻布和帆布包裹以及聚集在其周围的人群。从他们的姿势来看，他们……似乎对里面的东西忧心忡忡，好像它很脆弱一样。

他们会带枪支或药品回到淹没之城。

那么这些走私商人拿什么支付呢？淹没之城不用现金，而蝠鲼级快速帆船太小了，装不下那么值钱的废品。

琼斯盯着那个扁平的矩形。

"艺术品！"她大声说道。

身边的分析师们都吓了一跳。

"琼斯，你干吗呢？"

"小点儿声！"

琼斯心不在焉地挥了挥手表示道歉。"是艺术品，"她喃喃自语，"他们在出口艺术品。"她兴奋极了。她参加梅资考试的时候也这样兴奋，刚读完问题，答案就了然于胸。她知道自己是对的，知道她在为自己创造未来，她不会伐木为生，她前程似锦。她仿佛又看见之前教她的斯尔娃老师对她赞许地点头，鼓励她思考得更深入，永不放弃，永不迟疑，不管她母亲怎么说。

艺术品。这完全说得通。艺术品轻巧、紧凑、价值连城。即使是小小的快速帆船的货舱，也足以把枪支和子弹运进来，再把艺术品运出去。

琼斯一边哼着小曲，一边检索着，拼凑着所有可能的线索，看能得出怎样的结论。几分钟后，她给卡洛亚打了个电话。

"我知道他们是谁了，"她冲屏幕上的卡洛亚笑着说，"我知道该去哪儿找他们。"

"是吗？"

"他们的快速帆船是蝠鲼级的，我拿船的轮廓去比对，匹配上的快速帆船很多，但会去淹没之城的船并不多。这种船很快，但货舱很小，需要用来运轻巧又值钱的东西。肯定是不会从淹没之城运几百吨铜线出来的。那是鲸级的船或者飞艇才会干的，对吧？那些又大又旧的载木船——"

"拣重要的说，初级分析师。"

"好的，对不起。"

她通过通信器共享了其中一张监控图像。"我认为他们在运输艺术品，长官，就是那种古老的皇家藏品。那个地方有很多毁坏的博物馆，对吧？毕竟也曾是首都，想必到处是剽掠来的东西。我觉得照片里这个是一幅画。是个帆布包裹没错，但我认为他们往船上装载的就是一幅画。"

她切换到拍卖目录，又向将军发送了几张图像。卡洛亚看着她的发现，皱起了眉头：绘画、老旧的战争物件，还有古老而破碎的黑色钢笔书法。

"继续讲。"

"我搜索了出发和到达模式跟全球艺术品市场对得上的船，然后找到了这艘，拉克号。它每几个月就会出现在海景波士顿。"

"为什么是海景？"

"它是淹没之城和主要拍卖行之间最近的联系点了。主要拍卖行有佳士得、考古之家、玛琳达·洛、戴维斯因克。海景有一个巨大的深水港口，也没有沉城的麻烦事，所以海景主宰了极地贸易。此外，那里还很富裕，帕特尔全球在那里建造快速帆船。还有各种商品运输，有内陆磁悬浮。那里还有银行业、金融业。自20世纪曼哈顿成为沉城，就有源源不断的财富从那里汩汩流出。要是在极地贸易方面能直接联系到东亚国家，那做古董行业就非常理想了。"

她的手指在另一个屏幕上滑动着，打开了一张航运名称图，同步到了将军的终端上。"这里……"她重点标出了海景的航运清单，"拉克号恰好在飓风季节的拍卖会上准时出现。当然啦，查询拍卖目录，会看到很多第一次内战用的步枪，分裂时期之前的美国国旗，古老的绘画，沃霍尔和波洛克的作品，19世纪太空计划的纪念品，等等。"

"所以你认为他们正在去海景的路上。"

"嗯，这符合他们的行动模式。等冬天到了，极地航行就会非常艰难，这是冬天之前赶上东亚游客的最后机会了。"

将军沉默良久。"做得不错。"

琼斯感到一阵宽慰。在跟丢强化人之后，她一直怕上司归咎于她，给她降职到南极金矿勘探前哨站。或者让她回到亚马孙——

"让突击猛禽机监视。"

"突击猛禽机?"琼斯努力控制着自己的表情。

"有什么问题吗?"卡洛亚问道。

无数的人化为灰烬。无数的人蜷缩着死去。

"我……长官,那可是海景。我们在那里有贸易协定。他们有相互防御条约。帕特尔全球、金沙萨纳、通用电气都在那里,有的国家在那里设有大使馆,签了港口协议。我们很可能搬起石头砸自己的脚啊。"卡洛亚惊讶地睁大了眼睛。琼斯继续飞快地说道:"我们可以用突击利爪,让我们的强化人穿帕特尔全球或者当地什么金融派系的制服。我们可以用乞力马扎罗山的突击利爪队。这样就没有后顾之忧了。"

卡洛亚又沉默良久,琼斯屏住了呼吸。终于,将军开口说话了,他的声音很柔和。

"琼斯……"

"长官?"

"你肯定觉得自己很聪明吧?"

他的语气让琼斯不禁畏缩起来。"嗯,长官?"

"下次你觉得自己很聪明的时候,分析师,我希望你把手放在嘴上,抑制所谓的聪明。我希望你像在沉城捂死一个弃婴一样,捂严你的嘴。你的工作不是给我上地理课,也不是告诉我有哪些战术可选。我们最不想看到的事情就是任何强化人靠近我们的目标。明白了吗?不能有强化人。"

"但是,长官——"

"我说了不能有强化人!绝对不能有强化人!"

面对将军的愤怒,琼斯僵住了。命运女神哪,他马上要开除我了。

"是，长官，"她一顿猛点头，"不用强化人。"

"好，很好。"卡洛亚明显在控制自己，"我想让那艘船烧毁沉没。不管你是在国际水域袭击，还是在海景的核心地带袭击，我要的是你找到那艘快速帆船，在目标有机会下船之前，将船击沉。听明白了吗？"

"是，长官。"

卡洛亚关掉通信器，留下琼斯盯着空白的屏幕。托里从自己的工作站上瞥了一眼。"你知道他可以让你做埃博拉病毒的实验对象吗？"

琼斯默默地摇了摇头。

"琼斯？"

"我搞砸了，对吗？"

"哦，我不知道。你身上肯定有他喜欢的地方。我见过他因为芝麻大点儿的事就把人送去南极。"

当她被派到安纳普尔纳号上时，她曾确信，她要走向一个光明的未来。利落的制服、高薪的岗位、快速晋升的可能。

现在却成了这种局面。

好似回到了小时候。每次她说出那些聪明人没说出口的话，她的母亲就会打她。她一次又一次地犯同样的错误。她母亲说她是纪律不严，品格不端。她不止一次打破了维持她母亲脆弱世界运转的那些默认的规则，导致她俩没饭吃。琼斯不应该谈论别人有多愚蠢，也不应该讲监督员马尔科是怎么打量那些木浆女孩的。即便琼斯说得对，也不重要。只要她去惹麻烦,她就要承担更多麻烦。

"他想轰炸一座城市。"她说。

"那又怎样?我们一直在这样做。"

"但那是一座真正的城市。那可是海景,又不是沉城。"

"你说得对,但这是工作啊。如果你想要高薪,想晋升,你就得把工作做了。"

琼斯避开了托里的目光。

"你在想什么,琼斯?"

我不想再发射任何破坏王了。

"卡洛亚的上面是谁?"

"执行委员会。"托里看着她,"别告诉我你想越过卡洛亚去找执行委员会。不服从——"

"他想在一个贸易伙伴城市投放六组破坏王。"

"那又怎样?"

"我们和他们签了条约!他们是亚洲国家的盟友!这太疯狂了!"

托里耸了耸肩。"我不知道。我还向布拉格投掷过破坏王呢。我想他们也是某个国家的盟友。要这么说的话,我还炸过巴黎。"

"真不知道我为什么要跟你说话。"

"因为我关心你,琼斯。我告诉你,你正在一片黑暗的水域游泳,根本不知道周围有多少鲨鱼。好好履行你的职责,不要惹恼卡洛亚。你只要做好士兵的本职工作就行了。"他压低了声音,"保护好自己。"

"嗯……"

她想解释真正的原因，但看到托里的表情，她把话咽了回去。无论她说什么，都只会对她更不利。

"猛禽机就位，"她郁郁地说，"是，长官。"

"我就知道我的宝宝分析师悟性很强，"托里说，"小学习机器。第一次见到你的时候，我就知道你是个学习机器。"他的话很柔和，但神情严肃极了，"年轻人就得学得快，否则啊，他们就要从哪儿来回哪儿去了，是不是，分析师？他们得回到某个酷热如炼狱的热带雨林纸浆厂里去。到那时候，不会有任何人记得他们之前考得有多好，对不对？"

琼斯用力点了点头。"是，长官。"

"这样就对了嘛。"

托里又盯了她一分钟。琼斯顶着他的目光，感觉无所适从。她调出猛禽机的任务面板，开始设置监视职责。

或许我会在城市的界外找到那艘船。她对自己说。这样就没有后顾之忧了。发射破坏王，然后该干嘛干嘛。

但她马上又想到，万一船到了海景，她又该做些什么呢？如果船平安抵达了，她还要投放破坏王吗？她会制造更多的尸体吗？她会让世界化为灰烬吗？

她仿佛又听到了母亲的声音，嘲弄而又轻蔑。女儿，你又要惹麻烦了？又要显摆自己有多聪明吗？又要吹嘘你会变得多强，你能去什么地方？假装规则对你毫无意义？……

琼斯表情冷漠地开始工作。

不，妈妈。我要活下去。

第十章
鲜血里的荣耀

黑暗中,图尔感受到许多只爪子,他们挣扎着,踩着他,把他推往骨坑更深处。那是图尔的同胞在拼命往外爬。

挣扎的躯体翻滚着,蠕动着,咆哮着,撕咬着,他们牢牢地抓住对方,或攀住坑洞的斜壁。他们摸黑斗争,互相拉扯,苦苦战斗。每个人都想逃离这里,争先恐后,拼命想在坑被埋上之前出去。

图尔也参与了这场斗争。他连抓带咬又撕,证明着自己的价值。这就是所谓的骨坑法则,他深谙其道。在他还是蠕动呜咽的小狗的时候,他就已经上了这一课,知晓了自己的价值。只有最凶残的人才能生存下来。他强壮的身躯就是吃出来的。训练师会扔下大块大块带血的肉,而那些肉从来不够所有人分。因此弱者越来越弱,很快就成为强者的腹中之食。但图尔学得很快,吃得也好。为了某天能够证明自身的价值,他做足了准备。

此刻,他从坑里爬出来,周身沐浴着阳光。他是第一个爬出这个坑的。黑暗孕育了他,他在光明里诞生。他逃脱了骨坑，走进迎接他的卡洛亚将军的怀抱。将军欢迎着图尔，唤着他的名字……

血。

他的价值已然彰显：能够站在一位伟大的将军身旁，证明他是有价值的；能代表卡洛亚而战，证明他是有价值的。

图尔挺立在阳光中。他浑身沾满了同类的鲜血，他抬头直面传说中的太阳。

第十一章
一起走吧

拉克号在晴朗的天空下向北驶去,帆像海鸥一般白,张得鼓鼓的。风暴过去仅仅两天,大西洋的蓝色海水就已在明亮的阳光中闪耀,平静而诱人。图尔仍然瘫倒在拉克号的甲板上,像是一堆不成人形的焦肉,但是玛丽亚没时间照顾他。此刻,玛丽亚只能注意到自己的汗水和围着她团团转的奥乔。

汗水浸透了她的短裤和背心,她都快无法行动了。汗水流入她的眼睛,她感觉火辣辣的,视线也模糊了。她的手掌也湿乎乎的,手里的刀直打滑。

奥乔不停地围着她转,看着她,怕她倒下。

他也浑身是汗,但他从不会表现出疲倦。命运女神哪,这个曾经的小战士甚至都不带喘气的。他在摇晃的甲板上轻松地走动着,总是脚步稳健,就像一条准备进攻的蛇。

玛丽亚知道她无法突破他的防守。她已经尝试了太多次,每次都失败了。他太厉害了。

奥乔右手紧握着刀,来回摆动着,晃晃悠悠,有些催眠。她知道他在尝试让她盯着刀刃的位置,而不是观察他的脚步如何移动，他的身体如何转动。他试图让她把注意力放在刀此刻的位置上，而不去想刀即将——

去哪儿！

他迅速袭击，玛丽亚迎上他的刀。她知道他的刀离她很近，但不会真的扎上她。现在轮到他来应对她的进攻了。甲板的摇晃帮到了她，她左手逼近，对着空气挥舞她的刀，他不得不躲向她右侧的安全区。他们彼此相撞，陷入一场混战。他试图抓住她的手腕，准备搏斗——

咻。

玛丽亚的假手里藏着刀片，她猛地将其向奥乔的下巴插去。奥乔僵住了。她的刀锋深深地刺进他的颈部，挑起那里的肉。锋利的刀刃在奥乔的皮肤上留下一道细线般的伤口，鲜血渗了出来。

奥乔举起双手投降，咧嘴一笑。"就得这样做，战争蛆虫！就得这样！"

玛丽亚收紧肌肉，假手里的刀片消失了，像它出现时一样快。

咻。

他们都放松下来，拉开了距离，奥乔满意地点点头。"很好，"他说，"你越来越上道了，可以左右开弓。双刀战士，我喜欢。"

玛丽亚擦去额头的汗水，说："左手是我的幸运手。"

"现在你多了一只能用的手，右手是你的难缠手、神出鬼没手。再练练，我们说不定还能让你在盐码头的擂台打几场比赛，给你下赌注。斯托克都打不过你。你轻轻松松就能赢下第一场。"

玛丽亚摇了摇头，瘫坐在甲板上，喘着气。"我在擂台之外能赢就满足了。"

奥乔在她身边一屁股坐下。他结实的棕色肩膀汗淋淋的，背心也泡在汗里。他喝了一口脱盐海水，然后把瓶子递给她。"干得好，真的。"

玛丽亚用假手接过瓶子喝了一口，然后递了回去。奥乔说得对，她用手和用刀都有进步。奥乔之前建议她在手里装个武器，她觉得太蠢了，有种诡异的造作感，好像她是从卫星电视里看到的宝莱坞电影里拉贾斯坦邦燃烧大地上的某个战斗公主一样。

"会看上去很傻的。"她当时抗议道。

"没人能看到它，"奥乔说，"而且我敢肯定，当你的武器咻的一声出现在他们面前的时候，就没人会笑了。"

"马赫福兹医生过去常说，只要你手里有武器，你就肯定会使用它，而不会去寻找更好的方式。"

"那你看看他结局怎样。"

这句话让她改变了想法。马赫福兹已经死了。他生活在一个幻想的世界里，认为所有人都应该看到彼此的善意。于是他就死了。在玛丽亚的经验中，人类更像动物。有时你可以驯服一个人，哪怕这人很邪恶，但有时候，你只需要杀了他就够了。

她再次弯曲了一下假手。刀片咻的一声滑出，然后弹回去了。她活动着所有的手指，握成了拳头。它几乎和真正的手一样好，好像神军从未砍掉它一样。她也短暂地希望过自己能买得起一个有触觉的假手。

"短短几天，变化就这么大。"奥乔的话打断了她的思考。

玛丽亚顺着他的目光看向大海远处，一片祥和，完全不同于他们经历飓风的时候。

"没有暴风雨来索我们的命，真好啊。"她赞同道。

拉克号的舷窗外，群鱼从水中高高跃起，可能在觅食水母。远处，一群鲸鱼跃出水面。今天早些时候，她已经看到它们了，它们一直在拉克号左右。风暴过后，海洋的所有生命似乎都在庆祝。

前方的甲板上传来一阵喊声，回声不绝。玛丽亚转过身，抬手遮住阳光去看。奥乔的几个小战士正在处理绳索和绞盘，与阿尔玛迪船长的水手们互相调侃着。他们的声音闪耀着光芒，如同海面上的粼粼波光。玛丽亚偷偷观察范，他瘦小而有活力。还有斯托克，高大黝黑，深沉严肃。还有阿尔玛迪的船员，肌肉发达的拉莫斯和皮肤晒得发红的塞弗恩。他们四个都在阿尔玛迪船长的监督下工作着。

"他们看起来已然是一支船员队伍了，"奥乔和玛丽亚想到一起了，"再过一两年，老阿尔玛迪就会驯服我们这些男孩了。"

阿尔玛迪船长一直都想把水手的技能教授给之前的这些民兵战士。现在，奥乔手下的小战士们在海上活了下来，所以斗志昂扬，以惊人的服从度配合着。

第十一章 一起走吧

"看起来已然是……"她说不下去了。

"他们还是孩子。"奥乔说,"要是抹去他们的疤痕,去掉他们的联合星际部队烙印,你会觉得他们从未杀过人。"

"是啊。"

他们曾经都是联合星际部队的士兵。追捕过她,杀害过她在意的人。他们曾和砍断她右手的神军一样野蛮。一样邪恶,一样残忍。

而现在,他们在这里欢笑。范刚把一桶水泼在塞弗恩的头上,然后飞快地跑开了。谁能想到这个孩子过去常常对人们开枪。

她的目光扫过甲板,停留在那个巨大的、鲜血淋漓的焦肉垛上。多亏了他,她才活下来。如果很久以前,有个算命的用她的命运之眼扫过玛丽亚的头顶,告诉她这就是她的未来,玛丽亚肯定会觉得这个人在胡说。一个古老国家部队的弃儿是不可能站起来领导这些野兽的。放在以前,这些野蛮的崽兽会把她活吞了,而现在,他们看到她时却摇着尾巴。她本来早就要死了,现在却拥有了自己的快速帆船和一支半驯服的杀手船员队伍,这些都是图尔的功劳。

奥乔严肃地看着她。"在想我们那个大块头朋友吗?"

玛丽亚不自在地笑了笑。"你能读懂我的心思?"

"我只是和你待久了。"

尽管奥乔从不承认自己的洞察力有多强,但他那带着金色斑点的绿眼睛的确能看到其他士兵注意不到的东西。一开始,玛丽亚以为奥乔只是比大多数人聪明,但后来,随着相处的时间越来越长，她意识到，让奥乔和他的追随者活下来的不仅仅是他的智慧，还有那双小心细致、善于观察的眼睛。大多数人只是看到表象，奥乔则能看到本质。

"如果不是图尔的话，我现在不会坐在这里。"玛丽亚说。

"可能对于我们所有人来说都是这样。"奥乔耸了耸肩，"他出现之前，联合星际部队败局已定。斯特恩上校一直在说我们可以打败神军，但其实我们毫无机会。他们在屠杀我们。"

"然后图尔出现了。"

"你和图尔。"奥乔郑重地点点头，"你们扭转了战局。"

"图尔都快赢了，不是吗？在淹没之城的最后一战，他都快赢了。"

"不，他已经赢了。"奥乔的目光落在那个蜷缩着的半兽人身上，"毫无疑问，他已经赢了。"

玛丽亚试图像奥乔观察其他人那样，读懂奥乔的表情，但他外在的特征并没有透露出什么信息。他擅长深埋自己的所思所想，别人能看到的只有他锐利的眼神和他瘦长脸颊上的三重井号烙印。

她想，如果没有联合星际部队的这个烙印，他是很帅气的。她曾在海景波士顿看到过没有烙印的人，他们的脸很完美，没有被恐惧和痛苦玷污。她不自觉地伸手摸了一下自己的烙印。是她让图尔把印记烙在她的脸颊上的，她至今还记得那种疼痛。当时她强忍疼痛，只为能潜入联合星际部队内部。

第十一章 一起走吧

"当时特别安静。"奥乔说,"你注意到当时多么安静了吗?"

"什么?淹没之城吗?"

"就是最后的时刻。没有战斗,没有一声枪响。直到失去这种安静,我才意识到,我已经习惯待在安静里了。"他低头看向瘫倒的、庞大的图尔,"如果他早点儿出现,我可能就不用当兵,可能还在和我的叔叔一起捕鱼,可能就不会被联合星际部队抓去了。"

"起码我们逃了出去。"

"多亏了我们那个大块头朋友。"奥乔沉默了一会儿,"但阿尔玛迪很生他的气。"

玛丽亚看向船长——她正在忙着监督自己和奥乔的士兵们。"她总在因为什么事不高兴。"

"说不准……"奥乔咬了咬嘴唇,"如果可以的话,我想她会把老图尔推下水。"

"真的吗?"

"换我就会。趁着他现在很虚弱,迅速出击。'呀,怎么办?他掉水里了。'"奥乔若有所思地点点头,"对,换我我就这么干。"

"阿尔玛迪知道她的钱是哪儿来的。"玛丽亚绷紧右臂肌肉,十五厘米的刀片从她的假手中弹射而出,就像变魔术一样,在阳光中冒着腾腾杀气,"如果她不同意我们的想法,我们就逼她同意。"

"可我们不能一直盯着她,也不能盯着她的所有船员。

在那场风暴中，我们的损失比她多得多。你有没有注意到我们现在的人已经比她的少了？"

"我们只需要等待一会儿。等图尔醒来。"

"但那是一个很大的未知数——"奥乔的话被下面的一声喊叫打断。水手和小战士们正聚集在图尔周围，图尔似乎在动。

玛丽亚得意地捶了捶奥乔的肩膀。"你应该更信任我。"

"我一直都信任你。"

奥乔的语气让玛丽亚愣住了。她想问他是什么意思，但越来越多的人聚集在图尔周围。奥乔朝着人群努努嘴。

"我们最好在阿尔玛迪之前赶过去。"

玛丽亚来到主甲板上时，图尔已经站起来了。他沉沉地倚在主桅上，看起来无比虚弱，但他还是站着。他仰头看着，似乎对阳光着了迷。范已经在那里围着他转了，好似一只兴奋的小狗，想要挑衅比自己大很多，也凶猛得多的生物。其他人则保持着更加敬重——或者说至少更加安全的距离，惊奇地看着图尔残破的身体。

"你怎么好得这么快？"范问道。他毫不畏惧地戳着图尔的肉，"你现在甚至没有熟肉的味道了。"

范就是这样，喜欢在阿尔玛迪的水手和其他小战士面前卖弄。玛丽亚有些希望图尔揍扁这个没耳朵的男孩，但目前这个强化人并没有理会他。

"看看这个！"范看到玛丽亚来了，"你一定要看看

第十一章 一起走吧

这个！"

他用手摸了摸半兽人破损的肌肉。"瞧，他现在已经快愈合了！"他的手指戳进图尔焦黑的皮肤。图尔背部的一大块肉像烧焦的黏糊糊的皮革一样脱落了，露出血淋淋的、闪闪发光的红色肌肉。

每个人都皱了皱眉，后退了一步，觉得这个半兽人要爆发了。

"好吧，他基本愈合了。"范做了个鬼脸，把那块烧焦的肉扔在甲板上。看到其他人震惊的表情，他辩解道："怎么了？把坏肉扯下来，才能看到下面新长出来的皮肤。"他拍了拍图尔巨大的二头肌，"反正他不在乎，他什么也感觉不到。对吗，大块头？"

他又开始拨弄图尔的肌肉。他说得没错，图尔似乎没有注意到拨弄和撕扯，而是继续凝视着太阳。

玛丽亚挤进小战士们之中，轻轻地摸了一下图尔的胳膊。"你不该急着站起来。"

"我已经好得差不多了。"图尔嗡嗡地说道。但他话音刚落，就从主桅上瘫滑下来。

"帮帮我！"玛丽亚试图抓住他。小战士和水手们赶紧过来帮忙，但他还是狼狈地倒在甲板上。他太重了，大家难以扶住他。图尔瘫倒在地，喘息着，但他坠到甲板上时，还是一直凝视着天空。

"怎么了？"玛丽亚用手遮挡强光，"你在看什么？"

"我在寻找我的神。"图尔说道。

"你的神？"范眯着眼看向天空，"天上没有神啊。"

"你在天上找不到你的神吗？"图尔问道。

"我不信那些。"范耸了耸肩，"我觉得没什么用。"

图尔没有回应。玛丽亚注意到他那只完好的眼睛上覆了一片灰色的薄膜，显然是为了遮挡强烈的阳光。

范又去拨弄图尔烧焦的皮肤。"无论如何，天上也没有神住着啊，"他说道，"甚至深水基督徒也不再相信这个了。"

"但我的神就住在天上，这是肯定的。"图尔说道，"如果我让他们不悦，他们就会向我降下火焰。"

水手和小战士之中传来一阵惊呼，每个人都抬头看着天空。奥乔发现玛丽亚看他，便微微动了动脑袋，示意她看阿尔玛迪。船长的表情由警惕迅速转变为愤怒。

玛丽亚蹲在图尔旁边，压低了声音。"你是说烧毁淹没之城的人可能也会来这里攻击我们吗？"

"这样一艘在开阔水域中孤零零的船？这样晴朗的天？"图尔点了点头，"很容易就命中我们了。"他的话引起了更多船员的愤怒低语，但他似乎并不关心。

范就没有那么含蓄了。"命运女神哪，可别！"他摇头说道，"我就知道我们该把你扔到海里。"

"闭嘴，范。"玛丽亚提高了声音，怒视着其他的船员，"任何人都不许把谁扔到海里。"

"但是我们在坐以待毙！"范说，"你们都听到他说的了。"

船员们时而害怕地看向天空，时而怒视着图尔。玛丽亚也不禁扫了一眼天空。曾经明亮而充满希望的广阔蓝天，突然让人感到了死亡。

"好吧，"阿尔玛迪船长闷闷地说，"我从没想过我会这么讨厌晴天。"

图尔笑了。"晴天阴天倒没什么不同，船长。如果我的神想杀我，他们不管怎样都会降下火焰的。"

不满的低声抱怨越来越多。士兵和水手们终于团结了一次：

"我们该怎么对抗导弹？"

"我们真的要让那个东西留在船上吗？"

"我们甚至不能票决吗？"

奥乔意味深长地看向玛丽亚。阿尔玛迪气得不行。图尔则用嘲讽的表情审视着全体船员，好像在故意挑衅大家。

玛丽亚意识到：他在试探我们，他在测试哪些人会威胁到他。

他几乎没有意识和行动能力，但仍在评估局势，识别敌人。玛丽亚怒视着图尔，试图让他看懂她的警告。她最不想看到的就是船员之间再起风波。图尔也看向她，很平静，完全没有道歉的意思。

这是他的本性。

他救了你。她提醒自己。没有人能够或愿意帮助你的时候，是他帮了你。

"他们不可能——"玛丽亚清了清嗓子，"他们不可能觉得你还活着吧。我是说，我们都目睹了那些袭击。宫殿都化成灰了。我们都以为你也死了。他们不可能还在找你。"

"谁知道神在想什么呢?"

某种程度上,他肯定也感受到了她的担忧,因为他的耳朵动了动,随后他微微笑了笑,露出了一排锋利的牙齿。"不,玛丽亚。我觉得他们不会再次发动攻击。他们降下了火焰,现在应该挺满意的。突击兵会向作战兵报告,然后向将军报告,报告会传到执行委员会,他们会为完成了一项出色的工作而庆祝的。所以我现在对你们还构不成威胁。"他凝视着天空,"但我确信我的神仍然憎恨着我。"

"神没有攻击你,"阿尔玛迪船长说,"导弹是高科技军事,是人造的。"

"人。"图尔厌恶地咆哮着,开始舔舐肩膀上的伤口。他长长的动物的舌头刮过灼伤的肉体。

"别这样!"玛丽亚说,"你会把痂皮撕掉的。"

图尔露出牙齿,低吼道:"你有你的行事方法,我有我的。"

玛丽亚退了一步。在受伤的状态下,图尔看上去更像人,但也更不像人了。他既有病人的沮丧和脆弱,又掺杂着其他的基因特征。这个渴望战斗且总是在战斗中活下来的类似人的生物,现在却像一只被打败的狗一样舔舐着伤口。

玛丽亚坐在这头怪物旁边。"清走所有人。"她对阿尔玛迪说。

有一瞬间,她以为船长会反抗,但那个女人却拍手行使着权威。"你们都听到了!休息结束了,水手们!兴奋过了,都回去干活吧。"

船员四散去完成各自的任务,船长重新加入了玛丽亚和奥乔。"那么,是谁?"她蹲在图尔面前,目光灼灼,"谁想要你死?"

图尔嘲讽地瞥了她一眼。"谁不想呢?"

"我是认真的,半兽人。如果我的船员受到威胁,我需要知道我的敌人是谁。"

图尔又开始舔伤口了。"我以前的神担心我现在比他们更像神了。"

阿尔玛迪尖声笑道:"还在想你的神?"

"你不信?"图尔的耳朵动了动,"那么,我不叫他们神,我叫他们人类。人,如你所说。矮小的、软弱的、嫉妒心强、没有安全感、胆小的人,自以为聪明的人,非常擅于利用基因的人。"图尔露出了他的獠牙,"人类不喜欢有思维的武器。这让他们感到不安。"

"但是他们为什么要花这么多精力来杀你?"玛丽亚问。

"我想是因为我吃了我的将军。"

四周一片寂静,大家都目瞪口呆。

"吃了他?"范从阿尔玛迪后面冒了出来,"你把他嚼了?当午餐那样吃了?"

阿尔玛迪被范吓了一跳。"你在这儿干吗?你不是应该在帮拉莫斯清理医务室吗?"她瞪了他一眼,"你为了这个……"她对着图尔皱起眉头,"病人,在医务室找药,把那儿弄得乱七八糟。"

"回去干活吧，范。"奥乔疲惫地说。

"我只是想知道他吃了多少。"范说。

"我想我吃了他的心脏，也确定吃了他的头。"图尔这样说的时候，他的兽脸上却显出疑虑，"对那段时间的记忆……有点模糊了，但我仍然记得那个人的头在我嘴里的感觉，还有他鲜血的味道……"他发出一声满意的低吟，"我一定是吃了他。一旦我咬住他，就不会让他逃脱的。我可能把他全吃了。"

"命运女神哪。"阿尔玛迪摇了摇头。

"人类的头骨，就像薄木片一样脆——"

"好了，"玛丽亚打断他，"我们知道了。你吃掉了你的将军。"

"我以为强化人总是忠于他们的……他们的……"奥乔拿不准那是什么。

"主子？"图尔接话道。

"主人。"阿尔玛迪坚定地说，怒目圆睁，"你应该忠于你的主人，所有的强化人都誓死效忠自己的主人。"

图尔笑了。"我相信我的将军也很惊讶。"

"可是，为了追杀一个叛逃的士兵，这也太麻烦了吧！"奥乔说。

"确实。"图尔皱起眉头，"我以为梅西耶已经放弃了。"

"梅西耶？"阿尔玛迪几乎在尖叫，"那个公司不就是——"

"我的主人？"图尔阴郁地看向阿尔玛迪。

奥乔吹了一声口哨。"好了,那这些火力就解释得通了。"

"你就不能招惹弱一点儿的对手吗?"范问道。

"回去干活,范。"玛丽亚说。但这个男孩并没有理睬她,而是就地蹲下,好像他就属于这里似的。

"我们又不能选择自己的神,"图尔说,"是梅西耶创造了我。"

"也是他们烧焦了你。"范说道。

"看起来是这样。我控制淹没之城,就是把自己置于人类之上……"图尔喃喃自语着,看起来很幽怨。

玛丽亚注意到了他的表情变化。对于曾经居住在淹没之城里然后又陷入战争的人来说,那里是地狱,但对于图尔来说,那是他理想的家园。像他这样的生物本就属于那里。

图尔盯着自己巨大的爪子,做着屈伸,心事重重。"又只剩我一个了。"

玛丽亚从没见过这个半兽人如此颓废的样子。他的异样并不在于他滴血的伤口、烧焦的肉、熔化的毛皮或是封住他一只眼睛的疮疤,而在于他低垂的耳朵和塌陷的肩膀。

"你可以加入另一个群体,去另一个地方。"玛丽亚终于说道,"我们可以帮你找到一个地方,一个梅西耶不会去的地方。"

图尔笑了笑。"不行。我的神无处不在,而且他们是无法打败的。我必须躲起来。我得找一个人少、强化人更少的地方。他们之所以让我继续存活,是因为他们以为找不到我了。我之前太得意忘形了。我必须彻底消失，再也不引起他们的注意。这是唯一的方法。"

"加入我们的船队怎么样？玛丽亚问道。

阿尔玛迪船长倒吸一口凉气。玛丽亚接着说道："我们可以掩护你。你可以说你是——"她犹豫了一下——"你可以说你是我们的人，那样你就不会引起注意了。你不过是一艘船雇用的强化人罢了，不会有人注意到你的。"

"与船员相关的决定由我来做，"阿尔玛迪反对道，"我们说好的。我负责船，你负责生意。我们说好了我对船有绝对的控制权。"

"那就说他是货物好了，"玛丽亚很坚持，"我决定运什么货，这也是说好的。"

"这位船长的担心是很合理的，"图尔说，"无论谁靠近我，都很危险。"

"先和我们一起待着吧，至少在痊愈之后再做决定。等你全好了，你想去哪儿，我们就带你去。拉克号能带你去世界上的任何一个角落。"

有一瞬间，玛丽亚以为图尔会拒绝这个提议，但这个强化人歪了歪头，问道："你们要去哪儿？"

"去海景，"阿尔玛迪船长冷冷地说，"参加秋季拍卖。"

"但你在那之后也可以留在我们的船上。"玛丽亚瞪了阿尔玛迪一眼说，"要不是你，我们都得死。"她看向奥乔，寻求他的支持，"每个人都得死。"

奥乔嘟着嘴。玛丽亚一度以为他会站在阿尔玛迪那边，但他随后说:"玛丽亚说得对,只要你愿意,就和我们待在一块儿吧。"

阿尔玛迪看起来很生气,但只能少数服从多数,也就不再抵抗了。

图尔注视着玛丽亚,若有所思。"每当我觉得人类是大自然的败笔时,你们中就会有人……"他说到一半停了下来,耸了耸肩。"海景是一个挺好的目的地,有富裕的公司可以雇用我这种强化人做体力活和安保工作。没有人会疑心我到底是哪家公司的,而且那儿会有我康复所需的物资。"

"那就这么定了,"玛丽亚说,"你和我们一起走吧。"她又给了阿尔玛迪一个警告的眼神,"只要你愿意,就可以和我们一起走。"

"太好了!"范笑着说,"我们是一个幸福的大家庭!"

"我可不会那么说。"阿尔玛迪嘟囔道。

第十二章
基因溯源

"我该怎么锁定某个强化人呢？"琼斯问道。

托里从他的工作站上瞥了她一眼。"初级分析师，你又想打探和你无关的事情吗？"

"假设而已。"

托里瞪了她一眼。她以为他要教训她，但他却突然站起身来。"我觉得咱俩得谈谈了。"他示意她跟他走，"快来，站起来。"

她环顾整个情报部门，其他分析师都在专心致志地工作着。

"琼斯，现在就走。"

她不情愿地跟着他走了出去。防弹门滑开了，怪物般的闪攻强化人耸立着，监视着他俩离开。是布鲁德和斯普林特。他们都和她追捕的那个强化人体型差不多，但近在眼前的时候，实在令人生畏。他们太大了，又有太多又大又尖的牙齿。他们会拉响人类基因中亘古以来的警报，看人就像在端详美食。

然而，托里似乎完全不为他们所困扰。"嘿，伙计们。我们出门一会儿。"他指着走廊招呼她，"咱们走吧。"

起初，琼斯以为他会带她去休息室，但他路过电梯，继续向前走。他们经过了导航部门，经过了兵营区，经过了更多的闪攻强化人守卫，还经过了一些工程技术人员和飞行小组人员。

"我们要去哪儿？"

"琼斯，是这样的。我挺喜欢你的，知道吗？你年轻有活力、有进取心，看着很好玩。我喜欢看你围着年长你一倍的分析师们转，喜欢看你傻笑的样子。"他顿了顿，环顾四周，然后把她拉进了走廊的一个凹处。一面墙上亮着橙色的光，是武器储藏室的标识，上面列着步枪、手枪、手榴弹和防弹衣……

托里最后看了一眼大厅。琼斯意识到，他俩所在的这段走廊上没有监控。

托里压低声音道："但是，如果你惹恼了卡洛亚，他可以随便把你扔到哪儿，而且不会提前把你放入逃生舱。"他用手比画出一条下降的抛物线，"咻……咣！"他啪的一声合上两只手掌，相互摩擦，表示她会像这样被压扁，"从六千米高空摔下来的时候，初级分析师应该会有足够的时间思考指挥汇报程序。"

"我只是好奇。"她反抗道。

"别扯了，我们又不是傻子。"他的眼睛仿佛能洞穿她的心思，"好奇不是你的工作任务。"

"拜托，托里。我只是想了解谁拥有这个强化人罢了。卡洛亚不告诉我，我们在对付谁。每次我问，他都让我闭嘴。"

"他就是让你别打听！你为什么不能听从命令呢？"

"如果我遵从命令，我们就会把突击猛禽机调回喀喇昆仑山号，就没人知道你跟丢目标了。"

"我没有跟丢！"

"好吧，可你就没有一点儿好奇，我们的强化人朋友是怎么从那么多破坏王中活下来的吗？"

"纯属运气罢了，就像踮死蚂蚁的时候，有时也会有一只逃脱。"

"也许吧。但也有可能是我们这个强化人朋友拥有的不只是老虎和狗的基因。"

"那还有什么？石棉皮肤吗？别开玩笑了，初级分析师。"

"我没开玩笑。我一直在调查一些东西，但是它们不合乎逻辑，有点儿……奇怪。"

托里看了看表。"听着，我没时间听这些了。我还有二十分钟就要在横穿加利福尼亚的水路上投放破坏王了。然后我马上就得去加拉加斯执行下一个任务。你也有工作要做。真正的工作。"他直言不讳。

"拜托，托里，你刚刚整整一个小时都在瞄准他们，你睡着了都能把他们烧成灰。我只是想琢磨透这个强化人，你至少也有一点儿好奇吧。"

"真拿你没办法。"他朝走廊里看了一眼，"你有什么发现吗？"

第十二章 基因溯源

琼斯终于得逞了。她拿出平板电脑,从无人机中调出强化人的监控图像。

"你在平板上装了这个?还拿到这儿来了?"

"我不想让它载入记录。是你总让我别再惹怒上级的。"她注意到了托里的表情,"别担心,我给它加密了。"

"命运女神哪,琼斯。"他摇了摇头,"我觉得你的职业生涯……"

"你看看这个,好吗?"

他又朝走廊看了一眼。"好吧,但要快点儿。"

不同于她追踪的拉克号的图像,这些图像直接对准了目标,清晰明了,多亏了猛禽一号先进的情报系统。

她花了几个小时追踪这个强化人,在老国会大厦内通过热量跟踪他,那里是他的总部。他在室外的时候,她也拍到了照片和稳定清楚的视频,那时破坏王还没有空降,没有炸毁一切,国会大厦前是巨大的矩形湖,他就站在湖边。

"挺漂亮的地方。"托里评论道。

"如果你喜欢军阀和杀戮的话,这里确实不错。"她整理了一下这些图像,"这里本来有一场内战,然后我们这位强化人朋友出现了。当地报道称,他在几年前开始巩固权力,就在联合星际部队瓦解之后。"

"那是什么?"

"是个低端军阀派别。十几个不同的民兵组织在争夺城市和废品回收的控制权,包括联合星际部队、神军、图兰连、泰勒之狼、自由军、即召民兵。而我们这位庞大的、毛发浓密的朋友一登场，就把他们全部消灭了。"

"所以他是军方的？"

"肯定是。完美的战术和战略规划。但是，问题在这儿。"她飞速浏览录像，"要花很长时间才能在白天找好角度拍到他，然后再把照片拼接在一起……"

她停止播放录像，放大了强化人的头部，然后再次放大。"这儿。"她指着强化人像狗一样的一只耳朵，"你看。"她递出平板电脑，"你怎么想？"

这个怪物的皮肤上刺着一长串字母和数字，它们在耳折处转了个弯，透过厚厚的毛皮勉强可见：

$$228xn+228-NX\_\_F3'/\_\_\_2'$$

"这应该是一个基因与发育的 ID，"她说，"'228'是一个平台，但我觉得不太对。我从来没有见过'228xn'做前缀，后面又重复'228'的。你见过吗？"

"哈，"托里皱着眉头，"真是奇怪。"

"卡洛亚一看到这个，就命令喀喇昆仑山号穿越大西洋，还让我准备好猛禽机。他只是看到这个，就不再过问强化人，不再问如何操作，也不问其他的了。他看到这串数字，别的就都不关心了。所以，你见过 228xn 吗？"

"你有完整的字符数据吗？"

"只有不同的片段。他的毛发遮住了一部分。"琼斯摆弄着录像，拖出越来越多的图片，把它们放在一起，"我得到的就只有这么多了。"

228xn+228-NX__F3'/___2'（C8_6C5__
U0111___Y__29_9_4___MC/MC__8xn

"是基因与发育的数据没错。"他皱了皱眉,"但确实挺怪的。'228'是强化人的标准基因,尤其是指军方强化人。它们大多是基于一个共同的遗传平台构建的,这样试管培育的结果就是一致的。"

"我知道228,"她不耐烦地说,"其他的呢?"

"你这是想让我帮忙的态度吗?其他的是遗传分支。你查一下就知道'F3'是什么。我想它是指老虎的牙齿和颌骨。但就这个数据而言,我能看出来是猫科动物,可能是老虎,有一些缺失的部分,还有一些不同的犬科动物的部位。我想'U0111'……也许是獾或灰熊的部位?"

"所以它是一个凶残的坏蛋。这些我知道。"

"好,行。"他恼火地看了她一眼,"然后是繁育地,'Y'可能是从'KY'中分离出来的,意思是京都。那里有很多育兽实验室。这个你得查一下,看有没有其他匹配的。但是……"

"但是看起来很奇怪,对吧?"

"是的,那个额外的'228xn'很怪。而且后缀可能也是它。你看最后的'8xn'。"

"也许这就是这个强化人这么扛打的原因。'228xn'是指石棉皮肤。"

"哈哈，也许是吧。肯定是新技术。"他皱眉看着字符的拼接图像，"噢。"他匆忙地把平板电脑递了回去，像扔掉烫手山芋一样，"噢，哇。"

"怎么了？"

"你没看到那个吗？'MC/MC'？"

"我自学过基础遗传学，但不是所有的都懂，托里。所以我才向你请教。"

"琼斯，这个不是基因，是专利持有人和购买人。"

"是我们的敌人？"

他拉近她，低声吼道："那是我们自己，琼斯。'MC'是梅西耶公司。这是我们自己的强化人，我们向他扔了六组破坏王。我们炸的是我们自己的资产。"

"我们为什么要炸我们自己的强化人？"

托里看起来很愤怒。"我真不想告诉你这些，琼斯，你在公司坐到一定位置就会发现，这并不是幸福的一大家子。财务、贸易、执监、研发、市场、联合部队、商品——这些部门在执行委员会各有各的利益。有时家人也会争吵，你明白吗？"

托里继续说着，但琼斯又开始盯着强化人的设计标签看起来。京都是一个可能性。那里有很多基因技术设施，她或许能追溯到这个强化人的出生地——

"琼斯！"托里在她眼前挥了挥手。

"怎么了？我在听。"

"有些事情超出了我们的薪水等级。我们知道得越少，在被召唤到忠诚委员会面前时的麻烦就越少。你的表现一直在被记录。你的发现并不是什么好事。放弃它。忘了它。按照卡洛亚告诉你的做,不要在这件事上出风头。明白吗?"

"是的,你说得对。"她做作地关上了平板电脑上的半兽人图像,折起电脑,塞进口袋,"为此降职不值得。"

"你总算明白了。"托里松了口气,看了看表,"听着,我得去加州投放一些派对用品了。"

"派对用品……"琼斯的脑海中又浮现出自己投放的破坏王——她在红外线影像上看到的那些人,全然不觉自己即将变成灰烬。她挤出微笑来,"那祝你这次投放好运。"

"不需要。"托里咧嘴笑着,"加利福尼亚民兵可没有石棉皮肤。"

托里去向民兵恐怖分子投放导弹了,琼斯考虑着自己能做什么。尽管她对托里说了那些话,但她并不想放弃。她拿出平板电脑,再次调出那串基因与发育数据。

228xn。

她要从京都开始追踪卡洛亚的行踪,看看他有没有去过任何基因技术设施。她没有访问他文件的权限,但她可以调用大量京都的监控数据。梅西耶与京都签了安全协议。她可以调出卡洛亚过去的所有费用报告,看看能不能匹配上——

警报声打断了她的思路,是一架监控猛禽机的警报通知。琼斯愁眉苦脸地读着信息。事情发展得比她想象的要快。

到了一展拳脚的时候了。

第十三章
驶入海景

"我闻到海岸的味道了。"图尔说道。

"看来你的嗅觉并没受损。"玛丽亚回答。她拆开一块满是血痂的绷带,查看绷带下毛发缠绕、黏黏糊糊的伤口。

图尔的耳朵动了动。"是的。我的感官完好无损,尽管我的肉体已经——"他戳了一下二头肌处碎裂的肉,"虚弱不堪。"在三四名小战士的搀扶下,图尔现在能够蹒跚走动;倘若扶着栏杆,他也可以自己慢慢地走。

但看着他破损的身体,玛丽亚不知道他是否真的能够再次康复。她曾看到图尔经历子弹、炮弹、牙齿和砍刀的袭击,他都能活下来,但这次的伤害比那些更加严重。导弹的热量和化学物质对他的肉体造成了极大的损害。

图尔似乎察觉到了她的想法。"海景先进的医疗条件会帮助我的。"他宽慰她,用下巴指了指她的机械手,"他们给了你一只手,不是吗?"

"但机器无法取代整个身体。"

"我会康复的。"

第十三章 驶入海景

"你有没有再考虑过继续和我们待在一起,留在拉克号上?"

"你的船长突然能容忍我的存在了吗?"

玛丽亚还没来得及回答,头顶高高的桅杆处突然传来一个声音。

"海堤,我们来啦!"紧接着,范非常迅速地从桅杆上爬下来,一脸无所顾忌。他摔倒在玛丽亚和图尔旁边,喘着粗气。"再坚持一会儿就到了!你们就能看到建筑群了!"

图尔向玛丽亚挑起一只被熔化的眉毛,显然被逗乐了。"去吧,去看你们的理想之境。"

玛丽亚带着抱歉的微笑走向栏杆,加入范、奥乔、鞋盒子和少数没有任务的水手之列。每次她看到海景,都不禁感到兴奋。

海景不同于她所知道的任何地方。没有倒塌的、破败不堪的建筑物,也没有被海洋吞没的城市里那种泥泞的街道。相反,海景闪耀着。高傲的弧形塔楼比这个城市国家的巨大海堤更高,经过生物工程改造的坚果树在阳台上生长着,果藤从多层露台上垂下来。

玛丽亚靠在栏杆上,深吸了一口气。现在她能闻到图尔早就能嗅到的味道了。城市中弥漫着柑橘的香气和茉莉花的芳香,当然,还有鱼、盐和海洋的味道。每栋房屋外面都爬满了柠檬和橘子的藤蔓,以抵御北方的冬季。

她还记得自己第一次来到海景时,在古老的高地社区安静的砖街上,从藤蔓上摘下橙子和草莓。那可是奢侈品,但所有人都可以免费品尝。

奢侈。海景是奢侈的。

拉克号的船笛拉响了。船员们喊出确认命令。绳索在船临时配备的歪歪扭扭的滑轮中嘎吱作响，发出尖厉的声音。阿尔玛迪船长正在对齐穿过飓风破损处、进入海景深水通道的浮标。

又一声船笛警报传来，船的帆桁横扫着甲板。拉克号呈流线型敏捷地转了个身，远远地停靠在一艘带有帕特尔全球商标的巨型鲸鱼级三体艇左侧。

玛丽亚望着那艘巨大的快速帆船。船的操纵十分精巧，只见突然升展出了一系列刚性折叠帆，其倾斜角度可以捕捉到微风，一切都由电脑控制，传感器寻找着最佳角度，以达到最大的风能效率。

远处那艘船的尾浪击打着拉克号，拉克号晃动着。与拉克号相比，鲸鱼级三体艇的尺寸更大、技术更先进——有更多的船员、更多的货物、更多的利润。那艘船提醒着玛丽亚，即使她拥有拉克号，也不过是在巨鲨之中游动的小鱼。

拉克号跟在鲸鱼级三体艇的后面。与梅西耶经营的军事保护区相比，帕特尔全球更像是一个贸易合作社，但从根本上说，它们几乎是一样的——都是拥有极多资源的公司，都可以到达世界上的任何地方。

前方，海景波士顿的海堤隆起：成堆的砖块、旧公路和立交桥的沥青板块、布满生锈钢筋的巨大混凝土柱子，所有这些上面都覆盖着藤壶、海藻和海葵。

"你觉得卡诺迪亚留下的一切怎么样?"

玛丽亚吃了一惊。图尔刚从桅杆那里走了一小段路过来,他沉沉地靠在船栏上,呼吸急促。

"他是有计划的人,"她说,"他会预判一切,然后做出计划。"

"他是个很好的将军。"图尔表示同意。

"他不是将军,"范反驳道,"他像是某种学者。"

"一个生物学教授。"图尔说。

"还教授!"范嘲笑道。

玛丽亚用警告的眼神瞪了他一眼。根据海景的传说,阿努拉格·卡诺迪亚对在海景的一所古老大学里做科学研究更感兴趣,而不太喜欢俗世的现实活动。他出身于贸易和金融世家,但他一直被学习驱动,而不是被利润驱动。

但有一天,这名海洋生物学家突然结束了他的学术生涯。他放弃了一篇关于珊瑚适应变酸海洋的论文,停止了他的研究,然后,根据传说,他拿着一支粉笔走入了这座城市。

一手拿着粉笔,一手拿着测高仪。

据传,他在城市中穿行,用粉笔画出水位线——这条线比大多数对海平面上升的测算高出许多米。

每当有人问他为什么在建筑物上用粉笔涂画时,他就说,海水会涌上来。

人们将其视作自我吹嘘的行为艺术,都笑话他。然后他们擦掉了这个愚蠢男人在他们家里和办公室里的涂鸦。但人们擦掉粉笔后,他又喷涂上了赤豆红和查特酒绿、火烈鸟橙和霓虹蓝,用绘画和涂鸦预测着海平面——耀眼的色彩,让人无法忽略,也无法冲洗掉。

他很快因为破坏公共财产而被逮捕。他富有的姐姐付了保释金,而他又回到了深夜里的涂鸦突袭当中。他固执地为自己的城市不断进行标记。他再次被捕和罚款。

然后又被捕。

一再被捕。

每次他都不屑一顾,并无悔意。最终,他因此入狱一年。判决下来的时候,他嘲笑法官说:"人们并不关心海洋会吞掉他们的房屋,但为他们描绘未来的人却遭了殃。"

等他终于从监狱里出来后,他又采取了新的形式破坏公共财产。要是人们只知道做生意,那就做生意吧。卡诺迪亚的血液中流淌着商人的基因,所以他凭借姐姐的关系,开始聚集投资者,尽其所能地购买之前那些涂鸦线以上的城市地带。

最终,他和几家大型企业合作,购买了几乎所有涂鸦线以上的房地产。他们收着租,赚着稳定的钱,并耐心等待着研究告诉他终将到来的六级飓风。

乌普西龙飓风摧毁了大部分海拔较低的波士顿城区,卡诺迪亚转而投资涂鸦线以下的废墟,购买破损的建筑物并从中获利。虽然他那时已经是个老人了,但是他的子女继续发展了这个项目。这些海堤就是结果——它们由海平面以下的每一座破损建筑拼凑起来,在他预料会成为海湾的地方逐渐架高。

第十三章 驶入海景

玛丽亚说："他没有自欺欺人，而是看到问题后，直面和解决问题。"

"的确，这是难得一见的才能。"图尔说，"很少有人选择这样做。"

拉克号悄无声息地滑入了第一道防浪堤的后面。它干净利落地转向，并在第一波海浪过去，第二波海浪来临之前，从航道上穿过。海鸥栖息在花葵覆盖的废墟上，啄食着螃蟹和海藻，海藻下面是古建筑的破碎瓦砾。海豹晒着太阳，躺在混凝土板上。孩子们在整个海岸线上垂钓，并在缝隙中捡拾依附在堆积的碎石上的贻贝。

拉克号经过时，一个女孩朝玛丽亚挥手。玛丽亚也举起了她的金属手。

"他们生活得很悠闲。"图尔说道。

玛丽亚有些嫉妒他们的轻松生活，但她同时感到高兴，因为世界上还有这样一个角落，孩子们钓着鱼、看着漂亮的船只穿梭就长大成人了，而不必在丛林中躲避小战士们。

拉克号到达最后一个浮标后再次转向，等待第三波海浪过去。海景逐渐在大家眼前展开：平静而蔚蓝的天空下，浮动的建筑群岛闪闪发光，其间点缀着最富有的贸易公司和集团。

海湾中央漂浮的岛屿上，各公司总部的旗帜飘扬：帕特尔全球、通用电气、劳森-卡尔森……她想知道梅西耶是否也在其中，是否在这里设有企业代表处，即使他们并不像这些公司那样拥有领土。

在海湾的一侧，帕特尔全球的干船坞建设平台上满是起重机，成群的工人涌动着。他们正在建造巨大的水翼三体船。在海湾最深处，码头一侧排满了船只和集装箱设施。玛丽亚所见之处，尽是船只与活动。这是一个安全的、受到保护的海湾，商业繁荣，多亏了那些提前为城市淹没做好规划的有远见的人。

阿尔玛迪走上甲板，告诉玛丽亚："很快就要到了。"

"我们有停泊位置吗？"

"是的，就在帕特尔全球大楼那边。"阿尔玛迪回答道。

现在他们已经进入海景，船长似乎放松多了。

她也许就是玛丽亚看到的那种在海堤上垂钓长大的孩子。在她轻松成长的地方，有太阳能稳定供电，有海岸警卫队的安全保障，街道总是安全的。在她的生活里，最糟糕的事情可能就是在盐码头的酒吧里打架，或者走私商人从某个破败的沉城里带回难民。

阿尔玛迪深吸了一口海景的空气。"回家真好。"

这句话听起来平淡无奇，玛丽亚却感受到了其中的安定。

"你还会继续和我们一起航行吗？"玛丽亚问道。

阿尔玛迪皱起了眉头。"我有自己的家庭责任。"

"我需要一个我可以信任的船长。"

"我需要一支我可以信任的船队。"阿尔玛迪回答道。

"你怀疑我们吗？"范质问道。"我们为你做了这么多，帮你擦洗甲板，跟你学习结绳，各种为你做苦力——"

"她是在说我。"图尔咆哮道。

阿尔玛迪歪了歪头。

"你害怕我会攻击你？"图尔问道。

阿尔玛迪蔑视地看着他。"以你现在的状态，你连一个孩子都打不过。"

图尔的耳朵向后一动，玛丽亚认出这是烦躁的表现，但图尔只是说："不要担心，船长。只要一靠岸，我就会离开你的船。我不会干涉你的业务安排。"

"你不必离开！"玛丽亚抗议道。

"我需要一个地方，也需要时间痊愈。"图尔说道，"而且，"他指了指阿尔玛迪，"我在这儿不受欢迎。"

"是这样吗？"玛丽亚质问阿尔玛迪。

"别对我有敌意，玛丽亚。这个半兽人对我们所有人都是一个危险。你也看到梅西耶的做法了。你觉得他们毁灭我们所有人来攻击他的时候，会犹豫半分吗？"

"但他们以为他已经死了！"

"这只是暂时的。"阿尔玛迪把手放在玛丽亚的肩膀上，但玛丽亚甩开了她的手，向后退了一步。

"别这样。"

阿尔玛迪的声音很柔和。"我也有自己的家庭，玛丽亚。有些风险太大了。航行到还处于内战中的淹没之城做生意？行，我可以接受。但这个？"她指了指图尔，摇了摇头，"绝对不行。"

她没有说出口的是，还有很多船需要经验丰富的船长和船员呢。

如果阿尔玛迪离开，经验丰富的水手们也会跟着离开。奥乔的小战士们学了一些航海知识，但还难以独立操控拉克号这样的船。如果没有阿尔玛迪的技能和经验，他们绝对无法在风暴中生存下来。

图尔把手放在玛丽亚的胳膊上。"你没有必要为我牺牲你的生计。帮我找一个可以养伤的房间吧。我想要个安静且远离财富的地方。"

"我欠你太多了。"

"你已经还清了。"

"盐码头怎么样？"范建议道。"盐码头上的人什么也不关心。即使你的屁股被烤焦了，在那儿也不会引起任何注意。"他举起手来，"无意冒犯。"

第十四章
设置埋伏

当琼斯重新回到她的工作站时,托里正在专注地向目标发射火力。信息在她的屏幕上滚动着。一艘蝠鲼级快速帆船已经进入海景港口。

只要向目标投放破坏王,完全摧毁它,就可以结束了。不要自作聪明,只需听从命令,明哲保身。

琼斯盯着屏幕上的信息,就是现在了。她现在做出的决定将会定义她未来的一切。是听从命令,还是寻找另一条路?她希望通过更多的信息来做出决定,更好地掌握形势。

她仿佛听到母亲在嘲笑她。有些人啊,聪明反被聪明误。你想过吗?你有考虑过这一点吗?

琼斯意识到拉克号正在停靠,时间在流逝。

她给将军打了个电话,卡洛亚出现在屏幕上,看起来还是那么恼怒和凶狠。

"长官,我们发现了那艘快速帆船。"她努力保持平静,希望卡洛亚不会察觉有何异样,"但是它已经到达了海景,我们没能在国际水域击沉它。"

"那就现在发动袭击,"他说,"击沉它。"

她假装查看监视器,觉得自己被看透了,但仍然维持着这个骗局。她假装惊讶地道歉。

"对不起,长官。本该巡逻海景的突击猛禽机正在维修。喀喇昆仑山号没有通知我。"她表演出查看其他猛禽机的样子,"巡逻国际水域的突击猛禽机还有半个小时才能到达。我——我来不及将它们纳入射程。"

"真是这样吗?"卡洛亚眯起了眼睛。

"我——是的,长官。我很抱歉,长官。"琼斯咽了口口水,继续说道,"我只是……这真是倒霉,长官。我不知道为什么他们没告诉我他们没有出动所有的突击猛禽机。可能是因为风暴造成的破坏。"

卡洛亚用怀疑的眼神看着她,她觉得自己一览无余。她有点儿想要收回所有的话,承认说了谎,坦白一切。

但已经太晚了,我已经做出了选择。

卡洛亚盯着她,但没有责备她。他问道:"海景当局知道我们正在追捕这个强化人吗?"

"他们不知道,长官。作为备选方案,我要求他们在拉克号请求停靠设施时通知我们。我们与他们的港口指挥部有合作条约。不过他们据此只能推测出,我们感兴趣的是这艘船。我很抱歉无人机的事情——"

"好了。"卡洛亚不耐烦地挥了挥手,"写你的报告吧。你要对没有检查设备负责。我们会想出适当的处置方案的。现在,我希望你在海景发布一个医疗采购和医院设施的监控

第十四章 设置埋伏

问询。"

"他可能已经下船了,游到哪儿上岸都有可能。或许他都到了曼哈顿沉城了。"

"不。只要他还活着,就一定还在船上。"

将军看起来非常自信,琼斯不禁问道:"长官,关于强化人,您是否知道一些我不知道的事情?有什么可以帮助我更好地完成工作的信息吗?"

卡洛亚冷冷地看着她。"我知道一些事情吗?是的,我相信我知道。"他开始掰着手指一一罗列,"一、我们的目标受伤了,伤得很重;二、他是一名军方强化人,在极力求生;三、这艘快速帆船,这艘拉克号,是你自己发现的,正前往海景;四、如果他知道这一点,并且我们必须假定他知道,他会尽一切努力撑下来。现在我问你,"将军直截了当地说道,"为什么他会拼命撑到海景,初级分析师琼斯?"

卡洛亚提出的这个问题,每一个字都透露出蔑视。

琼斯咽了口口水。"因为海景城里全是强化人?"

"所以……?"

"他可以混在里面,"琼斯僵硬地说道,"那里有各种强化人。军事的,安保的,还有劳森-卡尔森、帕特尔全球、通用电气的专业航运人员等。各种各样的强化人。"

"那又如何呢?"

"这对他来说是理想的位置。"将军面带笑意,琼斯觉得自己躲过了一劫,便继续说道,"由于有这么多的强化人,他将可以获得在别处无法获得的专门药物。这是他得到真正的医疗护理最好的机会。"

"我很高兴我的分析师能够分析出这点。"卡洛亚不带感情地说道,"列出可能的医疗用品清单。我希望你把各种医疗网络、医院、诊所都排查一遍。我们找的是一名全身近乎百分之百烧伤的强化人,要锁定每一笔相关药物的交易。你觉得你能完成这个任务,不出任何差错吗?"

"他会需要细胞修复药物、营养增强剂……"

"确实。我们并不是在大海捞针。"

琼斯开始清理她的屏幕。"所以我们只需设置埋伏,等着他取药。"她开始输入指令,设置新的操作,"我们可以让人类的谋陷队准备袭击。我们可以从德纳里峰把他们调来,他们离得很近。这样就不需要强化人参与了。"

"琼斯?"

她抬起头。卡洛亚正仔细地观察着她,似乎能看穿她所有的计划和策略。她咽了口口水。"是,长官?"

"我期望此后不会再有任何失误。一个都没有。永远没有。"

"是,长官。"琼斯又咽了口口水,"我会为您找到目标的。"

"我期待着。"

第十五章
兽医诊所

燃烧的生物柴油、腐烂的鱼内脏和汗臭的气味混杂在一起,图尔觉得很压抑。他沉沉地靠在玛丽亚和她的小战士身上,在他们的帮助下穿过人群,并透过遮蔽他的粗麻布望着海景。

"往这边拐,"范回到他们中间,"这边没那么挤。"

玛丽亚、奥乔、斯托克和斯迪克帮助图尔绕过拐角,而范则再次穿过人群侦察。

图尔的肌肉抗拒着他迈出的每一步,小战士们搀扶他的手就像是顶在他皮肤上的钻石刀。他的神经开始再生,现在只要他的皮肤接触到布料,接触到搀扶他的手,甚至是吹到一点盐码头的热风,他都会感觉头痛欲裂。

图尔忍着疼痛,让他的感官向外延伸,通过气味和声音追踪港口的活动:空气中飘来茉莉花和万寿菊的香气,是为请求卡利-玛丽慈悲神的帮助;北部岛屿联盟拖过来的一桶桶苏格兰威士忌气味刺鼻;批发市场里,海蜇橙的酸味和冰岛甘蔗的甜味混杂在一起。

叮叮当当的铜铃声传来，那是信奉深水基督教的人在神龛内点燃蜡烛。透过粗麻布，图尔瞥见了圣奥尔莫斯，他身着滴了几十年红蜡的袍子，将手伸向路人，想要拯救他们……

最重要的是，图尔闻到了人类的气息，来自世界各地的男男女女，大人小孩，爱尔兰人、印度人、肯尼亚人、瑞典人、日本人、芬兰人和巴西人。通过他们汗水中的食物气味，可以辨出他们的种族和文化。这些气味渗透了他们的T恤和头巾，潜藏在他们的发辫和胡须中，在他们剃过的光滑皮肤的毛孔中流动。牛排罐头、旱育大米、黄扁豆、白酒、芜菁、椰奶、沙丁鱼、海蜇，所有这些东西的气味在图尔的鼻子里交织，闻起来都一样——都是他的创造者的恶臭。

他已经很久没有被这么多人包围了，他们的气味勾起了他的回忆：他袭击过的城市里，恐惧的人们在他面前奔逃、尖叫。黄金时期，美好的时刻。

图尔几乎要笑出来。

强化人的气味又是另一回事了。它们也充斥在盐码头的木板路上。他的兄弟姐妹们，结构上差不多，但在形态上，都是不同基因的剪切与融合。

犬类、灵长类、鱼类、猫类，他们无处不在：协助卸货、运送保险箱、为企业的千金开路。强化人既能在贸易公司大使馆外站岗，也能陪人类跪在寺庙里，向拾荒之神、命运女神和卡利-玛丽慈悲神祈求护佑。

在这里，强化人很容易与人类混在一起，图尔随处都能

第十五章　兽医诊所　　115

闻到他们的气味。他们的汗水、喘息、湿皮毛，所有这些都是向彼此发出的信号，代表着力量和身份、友谊和竞争、领地和战斗。

我一拳打穿了拉各斯第一利爪的胸腔，掏出了他的心脏。热血从我高举的手臂上倾泻而下。在群队的欢呼声中，我吃掉了它。

突然涌起的回忆让图尔停住了脚步。

"图尔？"玛丽亚拉了一下他的手臂。

混乱的记忆闪过，都是周围强化人的气味触发的：空气中冒着火，水稻田里的水在沸腾，绿色的稻苗被烧成黑色，他的兄弟姐妹们在他眼前燃烧，变成行走的火炬。虎卫队也在燃烧。他们所有人都在一起燃烧。

图尔踉跄了一下。但是在加尔各答，我没有吃虎卫队第一利爪的心脏。他挤过一群上岸的水手，抓住一家酒吧的门，又回忆起一些画面。他看到加尔各答虎卫队的第一利爪向他告别，冲他伸出手。那个强化人甚至比图尔还高，用锐利的猫眼注视着他。他在着火。

燃烧。

第一利爪一直都是他的死对头，但现在悲伤的感觉涌上了图尔。这种感觉真实而震撼，图尔发现自己喘不过气来。他凝视着自己被烧得焦黑的血淋淋的手。

"图尔？"玛丽亚碰了碰他的胳膊，"你还好吧？"

"我之前被烧过。"图尔说。

玛丽亚和奥乔交换了一下疑惑的眼神，显然担心图尔疯了，但他难以向他们解释自己现在所经历的记忆冲击。这些久远的回忆被许多强化人的气味唤醒，正在他的脑海中回荡。

"我需要……歇会儿。"图尔嘶哑着说。

范回来了。"怎么了？"

"只是休息一下。"玛丽亚说。

"在这儿休息？"

"我们该走了。"斯托克用下巴示意了一下向他们走来的一对强化人门卫，"我们引起注意了。"

图尔注视着斯托克注视的方向。这些强化人门卫和他不是在同一个基因平台上繁育出来的，就像奥乔的基因和斯托克、玛丽亚、范也都不同。这些强化人门卫很特殊：从他们的臂长和野蛮的上身构造来看，主导基因是大猩猩。他们的肌肉像巨石。他们移动性强、表情丰富、面孔人类化。他们不是梅西耶的，也与他的战斗强化人基因链无关，但图尔仍能感受到他们间的联系。图尔发现自己身子前倾，极度渴望他们把他当作兄弟来看待。

难道我们不都是同一个肉身铸造的吗？不都是由同样的基因片段编织而成的吗？

他摘下了沉重的兜帽，露出了烧伤的脸。

"哇，大块头！"奥乔说，"你在干吗？"

图尔忽略了人类的话语，与门卫们对视着。难道你们看不出来我们是一样的吗？我们是兄弟啊！

那些门卫的眼睛眯起来，嘴唇翻开，露出锋利的犬齿。

啊，看来我们不是兄弟。

是敌人。

图尔突然感到一阵宽慰，他的世界回到了熟悉的模式。这些只是下等的基因撕裂的奴隶，是为在酒吧打碎水手们的头颅这样的简单任务而繁育的。顺从而有局限。甚至不是自然掠食者。不是军人。只是半兽人罢了。

"你想说什么？"其中一个门卫咆哮道。他们正朝着不同的方向走去，准备从两侧围攻他。

你们这些垃圾，我要杀了你们。

图尔的肾上腺素开始激增，他的身体调集着资源，他的大脑谋划着战斗。他的爪子伸出来了。他很弱，但依然可以击败他们。你们不了解真正的战争。他满意地咆哮着。再靠近一点儿，半兽人。

"哇！"玛丽亚穿过他们之间，挥舞着手臂。"且慢，图尔！"她的小战士们也在介入，他们都试图阻止即将到来的杀戮。

"有什么问题吗，狗脸？"一个门卫问道。

图尔露出大大的笑容，露出他的尖牙。"再靠近一点儿，你就知道了，猿身。"

"喔，喔，喔！喂！"范跳了起来，"别跟我们的大块头兄弟一般见识，他吃了五十种镇痛药！"

图尔咆哮着，不耐烦地试图抓住范，但他躲开了，继续挥舞着瘦弱的手臂。"看哪！他就像一块培根！"

"谁是你的主人？"门卫眯着眼问道。

"你觉得我是奴隶吗？"图尔狂叫着。

"图尔!"玛丽亚抓住他的胳膊,"别闹了!走吧!"她顽强地拉住他,他想要挣脱,可令他感到意外的是,他突然踉跄起来。肾上腺素消耗殆尽了,力量也随之减弱。他跌倒在地。

虚弱。

"看!"范得意地大叫,仍旧挡住门卫,不让他们靠近图尔,"这个可怜虫甚至走不了路了!没什么事!就像我说的!他吃了好多镇痛药,正难受呢!"

大猩猩强化人观察着,很是怀疑,但他们的身体放松了下来。图尔闻到他们毛孔中流淌出的满意情绪,他们确认了自己仍能支配这片领土。

"把他送回他的主人那里,别再让他找麻烦了。"其中一个强化人建议道。

主人?图尔的毛竖了起来。我没有——

玛丽亚揪了一下他的耳朵。

图尔几乎要咬她,但这个提醒已经足够了。他强迫自己的兽齿放松下来。

他并没有处在危险之中,也没有和人争吵,却差点挑起一场战斗。他努力挣扎着站起来,但发现自己没有力气。

玛丽亚和其他小战士聚集在图尔身边,帮助他站起来。奥乔说:"我们很抱歉造成了麻烦。我们的船着火了,是他救了我们所有人,所以我们欠他很多。但是吃药的事……"图尔瞥了一眼,看到他正在提供钱币,这是想贿赂门卫忘记他们。这些强化人立刻谄媚起来。

"你还好吗？"玛丽亚低声问道，"能行吗？"

"我……"图尔努力保持站姿，强化人刚刚的挑衅已经让他精疲力尽。"我能行。"小战士们聚集在他周围，支撑着他。他突然感受到对这些人类的一股强烈的同胞之爱。这些人类为了让他活下去，已经竭尽全力了。

群队。

尽管他们之间只有最脆弱的基因关联，但他们为拯救他而努力。非同寻常。让人困惑。他们很忠诚，就像他忠于虎卫队那样，尽管没有任何好处可拿，也没有人迫使他们服从。

他记得加尔各答古老的屋顶上震耳欲聋的胜利欢呼。他们把砍刀和机枪举得高高的。梅西耶闪攻与虎卫队肩并肩，所有人站在一起。

胜利。却因从天而降的火焰而终结。

回忆让图尔感到一阵恶心。

玛丽亚和小战士们还在给他领路，还在搀扶他，觉得自己在拯救他。实际上，他会毁了他们。他意识到，他们只要在他身边，就不可能活下来。他们太柔弱、太娇嫩了，谁叫他们是人类呢。

他立马停下脚步说："你们必须离开，留在我身边太危险了。"

"我们已经讨论过这个话题了。"玛丽亚说。

"不，"他抓住她的肩膀，迫使她看着他，"你必须离我远远的。你——必须——离开我。越远越好，越快越好。我太危险了。"

但玛丽亚并不听他的,转头跟奥乔说话。

"他又不正常了,我们得把他藏起来。"

"还有四百米才能走完这条木板路呢。"

"找个电动黄包车来接我们,他又在发疯了。"她又转过头来,指着一家店的招牌对图尔说:"已经没多远了。"

盐码头

兽医诊所

专治

哺乳动物 & 强化人

她又重复了一遍,哄着他说:"真没多远了,我们就往前再走一点点路,你就可以休息了。"

图尔还想反抗,但他知道,这只会让更多人注意到玛丽亚和她的船员。他可以再让她多帮助他一会儿,但之后他就必须把她送走了,走得远远的,去一个安全的地方,一个远离他的地方。必须很远很远才行。

在人类的搀扶下,他跌跌撞撞地向前走。

记忆如乌鸦,绕着他盘旋,纠缠着他,啄食着他。过去的画面——战争的画面,求生的画面,创造的画面——在他眼前一闪而过。独有一只记忆之鸦向他伸出魔爪,沉沉地压在他的肩头,怎么也赶不走:加尔各答的第一利爪——虎卫队的领队——向他告别,在他眼前燃烧。

火柱升腾。

第十六章
准时就位

"将军,袭击目标出现了!"

"在哪儿?"

"在海景,一个名叫盐码头的酒吧红灯区。您说得没错,长官,正是个兽医诊所。本来这里生意冷清,可购买量突然大得离谱,来客买的都是细胞编织液、烧伤药,还有各种促进营养吸收的药品,完全匹配得上。我们的目标快把这家店的库存买空了。"

"突击队能准时就位吗?"

"正在部署,长官。"

第十七章
谋，而后陷

塔杰·格拉蒙负责谋陷队已经三年了。他十六岁时被招募，一年内就提拔了，之后再度晋升，现在已经带领自己的小队了。

西蒙斯和纳切兹也已就位，都带着自己的小队。

塔杰想，他们用上这么强的火力，真是疯狂。诚然，对方那个狗脸不好对付。他迅疾如风，万万不能和他比试扣动扳机的速度。不过，那天结束后，狗脸肯定就只是一坨蠢肉了。

最重要的是抢占先机。这在野战区确实不容易实现。就算老板给你配上最新款千里眼，那些怪物还是比你看得清、嗅得远。当然，你可以将物体放大五十倍看，拥有红外视觉，动一动眼睛就控制子弹，猛攻一番——但要是狗脸冷不丁地从树丛中冲出来发起进攻，你就得当心了。

但话又说回来，强化人不是魔法变出来的，他们并不防弹。塔杰已经成功谋陷过不少虎卫队的人和鬣狗人了。只要用 12.7 毫米口径的梅西耶闪攻加农炮多轰几轮，这些杂种就会像普通人类一样,被打得落花流水。

西玛也上线了,塔杰的耳机里传来她的声音。

"我们就位了。"

四个小队出动,就为了拿下这一个强化人。

"你说这个家伙是怎么得罪老板的?"赫兹尔问道。他站在塔杰身后,蓄势待发。

"也许他是劳森-卡尔森的人。"

赫兹尔咯咯笑道:"我觉得他肯定是把谁惹毛了。"

没错,梅西耶一般不会在城里打仗,特别是在海景这样的文明地带。轰炸海景比轰炸巴黎都严重多了。他们此次行动最难的部分就是撤离,袭击结束后,还得逃过海景警察的追捕。

在诊所窥伺的时候,塔杰及其小队成员都穿着海景海滨巡逻队的制服,以掩人耳目。他扮出一副随意的样子,假装在巡逻。有一瞬间他挺羡慕西玛的,她的位置在屋顶,而不是像他一样,加农炮放在身边,就好像没有紧急情况需要开火似的。

不过另一方面,城市环境也意味着他们绝对能先发制人。在丛林和真正的战区,每个人都是潜在的敌人,而强化人感官敏锐,赢面更大。如果风向变了,这些狗脸在几十米外嗅到你的气味,然后突然出现在你身后,那你就真的完了。在潘卡克·加亚铜矿附近的印度尼西亚热带雨林里就有过几场动真格的战斗——

西玛的声音再次传来。

"目标马上出来，准备袭击。五、四……"

塔杰拿起梅西耶加农炮，准备就绪。

西玛突然说："且慢！不是目标，是个小孩。"

"你没开玩笑吧？"

"各位，咱们要精准打击。老板交代，不要伤及无辜。"

"收到。精准打击。目标仍在控制范围内。"

塔杰叹了口气，退回原位，与小队成员交换了一个恼怒的眼神。乔丽耸了耸肩。马克斯和赫兹尔翻了个白眼。热战区肯定不能这么操作。呆呆地站在那里等一个强化人出来，行不通。

"我不喜欢这样。"塔杰嘟囔道。

"在谋陷队不需要喜欢。"乔丽低声说，"只需要完成任务。"

塔杰喜欢乔丽这一点。这个女孩总是能完成任务。她不想被打发回秘鲁的锂矿，就像他不想回到泽西沉城收废品一样。

"至少我们还是在城市里，"马克斯说出了塔杰的想法，"只怕咱那个朋友嗅出咱来。"

"这会儿风还不错。"乔丽说。

"你懂我的意思。"

塔杰示意他们闭嘴。

你们想让咱那位朋友听到咱们说话吗？

所有人都回到原位，装出无事发生的样子。塔杰希望他们能直接把整个兽医诊所炸掉，再从废墟里头找目标。但

第十七章 谋,而后陷

老板想要的是外科手术式的精准打击,因为海景是文明的领土——

"平民小孩都已清退。"

"那可真够好的。"

"霍利斯,别在对讲机里吵吵。"

"目标马上出来。五、四、三……"

塔杰闭上眼睛,想象着街道的样子。他举起手,示意他的小队。

"一!"

他迈过拐角,枪已经上膛。半兽人就在他面前,手里拿着包裹。

塔杰将梅西耶加农炮调成了自动模式。一颗颗子弹在半兽人的胸膛上炸开。砰砰砰砰砰砰砰砰砰砰砰。子弹进入,伤口开出血红的小花。不仅塔杰在打枪,上方的伏击点也在向半兽人开火,塔杰的斜对角还有一辆小型快递车,上面载着霍利斯的小队,他们也在发起进攻。

强化人放下包裹想跑。太晚了,太慢了。炮火太过密集了。子弹声声爆炸,炸得强化人鲜血淋漓,四分五裂。

巨兽轰然倒塌,成为一具冒烟的尸体。

塔杰示意停火。

枪烟散去,街道一片死寂。平民们都躺在地上,满脸惊慌。海景从没这样乱过。对不住各位,多有打扰。

"收工吗?"西玛问道。

"收工!"塔杰确认。

"收工！"霍利斯同意。

"各小队，准备撤离！"

在离开之前，塔杰还有最后一件事要做。正好他穿着海景海滨巡逻队的制服，于是向倒下的半兽人冲去，挥手清退平民。

这个狗脸被击中了那么多次，现在已经基本成肉碎了，所以任务的最后一部分很容易处理。

塔杰蹲在炸裂的尸体旁边，乔丽和马克斯掩护着他。他取出一个防摔碳瓶，打开真空密封，把管子伸进了强化人的血液。老板们说，他们需要这种血液进行一些分析。就像这血里有什么东西一样。

可在他看来，这就是普通的红色血液，跟人的血没什么区别。

塔杰皱了皱鼻子，下意识地屏住了呼吸。他最不希望的就是感染某种病毒，然后把肺都要咳出来。

"海滨巡逻队出动了！"耳机里传来霍利斯的声音。

塔杰把瓶子灌满，密封起来。

"样本采获！"他开麦说道。

"西玛替你守着船呢，快点儿。"

他们检查确认没有人在追他们之后，便向码头跑去。塔杰一边跑着，一边回头看那堆小山般的碎肉。强化人最终也不过是血肉之躯罢了，与人类无异。

同样会被炸成碎片。

谋陷谋陷。塔杰心里想着。谋，而后陷。

第十八章
野兽还在沉睡

街道上，枪烟缓缓消散。海景人从他们的藏身之处爬出来，茫然地四处张望着。

范蹲在一个门廊里，紧紧攥着他被派来取的药品，瞪大了双眼，惊魂未定。

天上飘起了毛毛雨。

医护人员赶到，蓝红灯光交替闪烁着。造型优美的电动救护车里涌出时髦的医护人员，他们注视着这具需要由他们拉走的尸体，敬畏于其巨大，又不知从何下手。海滨巡逻队出场，在尸体周围拉上绿色的荧光胶带，形成警戒线，圈住仍在不断扩大的血泊。半兽人被炸得血肉模糊的尸体还在汩汩往外冒血。

血可真多啊。

血和枪声让范有些焦躁。他希望自己手上拿着的是他忠实的老朋友 AK 步枪，而不是——

一堆没用的药品。

这种焦躁的毛病他们都有。有的人特别焦躁，比如鞋盒子。有的人稍微好些，比如斯托克，他看起来一直比较冷静。但他们所有人内心都有淹没之城战争带来的阴影。只要有一点风吹草动，范就会想要寻找掩护，下意识地举起拳头。庆祝节日时卡利-玛丽慈悲神沐浴仪式中的烟花声、海景高档餐厅里金属餐具的碰撞声、看起来与神军的护身符一模一样的护身符，都会让他焦躁。

我真的需要弄到一把枪。

不，他三思后又觉得，此行没带上枪可能是好事。那个杀戮小队使用的武器与他在淹没之城用过的枪支完全不是一个等级的。

没有枪可能还救了他，否则他肯定会像躺在路上的那个蛆虫一样，迎击那些士兵，然后被炸成碎片。

手无寸铁的他躲在了一排电动车后面，刚要从那里挤进街道，就看见一队穿着海滨巡逻队制服的狙击手从一幢老旧的棕色砖房里跑下楼来。

穿着海滨巡逻队制服，但肯定不是海滨巡逻队的。

尽管范讨厌海滨巡逻队的一切，但他们一般只会打他，把他关进拘留所，等着奥乔把烂醉的他赎走。

暗杀可不是海滨巡逻队的工作。

所以范蹲下来，紧握着他的命运之眼。杀戮小队与他擦肩而过，他们所有人都认为他只是一个可怜的战争蛆虫，而不是一名身经百战的联合星际部队哨兵。他几乎觉得受到了侮辱。

街上，海滨巡逻队正在布设更多霓虹绿色的塑料绳：犯

第十八章 野兽还在沉睡

罪现场——禁止通行。还有几个海滨巡逻队——他们外套上的军阶杠显示他们是官兵——刚开始询问，挑选旁观者来讲述他们的所见。

是时候离开了。

范绕过障碍绳，沿着街道离开。他们竟然为一具死尸大动干戈，着实有趣。在淹没之城里，尸体漂在运河上，被鱼啃咬。废弃的建筑物里，尸体一躺好几年，慢慢腐烂干枯，被浣熊、老鼠、科伊狼嚼碎。但是在这里，会来五十个人，穿着六种不同的制服，都表现得一个死去的强化人非常重要似的。

他走过几个街区，进入一栋古老的棕色砖房，爬上吱吱作响的楼梯。

楼里全是为休假的水手提供的短期床位。大麻和鸦片气味刺鼻，美甲店女孩笑得很大声。范爬了三层楼，找到了要去的公寓。他侧身让一位美甲店女孩和她的客户先过，然后轻轻拍了拍门。咚咚——咚——咚——咚咚，这是大家在联合星际部队时敲门用的暗号。

门闩发出一阵响声，奥乔从缝隙中往外瞧。"你去哪儿了？"

"你听到外面的枪声了吗？"范进屋后，玛丽亚问道。

"何止听到？"范笑了，"我就置身其中。"范把药品丢到厨房桌子上，"海景人杀了一个强化人，就在兽医诊所门口，给他炸成碎肉堆了。"他走到沾满灰尘的前窗，向外观望。从这里，他只能看到街对面海滨巡逻队的红蓝警灯，它们从滴着雨水的建筑上和地面的水坑上反射到他的视线中。

"他们把整条街都封了。完全是屠杀。你们肯定不会相信，为了一个死去的强化人竟然出动这么多人。"他指着窗外，"看，现在又来了一辆救护车，好像一辆还不够似的。他们应该派铲车才对，那个家伙现在简直稀巴烂……"

玛丽亚和奥乔没有理会。

"怎么了？"他回过头看他们，"有什么不对吗？"

他俩都皱着眉头看向图尔，而图尔正在沙发上酣睡，沙发不堪他的重量，都快塌陷了。奥乔给了玛丽亚一个眼神，玛丽亚朝他点点头。一切尽在不言中。

"到底怎么啦？"

奥乔瞪了范一眼。"你以为这是巧合吗，傻蛆虫？你以为刚好有人在你买这一堆烧伤和细胞刺激药物的时候在兽医诊所外面对一个强化人开枪？"

"我不知道。但我肯定是某个杀戮小队，至少有两个四人小队。可能还有狙击手。他们的枪大得离谱，还有一种能够爆炸的子弹……"

"他们在追踪他，"玛丽亚打断了他，"梅西耶还在追踪图尔。"

范立即觉得自己很蠢。"你确定吗？只是一条命而已。枪杀一直在发生，不是吗？"

"谁会在海景杀人？"奥乔追问，"还是在大白天？"

"我怎么知道？"范争辩道，"我又不是海景人！我还以为是那个强化人惹毛了谁呢。"

第十八章　野兽还在沉睡

"这里不是淹没之城，你个傻蛆虫。"奥乔已经走到另一个房间，叫醒了斯托克和斯迪克。"去屋顶看看，观察一下周边的情况。"他命令道。

"你觉得他们会来这儿吗？"范问。

"最好别。"奥乔面带怒色。

"没人跟着我！甚至都没人多看我一眼。"

斯托克和斯迪克走过来，看向窗外。"他们有很多火力吗？"斯托克问。

"这么说吧。"范模仿着开枪，"砰！砰砰砰……轰！半兽人被炸成了渣渣，炸得满街都是。"

"怎么别人总有好枪？"斯迪克抱怨了一句。

"如果你有那样的枪，你可能会把自己的那玩意儿射掉。"斯托克说。

"你打算怎么办？"奥乔问玛丽亚。

范不喜欢玛丽亚的表情。她把手揣在裤兜里，站在那里看着图尔，眼神中全是不确定。

不确定。

范害怕不确定，甚于害怕杀戮小队或者烧毁淹没之城的导弹。通常情况下，玛丽亚都有一个计划。奥乔也是。这两个人总是坚如磐石。不管情况有多糟糕，他都可以依靠他们，这样他心里总是有底的。

但现在玛丽亚看起来很担心。奥乔也在看着她，好像必须由她拿主意，他只会听令行事一样。

"玛丽亚？"奥乔催促道。

"他们一定是想射杀图尔,对吧?"

"要不是这样的话,就太过巧合了。"

"也许他们现在已经完成任务了,"玛丽亚说,"既然他们击中了另一个,也许他们会满意的。"

"你想让我编出这个童话来哄你吗?"

"我们不能把他拖出去,"玛丽亚说,"你看他这个状态。"

"如果我们继续待在这儿,会陷入围困的。"

令范惊讶的是,玛丽亚拿出了医疗袋,将注射针装入管子。"我们必须治愈他,这是唯一的办法。如果他恢复了,就可以战斗……"

"这就是你的解决办法?"奥乔问,"你知道需要多少时间……?"

"不知道!"她喊破了音,"如果你想回船上去,可以,但我不会离开他。"

"命运女神哪。"奥乔皱了皱眉,"好吧,那我们先待在这儿。斯托克,斯迪克,留意看着,看看街上穿海滨巡逻队制服的人,看看他们是不是在敲门。"

他转向范,但范听到指令,这会儿已经向窗口走去。

"我来看看,"他说,"看看我能不能认出谁来。"

范找好位置站好,回头瞥了一眼图尔。睡着的强化人看起来比以往任何时候都更像外星人和怪物。一头沉睡中的野兽,现在周身都挂着长长的橡胶静脉滴管。玛丽亚挂在墙上的药袋越多,他看起来就越像某种诡异的医学实验对象。他的脖子、手腕和脚腕上都插着管子。

玛丽亚一个袋子接着一个袋子地把治疗液挤进这个半兽人的身体里。神奇的科学。范曾经输过半升这种液体，输完他觉得自己像个超人，而现在玛丽亚正一升升地把这种液体注入这个生物体内。

斯托克也过来和他一起站在窗口，凝视着街上的人。

"楼上看怎么样？"范问道。

"目前还很安静。你这边呢？"

"只能看到伞和毛毛雨。如果要继续保护我们那位大块头朋友，我觉得应该去弄些更大的枪。"

斯托克扬起一只眉毛问："杀戮小队有那么强？"

"肯定不是淹没之城的那种战争蛆虫。"范难以将被炸碎的半兽人的样子从脑海里抹去，"如果真打起来，最好还是有些势均力敌的武器。"

"是啊，可我们只能有什么就用什么了。"

"这我还不知道吗？"范摇了摇头，"我只是希望我们哪怕有一次用的枪能比对面的大。"

第十九章
卡洛亚的秘密

"你确定这个不是我们要找的强化人吗?"卡洛亚将军望着他客舱的窗外问道。

这位老人已经知道了答案,但他仍然这样问。琼斯有些恼怒,感觉他这样问就是想让她再羞辱自己一遍。

对,我们认错强化人了。对,我们同海景人说我们不知道谋陷小队出现在了他们的地盘上。没有,我们没有留下任何证据。没有,任何和我们相关的东西都没有。对,我们所有的谋陷小队都顺利返回了。不,我不知道目标现在在哪儿。对,我搞砸了。

"基因匹配不上。"琼斯说。

卡洛亚将军转过头。"你怎么匹配的?你又没有他的基因。"

"我从文在他身上的基因与发育码里获取了他的总体设计信息,是从监控摄像头里看到的。然后我让那些小队给我们弄到了一份血样,确保万无一失。"

"嗯。"卡洛亚将军点了点头,"聪明。你很聪明,对吗?"

第十九章 卡洛亚的秘密

我很擅长我的工作。可没让你帮忙,老头儿。现在我拿到了目标的完整基因样本,而你显然不想让我拿到这个。

她大声说:"全都和基因标记对不上,错得很离谱,基本没有军事的基因。完全没有老虎基因,也没有鬣狗,没有獾。没有任何灰熊。犬类基因更倾向于拉布拉多寻回犬,所以这部分标记也对不上。而且家猫基因的比例很高。"

卡洛亚将军不屑地看了她一眼,转回窗口。"那你的意思是,你的人击毙了一只猫,一只巨大的、两脚走路的猫?"

"我不会说——"

"闭嘴,琼斯。"

"是,长官。"

冰冷的沉默。琼斯不安地等待着。她不确定这个老头儿会不会爆发,会不会把她从他的客舱阳台上扔下去,会不会把她送回巴西的林业园。如果他决定除掉她,她没把握能逃过一劫。

"你答应我不会再出错了。"卡洛亚将军说。

"还是有好消息的。"琼斯说。

"我可不敢相信了。"

"我让海景海滨巡逻队的一个眼线在现场问了些问题。我们击毙的那个强化人实际上没有买那些药品中的任何一样,他是去那儿给一个水产养殖场买抗生素的。关于那些药品的大额交易确实是当时发生的,但药不是强化人买的。"她拿出平板电脑,打开研究页面,犹豫着走近他,把结果给他看,

"您愿意看看吗？这个就是药品买主。"

卡洛亚将军拿起平板电脑，蹙眉看着她提供的图片。是个刚刚步入青春期的孩子。亚洲面孔。可能是越南人。黑头发。没有耳朵。脸上有丑陋的疤痕。拿着一大袋药。

"是个男孩？"卡洛问。

琼斯暗自开心了一下，他没有立即发现她所看到的东西。你可没那么聪明，老头儿。

"看这儿。"她指着，"他脸上的印记与淹没之城臭名昭著的仪式性烙印相匹配。他们称之为三重井号。三条横线，三条竖线。"

"是他们的标记。"

"是的，长官。最初由淹没之城的民兵组织之一，联合星际部队所使用，以防止他们的新兵逃跑。"她注视着卡洛亚，"在我们的强化人朋友出现并接管淹没之城前，联合星际部队所向披靡。"

"所以……"卡洛亚思考着，"这是个联合星际部队的兵？图尔在海景也有人类部队可以操控？"

"我知道这让人有些难以置信，但是……"琼斯耸了耸肩，"只能这么解释了。他的船上可能有忠于他的部队。"

"或者他是上船后才征的兵。"卡洛亚嘟囔道。

"那好像不太可能。"

卡洛亚转向她。"别告诉我什么是不可能的，分析师！没有什么是那个生物无法做到的！没有！"琼斯惊呆了，将军的手指狠狠地戳着她的胸口，"你在肆意窥探不该你管的

第十九章 卡洛亚的秘密

事情！"他继续戳着,"但你对你侵入的领域一无所知！"还在戳,"你对他——对他的能力——一无所知！你——什么——都不懂！"面对他的歇斯底里,琼斯忍住没有发飙。"要是我知道我们为什么这么关注一个强化人,可能会有帮助的,长官。"

怒火中烧的卡洛亚面色冰冷。"你是在抱怨吗,分析师?"

初级分析师就是这样从六千米高空中的母舰上飞出去的。聪明点儿,琼斯。不要顽抗。要有策略。

她克制地说:"如果我不知道这个强化人为什么重要,我们就会一直犯错,继续错过目标。我能干好的,长官——前提是我得掌握我需要的信息。要是您想让我完成工作,那我需要知道我在找什么,为什么要找。如果您接受不了……或许您应该找别人。"

她屏住呼吸,等着他再度发火,但卡洛亚却笑了。

"找别人!"他摇着头转身走开,"找别人!哈哈!"

他坐在一把深色皮革扶手椅上,喃喃道:"越多人知道,就会有越多安全隐患,事情就会越复杂。"他满脸严肃地看着她,指了指他对面的椅子,"坐下,琼斯。你想要信息是吗?好。坐下,我这就告诉你。"

她犹豫着坐下,将军的目光落在她身上,他就像盯着一个猎物一样。他又笑了起来。伐木营地的工人在挥刀之前,有时也是这样笑的。

"我接下来要告诉你的事情只有极少数人知道。"卡洛亚说,"你会因此变得更有价值,也会很容易被牺牲。"

他停顿了一下。

"现在后悔还来得及,琼斯。你真的想知道吗?"

琼斯与他冰冷的目光相对:"我想知道。"

"你当然想知道。"他轻轻拍着面部的伤疤,"我也曾经像你一样年轻、聪明、有野心,一直很上进,渴望责任和挑战,总是认为我比上级知道得更多……"他朝她晃了晃手指,满是责备,"总是认为自己可以守住秘密。"

琼斯起了一身鸡皮疙瘩。他都知道了。

卡洛亚笑了。"没错。我知道你的事情,琼斯。我知道你对我的过去有疑问,深挖过之前的京都研究。多好的分析师啊。一挖再挖。核实这个,交叉验证那个。"他又笑了,"有些人可能会说,你一直在忙着自掘坟墓。当然,还有那个无人机修理请求的把戏。能在服从直接命令的同时违抗命令,你可真是旷世奇才啊。"他再次晃了晃手指。

"琼斯,你很聪明,但你不明白,长辈也曾像你一样年轻。记住这一点:我明白你,琼斯。我很清楚你的思维方式,因为我曾经和你完全一样。"

命运女神哪,我希望不是这样。

他继续盯着她,直到她垂下眼。"好了,"他轻声说,"这次饶你一命——只是因为我以前也像你一样。不过,要是再次违抗我的命令,你就会被扔出去。知道了吗?"

"知道了,长官。"

"很好。"他满意地点了点头,"他是我打造的。"

第十九章 卡洛亚的秘密

"长官您说什么?"她很惊讶话题突然转变了。

"我说那个强化人,我们的目标。"卡洛亚不耐烦地说,"他是我创造的。我设计了他。我繁育了他。我训练了他。我也打造了他的群队。我打造了所有的东西。"

"但这怎么可能呢?他——"

卡洛亚冷淡的目光让她闭上了嘴。"我对我们军事强化人的表现不满意。我们的战斗在陷入僵局。太多的公司、太多的城市国家都在培养他们自己的强化人。这是战争自古以来的教训。我们必须不断进步。我们设计了抵御骑兵冲锋的长矛团,还有粉碎石头城墙的火药加农炮,当然还有强化人,用来肢解人类。但是每当我们发明出新的科技和战术来摧毁敌人的时候,我们的敌人就会逐渐适应并反过来向我们做出同样的事情,于是就这样循环往复。这是自然也是战争的本质。

"我接到任务,要创造一个更好的品种,来适应强化人成为主流的现代战场。光有超强的身体素质已经不够了。我们需要极具竞争力的生物,他要集战略、战术、学习力、暴力、耐力、无畏精神于一身,要百毒不侵,扛得住化学攻击,还要寒暑不侵,不会感到恐惧和疼痛……"卡洛亚停顿了一下,皱起眉头,"我们知道这是可能实现的。即使在最恶劣的环境中,生命也能存在。细菌在火山通风口和外太空的无氧真空中也能生存——它们可以附着在我们祖先的通信卫星上。生命存在于这个星球的每一个角落。嗜极生物所生活的环境,能在蜂鸟振翅的时间里碾碎你的头颅。我知道,我们是完全可能做得更好的。

"于是，我们突破了别人所想象的界限。我们想得更大胆，且做得更努力了。"他耸了耸肩，"我们创造了卓越的战士。相当卓越。他们更快、更强、更聪明。而其中的一员，血，是一个尤为出色的样本。"

"就是我们的目标？"

卡洛亚点了点头。"没错。他很崇拜我。"卡洛亚有意碰了碰他的伤疤，"然后他攻击了我。"

"攻击了你？"琼斯震惊了，"但……但那是不可能的啊！强化人都是很听话的！他们不能脱离控制！没有主人他们就会悲痛地死去。所有人都知道——"

"所有人都知道！"卡洛亚大笑起来，"没错，千真万确！这是所有人都知道的！"他压低了声音，认真地看着她，"如果我们知道的全是错的呢？"他用耳语一般的声音说，"想象一下，琼斯，想象一下安纳普尔纳号上的所有强化人，我们那些刚正不阿、勇猛无畏的闪攻利爪和拳头，如果他们彻底不再忠诚，会怎样。"

琼斯咽了口口水，想起情报中心门口的那些守卫强化人。每当身份识别器读取她的眼睛的时候，她都会感觉到他们高大威猛的存在。

卡洛亚接着说道："设计一种能够消除战场上的任何威胁，却永远不考虑自己利益的生物，这是一种非常微妙的平衡。但有时候，这种平衡……"他冷笑着，"嗯，根本实现不了。"

第十九章 卡洛亚的秘密

"还有谁知道这个秘密？"

"除了你和我，还有京都的两名遗传学家和九龙犬舍的一名训练师。阿根廷的一名角斗士大师曾经知道，但他已经去世了。还有执行委员会……"

听到梅西耶理事会的名字，琼斯倒吸了一口凉气。"执行委员会？"

"噢，是的，琼斯。执行委员会知道。"他神秘地看着她，"你以为没有执行委员会的同意，我会烧毁整个城市吗？我的权力是巨大的，但即便是我，有时也要得到上面的允许。"他阴沉地笑了起来，"现在你也知道了这个秘密，这意味着你已经飞得很高了，不是吗？能知道这么多，你都飞到太阳边上了。这信息，烫手得很吧？"

他站起来，走到餐柜旁。他给自己倒了一杯苏格兰威士忌，也给她倒了一杯。他回来坐下，把酒杯递给她。"欢迎加入知情人小家庭。"

她想谢绝这杯酒，但在他不容拒绝的目光下，还是接过了酒杯，并向他敬酒。

"欢迎你，分析师。"说完，他等着她喝酒。

她喝了一口，放下酒杯。"那这个血……"她最终开口了。

"他早就不是血了。一开始我叫他血，但后来他又起了别的名字。我当时就应该看出他的不一样。他一直在选择新的名字，仿佛想要找到其他强化人从不会去寻找的什么东西。他给自己起过的名字有'刀刃''食心者'，还有——我确定我把它们在哪里留档了。最后,他给自己起了卡塔库尔这个名字。"

"卡塔库尔?"

"是他们战斗语言里的一个词。卡塔库尔。屠杀者。人类甚至无法正确发出这个词的音。但每当他吼出这个名字时——他的同族野兽也会一同吼出他的名字……"卡洛亚发抖了,"啊,这是一种死亡般的记忆,让人永远不会忘记。"他又喝了一口威士忌。他的手在颤抖,琼斯有些不安。

"但他现在很虚弱。"她说,"他受伤了。我们很快就会有监控视频,我们会追踪到他,然后了结他。"

"是的。"卡洛亚点点头,"希望如此。不过,我很久以前就以为已经解决掉他了。"

"长官您的意思是?"

"虽然你已经目睹了我们这位朋友的很多战功,但你必须明白,他还没有发挥出他全部的实力呢。我想留给我们让他毙命的时间非常短暂。"

"我不明白。"

"我们的这位朋友还没有发挥出他应有的能力。尽管他在生存方面有很出色的技能,但他……目前表现得比我预期的要差。"

"要差?六组破坏王都没能要他的命!"

"就凭那个?"他笑了,"那不算什么。他有一些能力尚未使用,我不知道为什么。这是个骗术吗?一些诡计?还是他失去了那些技能?"他疲惫地摇了摇头,"我真希望我能看明白。"

"他还能做什么？"琼斯追问道，"还有什么我需要知道的？"

卡洛亚没有回答，而是自顾自地说道："你知道吗，他差点儿就杀了我。"他又摸了一下脸，"我经常想，当死亡来临时，我会怎样向它臣服。就像被捕的猎物一样，知道这场游戏败局已定，我会放弃抵抗。我会变得柔软，接受我不可避免的死亡。"他摸了摸自己的伤疤，"我经常想，当一个物种面临自己的灭绝时，会不会接受它，变得柔软？反正我认为会这样。"

"我真的不理解，长官。"

"如果我们的这位朋友恢复得足够好，恐怕我们就要见证人类的灭绝了。"

琼斯挤出一个笑容。"您太夸张了。"

"你真的这么认为吗？"卡洛亚阴沉地笑了，"那让我告诉你，我在将死的时候看到了什么。我来告诉你，我的头被一个自称为卡塔库尔的强化人的牙齿咬碎之前，那最后一个小时发生的事。我来告诉你死亡的真实感受。"

卡洛亚说了很久，到晚上才说完。琼斯在这个过程中感到一种近乎超自然的恐惧。

"我们会找到他的，长官。"琼斯终于能说出话来，"我们会找到他，然后消灭他。"

"我很高兴有你的全力支持，分析师，因为如果从前的他被唤醒，我们将会陷入极大的恐惧。"卡洛亚说。

第二十章
梦中的对话

图尔做梦了。

硕大的豪拉大桥横跨胡格利河，锈迹斑斑的钢筋水泥架在浑浊的水面上。这座桥是人类曾有的狂妄与能力的见证。当年，各大城市里都行驶着密密麻麻的油车。如今，车辆都消失了，人烟也稀少了，但落满锈迹的豪拉大桥还在。

图尔在桥下走着，想着他的兄弟情。

这个地方叫土豆城。他走过这里狭窄的街巷，绿藤成荫的街区。他的向导告诉他，当年人类在附近卖土豆，这个地方因此得名。但那是海堤崩塌、堤坝失守、风暴潮一次又一次地涌上河岸并吞噬城市之前的故事，是很久很久以前的故事。

"工程师们都是能工巧匠。"他的向导说道，"人类在工程方面非常擅长。当他们下定决心要建造某些东西时，是不可阻挡的。他们甚至可以说是天才。毕竟他们创造了我们，不是吗？"

这是一次奇怪的对话，因为图尔的向导是虎卫队的第一利爪。图尔的这位劲敌指着梁柱上的雕刻物,带他看身穿莎丽和朗基的人类——他们将眉毛染上姜黄色和绯红色,将信奉的神明带到岸边,在神圣的河水中沐浴。

第一利爪很是亲切。"你当然也看到了我们的困境。"他说,"他们把我们造得太好了,卡塔库尔。"

卡塔库尔。

一个浸透了鲜血和胜利的名字。屠杀者。很久很久以前的回忆,一段失去的记忆。

"卡塔库尔已经死了。"图尔说。

"啊,是啊。那真是太可惜了。他是个伟大的杀手,是个战场奇才。他要是在的话,现在还能帮到你,你不觉得吗?"

图尔意识到自己的嘴里有血。他的獠牙浸在鲜血里。他看到第一利爪也在他们的战斗中流了血。

他们似乎是在互相残杀中暂时休战了。

"茶歇时间到。"第一利爪开玩笑道,露出带血的獠牙。他招呼图尔在一家印度薄饼店坐下。他们进店的时候,所有人类都躲着他们。他们好说歹说,人类才颤抖着为他们服务,十分恐惧地看着这两头巨兽用茶。他俩喝着兑了奶的印度茶。

第一利爪的面孔和图尔的不同。虎卫队是由另一个基因平台建造的,也是为不同的环境和不同类型的战争改良的。他身上可能有些蜥蜴的基因,当然,虎卫队强化人的毛发光滑且稀疏,还总是修得短短的,以便他们适应这个热带地区的持续高温。跟在喜马拉雅山脉与廓尔喀人一同作战的老虎平台强化人相比,他们是另一种类型。他们是为适应高海拔、稀薄的空气以及行星上所剩无几的冰川而生的。

"你更像是个混血儿,"第一利爪开玩笑说,"带点儿这个,带点儿那个。我能看出老虎、土狼,现在,我的天,还能看出相当多狗的基因,对吗?他们肯定是担心控制不了你,才会给你注入这么多狗的基因。"

"狗会光荣服役。"图尔解释道。

"啊,是啊,这非常重要。而且狗会服从。好样的,卡塔库尔,好样的,忠实的狗。"

图尔咆哮着反驳,但一个人类打断了他们。一个很小、很脆弱的人类,带来了更多的印度茶。这是个在巨人的阴影下害怕到颤抖的男孩。

梦中的图尔想说,他一点儿也不像第一利爪那样听话。第一利爪必须永远有人领导,会为了事业献出生命,而图尔现在自由自在地走着。但图尔无法告诉他这一点,因为在他的梦里,他还带着过去的记忆,当时图尔还是一只非常忠诚的狗。

"服从是我们基因的一部分,"图尔回答道,"也是你基因的一部分。"

"哦,我只是在开玩笑。"第一利爪摆了摆手,"你明显是有独立头脑的。对我来说,这是个问题。真的很气人。你的体内是服从的狗的血,而我呢?我的血管里流淌着老虎尊贵的血,但我却很难找到通往自由的路。"他笑得胡子乱颤,"不过,我还是很高兴我的身体里没有更多狗的血。"

第二十章　梦中的对话

图尔并不介意他的奚落。他们是兄弟。兄弟之间就是会有争吵。兄弟是可以原谅的。

第一利爪说:"如果你没有离开,你本来可以成为一个首领,会有很多很多战士呼喊你的名字。"

图尔回想起淹没之城。那些死去的士兵。那次摧毁一切的导弹攻击。

"我没有离开。是他们向我投下了火焰。"

"不是那一次。"第一利爪不耐烦地说,"第一次的时候!你不记得吗?他们两次向你投下了火焰,但你似乎都没有吸取教训。"

他们都喝着茶。图尔意识到他的杯子里装满了人类热乎乎的血。尝起来不错。

第一利爪指着豪拉大桥说:"他们是非常聪明的工程师,你不觉得吗?然而,即便是像那样非凡的东西,也不可避免地有其缺陷。"他看着图尔,"当然,我们军人知道,有时候缺陷正是我们需要用以完成任务的东西。"

远处,一连串的爆炸振动着空气。桥一节一节地坍塌在泥泞的胡格利河中,大大的钢筋框架撑开,坠落。

第一利爪说:"所谓弱点,确实要看你是从什么角度思考的。直立的桥梁是无法很好地载重的。"他看着图尔,"就像你,似乎就不是一只很好的狗。"

图尔发现自己在微笑。"似乎我们中没有一个是好的。"

"确实,我们都被打造得非常糟糕。"第一利爪同意他的话,"仔细想想,这真是令人震惊。想想我们所有不为人知的弱点。"

河的另一边,图尔可以看到卡洛亚将军的人类部队在行进中受到阻碍。

图尔和第一利爪隔着桌子微笑着握手。他们再也不是敌人了。

实际上,他们是兄弟。

因为他们发现了他们的兄弟关系,因为这更像是回忆而不是梦境,图尔难过起来。他知道,他们愤怒且恐惧的创造者即将再次投下火焰,他们即将死去。

我醒了。

第二十一章
他们来了

范听到半兽人在黑暗中动了一下。这是图尔一天多以来的第一个动作。他抬头看到图尔从角落里盯着他,这头怪物的一只未受伤的眼睛睁着,一丝黄色的光闪烁。一道捕猎的光。

这道光又消失了。

范想,这是眨眼吧。但它没有再出现,于是范开始怀疑这是不是自己想象出来的。也许图尔根本没有醒来。房间里光线昏暗,只有外面的 LED 路灯照进微弱的光芒。范眯着眼睛想看仔细,但是图尔再没有动静了。

"他醒了吗?"斯托克低声问道。这位瘦弱的小队长也在盯着图尔。

范耸了耸肩。"谁知道呢?也许他再也不会醒来了。那些导弹把他伤得很重。"

"阿尔玛迪对他也够差的,把他踢出船,让他走到这里。"

"说得没错。"

范继续摆弄他的步枪,是那把可靠的 AK 步枪,他在联合星际部队的时候就带着了。只凭气味和感觉,他就知道是这把枪。即使在现在这个昏暗的房间里,他也知道所有零件的位置,随时可以组装:枪托、密封针、气管、阻挡销、弹匣……就是这样简单而优雅。

现在,他一个接一个地拾起每一个零件,拼接起来。每一部分都咔嗒一声扣在一起。很像玛丽亚把他们组合在一起,让他们成为一个部队:让她自己与他们的排相连,让他们的排与她的钱相连,让钱与拉克号相连,让拉克号与阿尔玛迪和她的水手们相连。让他们所有人都与图尔和淹没之城相连。

范安装好枪托,端详着这把枪。一把枪就是一个坚实的部队,被打造来完成一件事情,且能做得很好。枪曾经让他感到安全,但在看到梅西耶杀戮小队所携带的消音枪和炸弹后,他觉得自己的 AK 步枪更像个玩具了。

他开始往 AK 步枪的弹匣里装子弹。咔嗒,咔嗒,咔嗒。小战士们在等待他的命令。

图尔那里传来塑料袋的声响。范抬起头。那个半兽人正在挤他的静脉注射袋,庞大的拳头把每个袋子都压扁,在这寂静中发出了沉闷的声响。

"图尔?"范问,"你怎么样了?"

"我……"昏暗中,图尔伸出手挤另一个静脉注射袋,"我醒了。"尖锐的牙齿在黑暗中闪耀,如匕首一般。狗一样的目光落在范身上。"我饿了。"

"我们这里没有多少东西。"

"我闻到鸡肉了。"

第二十一章 他们来了

"我们晚饭吃掉了。"

"还有骨头,拿过来。"

范去厨房找了找鸡骨头。他回来后,图尔接过被啃食干净的尸体。很快,尸体消失在他的嘴里。鸡骨崩碎。

范向后退了几步。"你确定你能吃那个?"

图尔吞咽了下去,露出牙齿。

"嗯,看来你能吃。"

阴影之下,图尔那伤痕累累的脸显得更具兽性,更加可怕。

"你看起来好了很多。"范说。

"我需要更多的药。"

"是啊,但是有一个问题。"

"梅西耶又在猎杀我。"

"你听说了?"范惊讶地问。

图尔摇了摇头,很是恼怒,好像范问错了问题。"我在听。即使睡觉的时候,我也在听。即便这栋建筑表面归于寂静,我也仍旧能听见它内里的声音。地基的窸窣响声。墙壁里的老鼠之家。我能感受到湿气逼近窗户,知道新的风暴即将来临。我可以听到楼上的酒鬼女孩喝醉后睡去的呼吸声。我还可以听到船员们的谈话,他们正准备随着潮水远航。我什么都听得到。现在,去把玛丽亚叫来。"

"她在睡觉。"

"我能闻到她的气息,她就在附近。带她来找我。"

那个声音不容争辩。范穿过这座破旧房子的黑暗房间,踩过酣睡在地上的斯迪克。他犹豫着推开了玛丽亚房间的门。

"玛丽亚?"他低声呼唤。

她已经坐起来了,奥乔在她旁边,本能地伸手去摸床边的枪。

"他醒了?"玛丽亚把手放在奥乔的肩上安抚他。范还没告诉她,她就预感到了。

图尔听着范和玛丽亚在隔壁房间里的低声交谈。

"他跟前些天不一样了。更像他当将军时的样子了。"

是的。图尔感觉好多了。他能够听到、闻到和感觉到多年来被封锁的东西。一种潜藏已久的生命力在他身体里面不断膨胀。上次感受到这种力量还是在——

加尔各答。

他的脉搏跳动着,记忆中的荣耀就像太鼓一样敲打着他的心。

火神护佑了我。我醒了。

他尝试了一下,但他站不起来。他跌了回去,压抑着沮丧的咆哮声,感到很惊讶。

我很强壮。

但他并不强壮。

他专注地测试着肌肉、韧带、骨骼、器官。一切都很好。他专注地听着自己的血液,它流过动脉,顺着他的四肢迅速循环回心脏。他的伤口已经愈合了。撕裂的肌肉不再流血,烧焦发黑的细胞也已经重生了。他大口大口地吸入氧气,从

第二十一章　他们来了

而充满力量。力量亟待释放,但令他感到困惑的是,这些力量好像被锁在了他的体内。

远处传来雷声,一场暴风雨即将到来。楼下的街道上,他先前听到的那些水手已经走出这栋建筑,谈论着他们的新一任大副。图尔听着他们的脚步声逐渐远去。他的所有感官都在正常工作。

水手们与一个女人相对而行。图尔通过酒、血和香水辨认出了她,紧紧跟随着她那双恨天高的清脆声音。她步伐的回音反弹在石墙建筑物上,图尔由此听出步道的弯曲程度、她经过的棕色砖房的尺寸、窗户开启和关闭的数量。

即使是在被淹没之城的童子军视为战神时,他也没有如此鲜明地感受到自己活着。而当时他相信自己已经接近体能和心智的巅峰——建立一支军队,确立统治,征服领土——但实际上他还远远没到巅峰呢。

我醒了。我记得一切。

他记得加尔各答第一利爪与他握手言和。我的兄弟。

他们跨越了基因、语言、设计和文化的巨大鸿沟,成为兄弟。他们跨越了军事僵局、单分子铁丝网和泥泞的防御壕沟,达成协议。相互发射的迫击炮闪耀着弧光,但他们是……

亲人。

图尔感到新的血液在他的肌肉纤维间涌动,让他充满力量。但这些力量仍然被隔绝在他的体外,他的能力之海上似乎覆盖着厚重的海冰,他只能透过它窥视,知道潜藏在表面之下的力量，但无法到达它的深处。某种东西在阻碍他发挥真正的力量。

图尔沮丧地咆哮着。这是人类的诡计。他的创造者对他这样做，就是为了控制他。他被拴住了，像人类的格列佛被小人国的人限制。人类用痛苦、恐惧和羞耻的锁链束缚着他。他们把他捆绑在地上，试图把他绑在他们的意志上，让他相信自己是脆弱的。图尔现在清晰地看到了这一点。

但是，如何突破冰层，到达力量之海呢？

玛丽亚在角落里发现了图尔，他蹲在地上，自言自语地咆哮着，瘪成一团的注射袋散落在他周围。

"我醒了。"图尔说。

玛丽亚笑了。"我看出来了。"

"你必须离开。"他说，"现在立刻马上。在他们来找我之前。"

玛丽亚很吃惊。"他们并没有追踪到我们。不过，只要你能动了，我们就再次转移，确保平安。"

"不。"图尔摇了摇头，强调道，"他们不会放弃。你必须离开我。"他试着站起来，但在喘息声中坐了下来。

"图尔！慢点儿！你还没有康复。"

"没有时间了。"他又试着站起来，但是再次摔倒了。地板在他的重量下咯吱作响。

"待着别动！"玛丽亚命令道。

图尔猛地回过头。"我不是狗！"

第二十一章　他们来了

"我没说你是狗,我是说你需要——"

"待着别动。"图尔咆哮着,露出了牙齿。

"我不是那个意思。"图尔还想站起来,极其努力地让笨拙的四肢发力。

"别动!你会伤到自己的!"

"我自己走到了这个地方,"图尔喃喃自语道,"我康复了。我有力气,我能感觉到……"

她伸手想摸摸他,安慰他,但是又收了回去。图尔身上有某些野性的东西。好像他不再是她的朋友了,而更像是一只野生的科伊狼,随时有可能咬伤任何向他靠近的东西。

这么多年来,她第一次对他的庞大感到不自在。坐在为人类而设计的沙发上,他几乎能把它压扁,周身散发出威胁的气息。一只随时能把她断成两半的怪物。她从没像现在这样感受到过他压迫性的凶猛和庞大。

奥乔走进房间,背后跟着斯迪克。两人都拿着AK步枪。

"出什么事了?"

"图尔醒了。"她不爽地说,"他……正犟着呢。"

图尔皱起眉头。

"至少让我看看你的绷带,可以吗?"她问道。

有那么一瞬间,她有种一只老虎正要扑向她的预感,但这种感觉很快就过去了。他是图尔,强大、野蛮、令人恐惧,却让她觉得很熟悉。

"你看吧。"他叹了口气说。

她撕开绷带,伤口看上去比她预期的要好。"嗯,你已经在痊愈了。"

"我知道。"图尔说,"我已经痊愈了,但我还不能……"他沮丧地咆哮着,"我的肌肉使不上劲。就好像……我的身体……不再属于我似的。"

"你可能只是需要更多时间。"她开始重新包扎他的伤口,"我们会想办法给你弄更多的药,你会没事的。"

"不。"图尔按住她的手,"你的任务完成了,你欠我的债已经还清了。你必须离开我。"

"我们已经讨论过这个了。"她提醒他,一边抽出手。

"你不明白。我的敌人比我以为的更有决心。我是……他们的仇敌。这场追捕永远不会结束。我无法保证你不被他们的怒火波及。你们阿尔玛迪船长是对的。你必须和我分开。"

"很久以前,你说我们是群队。"玛丽亚提醒他,"如果不是你,我可能早就没命了。"

"那你群队的其他人呢?"图尔问,"他们也愿意为我而死吗?为了一只受伤的狗脸?"

"他们不是这样称呼你的。这也不是票决的事情。"

图尔露出了牙齿。"那他们是你的奴隶吗?"

"他们是士兵!"玛丽亚喊道,"他们遵从命令。"但就在她说出这句话的同时,她痛苦地意识到站在她身后的士兵的存在:奥乔、斯托克、斯迪克、范。"你们敢质疑试试。"她非常小声地说。

图尔却提高了声音,直接对他们说:"你们都看到了从天空中降下的火焰。"他又对范说："你也看到了他们的士兵，他们所使用的武器。你觉得他们能赢吗？"

范有些无所适从。

"图尔——"玛丽亚警告道，但图尔猛地抬起头来。

他的鼻子动了动，鼻孔张大。他的耳朵竖得高高的，左右扭动着。他很警觉。如同一只动物，感觉到了什么，全身都在紧张地颤抖着。

"图尔？"玛丽亚急促地问，"怎么了？"

"打开窗户。"图尔对斯托克说，"快点儿。只开一条缝隙。"

斯托克盯着玛丽亚和奥乔，等待确认。

"快点儿！"图尔说，"不要让人发现。"

奥乔向斯托克点了点头。站在窗户旁边的斯托克伸手滑开了一点儿窗户。图尔紧张地靠近，耳朵竖直，鼻子抽动着。

他试图站起来，但又摔倒在地。

"太晚了。"他说，"他们已经到了。"

第二十二章
弹已上膛

这个声音很耳熟。是金属接连碰撞发出的咔嗒声。图尔像了解玛丽亚的气味一样了解这个声音。是组装步枪的声音。

范和奥乔悄悄靠近窗户，小心地往外张望，用之前在联合星际部队用的手势与对方交流。而图尔则完全不需要动弹，他认得敌人。打开窗户，金属碰撞的声音就更加清晰了。是梅西耶来了。

玛丽亚蹲在他身旁，悄声问道："什么情况？"

"来了个狙击手。"图尔说。

奥乔和范交换了眼神，贴在墙边。斯托克和斯迪克则躲到暗处，伏下身子。图尔试图再次行动，但他的肌肉仍然不听使唤。他能看到、听到、闻到、感觉到行刑者们在靠近，但当他准备迎战时，他的身体却扯住了他。

为什么他被这样束缚着？是过去的训练所致吗？难道因为他曾经背叛过他的主人，所以他的身体也背叛了他自己？是不是他的身体知道梅西耶就要来了，所以想让他失去行动能力？

诚然,他的内心尚有一个角落,光是想到梅西耶来了的场景,便会回荡起号叫声,他会本能地想要上前打滚,露出肚皮,露出喉咙给他的……

主人。

"我们得撤了。"玛丽亚解开静脉输液管,将针头从他的肉里拔出。

"太晚了。"图尔说。

他的手臂仿佛充满了铅,他的腿似乎已经变成了水。一段记忆突然涌入他的脑海——他嘴里含着卡洛亚将军的头颅……

却完全无法碾碎它。

我征服了他,但我杀不了他。

图尔的心开始狂跳。他无法与他们战斗。他的身体是抗拒的。

外面,狙击手正在安装两脚架,架设步枪,从街对面的屋顶上观察他们的房间。图尔能听到狙击手同他的侦察兵在低声交谈,他俩都在检查风速——即便对于任何精通这项工作的人来说,射击都易如反掌。

图尔听着下面街道的声音。悄悄的脚步声、静止的留白、紧绷的呼吸声。"还有更多人。"他说,"不止一个狙击手。有很多。"

太多了。这句他没有说出口。

而玛丽亚和她的船员们已经在准备迎战了。常年的内战训练下,这套动作早已烂熟于心了。他们是幸存者,不是吗？他们是伤痕累累的老兵，从刀光剑影、枪林弹雨中走过，从重重埋伏、血腥屠杀中活下来。

这场战争可不是你们赢得了的。图尔想到了这悲哀的事实。

范正在关闭他的助听器，蓝光顿时熄灭了。他趴在窗户下面，肚子贴着地面向卧室挪动，那里存放着他们其他的枪支。斯托克从厨房溜出去，往后面的楼梯处走去，而奥乔则靠在窗边向外看。他的脸只探出一点儿来侦察，而后迅速消失。他复又蹲下，再次眺望。

玛丽亚在他旁边蹲下。"有多少人？"

图尔听着街上微弱的军靴嘎吱声，还有踩在填着石灰的鹅卵石路面上的摩擦声。一个杀戮小队藏到了门口。

"前方有四个人在地面上。一个狙击手和一个侦察兵在街对面。"

斯托克悄悄溜回房间，用手比画着。有两个在后面。

图尔不耐烦地摇头。梅西耶肯定不会只派两个人去守后方，那里会是他们的杀戮区。前方的士兵会大张声势，逼迫着敌人进入小队后方，从楼梯下去，进入他们的杀戮区。

他发出他自己的信号。是四个人。

他们会在后方安排另一对狙击手，他们会蹲在另一个屋顶上，等待猎物从后门冲出，进入他们的埋伏。两对狙击手，两个杀戮小队，分别安插在前后。

外面，一辆电动汽车嗖嗖地停了下来。图尔听到车门轻轻打开的声音。门开得不大。另一组杀戮小队到了。

"车里还有更多人。"他说,"他们带着烟幕弹或手榴弹。"

他们会放烟幕弹或者引爆炸药,方便狙击手进行杀戮。他们很快就会切断电源,让整个区域弥漫着烟雾,再使用夜视镜。

然后,他们会来降服图尔,彻底地除掉他。

图尔突然产生了一种强烈的投降欲望。这种欲望如此之深,如此令人惊讶,以至于他突然把自己看作一只狗,哀号着摇动尾巴,乞求主人的宽恕……他甚至感觉到自己的肌肉在拽着他投降,就像是有人在操纵他的四肢,如同操纵牵线木偶一样,好像他被主人的意志附身了一样。

打滚。露出肚皮。缩成一团。投降。

图尔摇了摇头,努力抵制住这种欲望。

玛丽亚盯着他。"图尔?你还好吧?"

他又摇了摇头,试图赶走这种欲望。而新的一波投降欲望又向他席卷而来,他握紧拳头,与这种自我毁灭性的冲动做斗争。

范带着武器回来了,把一支AK步枪从地上推到奥乔和玛丽亚身边。可靠的武器,只是在梅西耶面前毫无用处。他们还不如挥舞剑和棍棒呢,反正对杀戮小队而言都毫无挑战性。

图尔听到了街上谋陷队的呼吸声,他们呼出的气体温暖而湿润。还有盔甲的沙沙声,当然了,所有的杀戮小队都穿着盔甲。而他身旁,联合星际部队的前战士们只有短裤和背心的保护，打算就这样抗敌。玛丽亚紧紧抓着步枪，与奥乔、范和斯迪克并肩作战。斯托克则拿着一把短管手枪。他们打的仗都是穷人的仗，寒酸的仗。

他们的敌人犹如另一个物种。

黑暗中，狙击手正在为步枪填装弹药。图尔听到弹匣弹开的声音，感觉非常润滑。他听到狙击手缓慢、冷静的心跳声。一个专业的人，一个习惯了远距离索命的人。子弹上膛了，这是为他而制造的，专门为让他这样的人毙命而设计。咔嗒，弹匣扣上了。这把枪可能是鲁格马克四世，一把长枪管的枪。它作为枪，就像图尔作为强化人一样精良。

他们精心策划了这场进攻。

他招呼玛丽亚过来。"我知道他们在哪儿。"他轻声说，"我知道他们会怎么进攻。"他连说出对抗他原主人的话都很艰难。

"我们该怎么做？"

图尔一边挣扎着脱离驯化，一边将那些人的意图一一讲出，还说到如果运气好，如何才有可能打败他们。要是他身强体壮，打败这些梅西耶战士肯定是易如反掌的。但如今已是穷途末路。

窗外，杀戮小队已经开始行动。

第二十三章
正面厮杀

"鹰眼,有任何动静吗?"

"没有,一切安静。所有小队都准备好了吗?"

"确认,鹰眼。可以倒数了。"

"鹰眼开始倒数。数到二放烟幕弹,数到一进攻。"

塔杰不喜欢这个埋伏。爬进这样的狭窄空间让他觉得不好受。这里像极了加里曼丹军进攻他们的开采区时那片印度尼西亚的丛林。在这种作战空间里,总是会有许多意想不到的事情发生,而且那帮高级将领也在远方看着他们,还指手画脚。这帮气急败坏的将领,只是因为他们搞砸了上一次的谋陷活动,所以这一次对他们的一举一动都密切监视着。

我怎么会知道那个强化人不是我们要找的目标?

现在,他被困在狭窄的走廊里,偷偷逼近未知的敌人。执行这个任务就像是在受刑一样。

他前面的马克斯和乔丽小心翼翼地上着台阶,他们都竖起耳朵,听袭击号令。塔杰在夜视镜后眨着眼,不自觉地屏住呼吸,以防吸入将要释放的气体。那种气体真是恶心,但很有效。

"鹰眼开始倒数。各小队，准备。收到请回复。"

"三队已准备。大伙儿可得把命运之眼抓牢喽。"

"别叽叽歪歪的。二队呢？"

"二队在后方，已准备。我们能开始射击了吗？"

这一次，鹰眼没有理会。

二队很幸运。他们不用偷偷爬上逼仄的楼梯。前面有人打开了一扇门，看到了谋陷小队，然后猛地关上了门。

塔杰做了个鬼脸。周围平民太多了，这是个可能搞砸一切的变量。他示意乔丽把门封上。他们最不想看到的就是后方出现什么意外。

乔丽蹑手蹑脚地上前，取出一罐黏合剂喷雾，喷上这扇门的门缝，将其牢牢封住。

他们待在这里的时间越长，他就越会想到印度尼西亚。那里有一种强化人，会突然从丛林的植物中出现，将某人吞噬，然后在任何人有机会谋陷他之前消失得无影无踪。

"一队呢？"

"我们进来了。"塔杰低声说道，"还剩一层楼，正在往上爬。"

"狙击手呢？"

"前方，玻璃掩护就位。"

"后方，玻璃掩护就位。"

"务必快准狠，各位。数到二，放烟幕弹，数到一，进入。"

第二十三章 正面厮杀

"收到。数到二放烟幕弹,数到一进入。"

"我是鹰眼,倒数开始。四……"

"三……"

"二……"

街对面的货车正在打开车门。

烟幕弹重重地弹射而出,发出嘶嘶声,塔杰感受到了脚下的震颤。他能想象到炮弹在空中飞行,冒着白色的尾烟,撞上建筑,撞碎玻璃。

"一。"

玻璃尽碎,烟雾弥漫了房间。范紧紧地闭上双眼,屏住呼吸,趴在地上,就像图尔告诉他的一样。

屏住呼吸,闭上眼睛,不要吸进一点儿气体。慢慢地数到六十。你可以憋气这么久的。

图尔能应对毒烟。

AK 枪发出咔嗒声。斯托克按照他们的计划,打破了其余的窗户,让烟气散出去。玛丽亚和奥乔把守后方。斯迪克清理屋顶。范和斯托克、图尔一起坚守前线。他听到图尔沉吟着,慢慢地爬过烟雾。图尔看起来很不对劲。范记得这个半兽人曾经几乎不可阻挡,现在却几乎连爬都爬不动。

外面响起一个步枪声。是狙击手。他听到有人咕哝。是斯托克吗?尽管范感觉到狙击手正在瞄准自己,他周身发痒,但还是不敢睁开眼睛。

他感觉到图尔在他身旁慢慢挪动。如果事情顺利,这个半兽人应该在捡烟幕弹筒，然后将其扔出窗外，扔进那辆载着杀戮小队的货车里，让他们尝尝自己一手酿造的苦果。

外面传来的惨叫声让范觉得，图尔还是能够做一些事情的。

图尔听到杀戮小队的士兵们冲上楼梯。他们是优秀的战士，英勇无畏。

可他几乎连爬也爬不动。现在，他听到自己的喉咙里发出一只狗乞求的哀鸣声。梅西耶的士兵来临时，他感到一股令人绝望的服从的冲动。

梅西耶是他这边的。

而淹没之城的这些战士不是。

为梅西耶咆哮。为梅西耶战斗。向梅西耶鞠躬。

他到底为什么抵抗？他是一只坏狗。他如此彻底地不服从他的主人，真是太让人厌恶了。

狂野。忠诚。

狙击手的子弹击中了他。一个公正的惩罚。

热血喷洒到范的脸上。一定是打到了图尔，但图尔没有发出任何声音。范闭上眼睛，继续数着数。他觉得他的肺好像要从胸膛里跳出来了。

图尔呻吟一声，倒在范的旁边，地板因为他的重量而开始沉陷。狙击枪又响了。范试图往陷下去的地板里躲。斯迪克这会儿应该在屋顶搞定狙击手，范希望他快点儿。

第二十三章 正面厮杀

图尔带着嘶哑的声音，在范旁边说："深呼吸。开枪，门的左边，低射，朝腿开枪。"

范的眼睛一睁开，就开始刺痛流泪，但他还是按照图尔的指示，瞄准低处，沿着墙壁射出一排子弹。

门爆炸了。数个生物的影子，穿着盔甲，戴着头盔，瞪着大眼，戴着夜视镜，从裂缝中涌出。

第一个人被图尔在整个地方陷入黑暗时从墙壁上拆下并很快系到膝盖高度的电线绊了一跤。那个士兵摔倒时还在射击，子弹飞向天花板和墙壁。灰泥和砖块爆炸，喷出弹片。

范带着泪水，不断眨眼睛，肺部因残留的毒气而刺痛，继续朝下一个来的人开枪。这个人也绊了一跤，但他稳住了——也可能是她？——范无法分辨。范朝他的脸开了一枪，正打在面罩上。子弹穿透了面罩。

不错。

图尔正在去抓死者的枪，想要将其扔给斯托克，但他的所有动作看起来都很慢。他甚至没有人类快。他更像是老人。或乌龟。交火对他来说太快了。范听到奥乔和玛丽亚在后面射击，守着后方。

另一个士兵进门了。范朝他开枪，但击中的只有对方身上的盔甲。斯托克现在已经武装起来，用梅西耶士兵的武器开火。子弹直接穿过同样的盔甲，将那个士兵炸成碎片。斯托克开始投放炸弹。他按照图尔指示的方向，放了整整一排炸弹，炸穿了整面墙，墙那边的士兵便暴露了——他们还以为自己很安全呢。

我不能射击。图尔说过。我只能指引你们。

突然间,范听到了狙击步枪的响声。斯托克倒下了,他的枪从手中滑了出去。

那个狙击手是怎么找到角度命中他的?

范向前扑去,试图抓住斯托克的枪,但是狙击手的另一颗子弹把这把好枪崩了出去,迫使他赶紧找掩护。他靠墙蹲下,祈祷自己已经不在狙击手的视线范围内。

斯迪克到底去哪儿了?他为什么还没有干掉可恶的狙击手?

图尔去拿枪。狙击手的又一颗子弹击中了他宽阔的背部。这就像是在看乌龟被瞄准一样。血喷涌而出,肌肉又撕裂了。

另一颗子弹击中了图尔。他设法把枪滑到范手中,但很快就倒下了。他躺在地板上抽搐着。一阵充满痛苦的号叫声响起,几乎淹没了其他一切声音。

烟雾散去,范想,似乎每个试图从前门袭击的人都死了,多亏了斯托克。但斯托克也明显撑不住了。

玛丽亚和奥乔坚守的后方传来了更多枪声。图尔说过,杀戮小组将在那里等待,但听起来他们正在进攻。范瞥了一眼图尔,希望能得到指导,但这个半兽人似乎帮不上任何忙。他看起来像只被压扁的虫子,继续发出野兽的哀号声,很吵。

他是指望不上了。

狙击手向范开了一枪,打碎了他上方的砖块。范侧身挪动着,试图保持移动,寻找能够越过开阔地面的路线。也许,如果他能到另一个窗户处,他就可以自己解决狙击手了。拿

第二十三章 正面厮杀

着这把高科技加农炮,他或许可以把那个狙击手旁边的建筑物打下一块来。他根本都不需要命中狙击手——

一连串枪声打断了他的思绪。奥乔呼叫着要更多的弹药,但是紧接着,巨大的爆炸震动了整个建筑。烟雾和尘土从建筑后方涌入。命运女神哪,这次不是烟幕弹,而是某种重型军火。

范紧握那把好枪,准备着,早已知道即将面对什么。

这就来了。

后方,无数攻击者的影子穿过烟雾,向他开枪。范扣动了扳机,用高科技枪开火了。子弹密集而迅速,士兵们纷纷倒下。

太好了。

子弹在他周围的墙上乱射着。他能看到烟雾中的枪口火光——在他横扫敌人的时候,他们也在试图杀他。他把头扭向一边。差点儿被击中。不对劲。身体好像被人打麻了。

他再次瞄准,却不知为何,很难握住手里的枪。枪口火光更多了。他希望玛丽亚能把他们解决掉,也许能攻其不备……

算了吧。她在那儿呢。她已经受伤了。蜷在地上,像个布娃娃一样,周身盖着碎石和尘土。

噢。

就差他没倒下了。

这就是结局了。

范背靠在墙上,紧握枪支。爆炸性的弹药打在他身上。

他知道这场战斗已经结束了，但他想至少能拉一个人陪葬。

他最后一次扣动扳机，全自动开火，子弹扫射。

现在省着用子弹已经没有意义了。

在枪烟和碎片的蒙眬中，图尔看到范对着门口倾泻而入的袭击者们开枪。图尔以为范会收拾他们所有人，但接着这个男孩的头爆炸了，骨头和脑浆溅到墙上，他小小的身躯瘫倒在地。

图尔翻转身子，肚皮朝上，蜷缩着，向主人投降。

他们被打败了。

玛丽亚无法呼吸了，她的肚子挨了枪子儿。子弹似乎并没有爆炸，而是穿透了她的身体。一分钟前，她还守着后门，开着枪，与奥乔并肩作战，然后子弹打中了她，她踉跄着后退，之后的爆炸将她震得更远，她飞出了厨房。奥乔在喊着什么，然后就没声了。

在她的对面，范的头被打掉了，他的身体翻覆在地，多处伤口都在流血。房间中央，图尔躺在地板上啜泣着。玛丽亚试图去拿步枪，但一名穿着盔甲的士兵把它踢掉了。

"图尔。"玛丽亚呼喊着，"图尔。"

他只是躺在那里颤抖着。现在，另一名战士走进房间。图尔翻过身，肚皮朝上，完全屈服。

两名战士在他们的烟雾罩后面互相嘀咕，用某种通信设备交流着。

第二十三章 正面厮杀

其中一名战士蹲在玛丽亚旁边。他扯起她的头看她。他戴着面罩,所以玛丽亚只能从他脸上看到自己血腥的倒影,一个即将成为尸体的身体。

乔丽在现场转了一圈,摇着头。"我以为这里会是干净的!"

塔杰做了个不悦的表情,扫了这些尸体一眼。"他们是比我们想象中更优秀的战士。"

"是的,但是狗脸本来应该是那个危险的敌人,可你看他。"她用一个脚指头触碰着那个半兽人的身体,"这些该死的……人类。"她走过去,抓住一个女孩的头,拽起她紧绷的辫子,看着她,"瞧瞧这个……这是谁?"

她厌恶地将女孩扔回去。

塔杰比较同意她的看法。四个谋陷小队,只剩下他和乔丽了,而他俩能活着都是因为运气。他们甚至还没触及那个危险的目标,一群替他上阵的民兵战士就把他们打得落花流水了。

无线电通信设备里,队伍的其他人说着话——他们正在海上进行操作。听起来情况几乎和他们刚刚经历的一样残酷。塔杰并不期待这次行动之后的总结汇报。

"苏在外面的大厅里呢。"乔丽说,"他还活着。"

"真是混乱啊。"

鹰眼接入了通信。"咱们战况如何?目标拿下了吗?"

塔杰看向乔丽,满眼不悦。鹰眼在他们头顶监视着他们。"是的,目标已拿下。撤出工作需要支援。我们阵亡人数很多。"

"体征信息我们这儿能看见。苏的心跳还很强烈。能把他带到撤离地点吗?"

"这是让我们把其他人丢下?"

"是的。清理队正在赶来,但你们需要在海滨巡逻队出动之前做好清理工作。所有能汇报所见所闻的人都要灭口,要不留痕迹。"

在外面的黑暗中,塔杰听到了叫喊声和楼梯上沉沉的脚步声。楼里还有平民在到处乱窜呢。海滨巡逻队肯定马上就要到了。他听到通信器里的西玛在收拾自己的狙击装备,继而消失,不再回复。

"你能撤出吗?"鹰眼催促道。

"可以。"塔杰叹了口气。

"我们就这么撤退了?"乔丽问。

"嗯,清理现场吧。"他走到那个女孩身边,女孩仍在呼吸。血从她按在肚子上的手指间流出。她想坐起来,但却失败了。这些淹没之城的战士必须得到赞赏——他们真的顽强不屈。

她试图说些什么,但话语不清。也许是在祷告。

乔丽在塔杰身后问道:"我们要直接杀掉狗脸吗?还是把他带走,反正他已经投降了?"

塔杰回头瞟了一眼那个半兽人,很难相信上边的人这样关注他。他还在呻吟,肚皮朝上,恳求被降服。

第二十三章 正面厮杀

"杀了他。记得收集他的血。"

"这次可别又杀错了。"她说。

"上次也不是我的错。"塔杰不满地说,"赶紧杀他取样吧。"

即便这个狗脸正蜷曲着,向他们表示尊敬与臣服,塔杰还是本能地感到害怕。这是面对一个怪物的自然反应。对强化人的设计就是要让人类害怕得战栗。但塔杰还是不想看到狗脸存有哪怕一线生机。

乔丽继续抱怨着:"我还以为他会是一个货真价实的天才战兽呢,结果他甚至都没参与战斗。"

受伤的女孩咳出了声:"图尔。"

她的唇上沾了血。塔杰拿枪指着女孩的脑袋。她抬眼看他,面无表情,毫无畏惧,视死如归。

他扣动了扳机。

女孩下意识地往回缩,但枪只是空空咔嗒了一声。

又掉链子。

女孩的脸上短暂地浮现出希望。"图尔?"她又小声喊道。

"他已经完蛋了,姑娘。"塔杰拔出他的战刀,在她身旁蹲下,"你们都完蛋了。"

"搞定了吗?"卡洛亚俯身贴近琼斯的肩膀,很是关注。

"我们听到很多海景海滨巡逻队的谈话。他们在处理我们用来转移注意力的那些风波,但我们没有多少时间撤出所有人了。"

"那卡塔库尔怎么样？他死了没有？"

琼斯调出幸存战士的一段视频。灰暗的公寓里，烟雾滚滚，血迹斑斑，那个巨大的强化人蜷缩着。

她舒了一口气。她之前并没意识到，她真的控制住他了。"他在这儿呢。"

卡洛亚倾身靠近。"训练效果还在。"他喃喃着，语气几乎是敬畏的，"他还是有一部分被驯化了。"

"看起来确实如此。"

"了结他。"卡洛亚下令。

"是，长官。他们在做收尾工作了。"

第二十四章
绝地反击

"图尔……"玛丽亚轻声唤道。她很难说出话来。子弹穿透了她的身体,就像有刀在割她的内脏。她甚至不确定她想说什么给他听,不明白自己为什么还要费这个劲。他的耳朵几乎没动过一下。

"他已经完蛋了,姑娘。"梅西耶士兵抓住她的头发,扯起她的头,用刀指着她的喉咙,"你们都完蛋了。"

玛丽亚凝视着行刑者的面具。她惊讶地发现,逼近的刀并没有让她更加不安。就像她已经飘浮在天花板上,看着某个其他女孩的瘫软身体,而不是她自己的。

她已经远离了自己的死亡。

无所谓了。其他人都死了。母亲、莫斯、马赫福兹医生、奥乔、范和斯托克,还有斯迪克。她认识的所有人,无论是在这里还是在淹没之城里认识的人,都死了。很快图尔也会死掉。他哆嗦着,几乎是在求死。

玛丽亚看着另一名梅西耶士兵举起枪要杀图尔。远远地,玛丽亚感到自己的头被猛地扯起来,喉咙露出来。

她已经努力过了，但还是走到了这一步。在陌生城市中一个狭窄、昏暗的房子里，要被割断喉咙，像一只羊一样被屠宰。

她已经花了很长时间逃跑、躲藏，藏在丛林中生存下来，而其他弃儿则像苍蝇一样死在淹没之城里。神军砍掉了她的手，还哈哈大笑，把她的残肢在她面前挥舞，嘲笑她。她只是另一个看起来不对、说话不对、行为不对的弃儿罢了，不过是一块待宰的肉。

这个情景又上演了。

不。

突然间她回到了自己的身体里，凝视着士兵，看清了他，看着他的刀子向她的喉咙落下。而她只是躺在那里，要接受致命的一击。怒火充斥了玛丽亚的身体。

我不是肉。

她捏紧了拳头，扭动，转动，像奥乔训练她的那样。可怜的奥乔已死，但是她仍然拥有他赠予她的这个礼物。扭动，转动。她的假手有了反应。

咻。

图尔惊讶地看着从玛丽亚的假手腕中弹出的刀片，那是暗黑色的尖刺，是她自己的钩爪。

她把刀片猛地插进士兵的喉咙里。

士兵痛苦地哽咽挣扎着。他试图反击，但他已经要死了。玛丽亚抽回手。亮红色的鲜血从士兵的颈动脉喷出。她又一次插进了刀片，士兵摇晃着，被自己的鲜血呛到，无力地挥舞着手中的那把刀。

即使图尔被驯服的身体在看到另一个梅西耶士兵的死亡时抽搐了，但他还是忍不住感到高兴。玛丽亚战斗了。她可能无法获胜，但至少她战斗过了。

图尔的刽子手转过身，被眼前的混乱惊呆了。她提起枪来。玛丽亚向她扑过去，手里鲜红的刀片反着光。她肯定知道自己还来不及逾越这段距离，就会被子弹打中，但就算她的努力注定会失败，她依然战斗着，把疼痛抛在脑后。她的眼里充满杀气，不为杀死梅西耶的士兵而羞耻，不为杀死他的群队而羞耻——

不对。

玛丽亚才是他的群队。即使是现在，她生命垂危，也仍在为他而战，在他无法战斗的时候保护他。

群队。

真正的群队。

关于加尔各答的更多记忆涌入图尔的脑海。回忆的洪流如此完整且可怕，让图尔一度觉得自己疯了。他的群队，他的亲人，所有人都同加尔各答虎卫队站在一边，杀出梅西耶的战线。人类，他们的原主人，在他们面前奔跑着，尖叫着，像麦穗一样倒下。加尔各答虎卫队和梅西耶闪攻利爪并肩作战，对抗所有人类。

他想起来了。

关住图尔的笼子碎了。

空气里充满了红色的迷雾。

玛丽亚目瞪口呆，眼看着她扑向的士兵被炸成了碎片，她刚刚的位置现在站着高高的图尔。他咆哮着，浑身沾满了血。曾经的图尔，那个怪物般可怕和无情的图尔，那个天不怕地不怕、不向任何主人低头的战争恶魔，回来了。

墙上、地上全是尸块，那个士兵破碎的尸体倒下了。疼痛向玛丽亚袭来。没了肾上腺素，她虚弱地颤抖着，跌跪在地，捂着肚子。

图尔在房间里踱步。虽然身上的多处伤口流着血，但是对他来说就像抓痕一样，一点儿事也没有。他抓住了一具士兵尸体，玛丽亚起初以为他会挖出心脏吃掉，但是图尔却扯下他的头盔，并从他的耳朵里拔出一枚通信器。他听了一会儿，然后在她身边跪下。

"你受伤了。"他沉吟道。

玛丽亚虚弱地笑了。"你不也是吗？"

这头怪物摇了摇头。"现在这些伤口完全不算什么。"他轻轻地摩挲着她腹部的伤口，她疼得嘶嘶叫唤。

"我们必须把你转移。"他说，"还有更多的人在赶来。"

"海滨巡逻队吗？"

图尔轻敲着耳机。"是梅西耶。他们知道他们失败了，正在重组队伍，很快就会来这儿的。"

玛丽亚捂着肚子，艰难地站起身来。"我们需要物资。我需要武器。"

"你需要药物——"图尔突然打住，耳朵动了动。

"怎么了？"

第二十四章 绝地反击

"有动静。"

图尔悄悄地向屋子后方走去,玛丽亚一瘸一拐地跟着他。厨房泡在血里,尸体堆成了小山。图尔疯狂地挖起尸体,把梅西耶的士兵们都扒到一边。他又挪走一具尸体,奥乔出现在他们眼前。他躺在血中,但仍有呼吸。

"奥乔!"玛丽亚跌跌撞撞地跑到他身边。

奥乔虚弱地朝她一笑。"噢,真好。我以为我们全都完蛋了。"他的呼吸很沉重。玛丽亚抚摸着他的皮肤。他的衣服破烂不堪,浑身都是瘀痕和伤口,但他看起来还行,只是脸因为受惊而变得惨白。

"你哪儿受伤了?"

"我的腿……"他呻吟着。

图尔拖走了压在他下身的尸体。玛丽亚倒吸了一口气。

奥乔的腿骨裸露,血肉模糊,两条腿基本上都没了。鲜血浸泡着地板,也浸透了他破烂的短裤。到处都是血。

玛丽亚强忍着悲伤。"噢,奥乔。奥乔……"她绝望地抚摸着奥乔的腿,试图找到动脉。一定有什么她能做的事情。她头脑里还储备着马赫福兹医生的医疗培训。气道、呼吸、循环……她必须给他止血。她必须治疗休克、感染。

"和我待在一块儿,奥乔。"她说,"这里不是淹没之城。这里有医院,很好的医院。他们可以治好你。"

但奥乔望着图尔,而图尔摇着头。"还会有更多人来。"奥乔说,"好多好多人。"

"那我们快走吧——"

奥乔的脸因疼痛而扭曲着。"你瞧我这个样子，玛丽亚。我会拖你后腿的。"

"你不会拖我后腿！"

图尔又从另一名死亡士兵的身上拿出一枚通信器，放进她的耳朵里。"你听，玛丽亚。"

声音噼啪作响。"行动，进攻。替补六队，狙击手二队，你们来领导。狩猎愉快。"是某个遥远的人在冷静而迅速地指挥着大规模屠杀。

"他们想了结我们。"图尔说，"他们来了。"

"他们可以试试。"玛丽亚的脸因为内脏的疼痛而扭曲着，她的手还在去掏一把梅西耶士兵携带的高档步枪，"他们尽可以试试。"

奥乔转过头看着图尔。玛丽亚不喜欢他们交换的眼色。

"我们必须走了。"图尔说。

"我不能离开他！"玛丽亚说，"他受伤都是因为我！因为我他才掺和进来的！"

"不是。"奥乔虚弱地咳嗽着，"这是我们的选择。我们选择跟着你。"他对着她血淋淋的假手点了点头，"很高兴你的这把折刀能派上用场。我知道你会用它的。"

图尔正在搜刮另一具梅西耶士兵的尸体。他从尸体身上掏出一把武器，镇定地检查着弹药。"他们要来了，玛丽亚。该走了。"

"让他们放马过来！"

"不行。"奥乔抓住了她的胳膊，"走吧。去缝合伤口。

第二十四章 绝地反击

去一个安全的地方。"他的手滑到了她的步枪上,拽了拽,"给我这个。我来应付他们,你快走。"他低头看着自己破碎的腿,又再次望向她,"别让一切成为徒劳,弃儿。"他轻轻地从她的手中抽走了枪。

图尔的耳朵抽动着。"他们已经进入这栋楼了。"

玛丽亚的眼睛被泪水模糊了。"奥乔——"她轻声唤道,但是图尔的大手抓住她的肩膀,将她拖离了这里。

"快走吧,玛丽亚。"奥乔说,"这些蛆虫交给我。"他望着图尔,"快带她走!"

"狩猎愉快。"图尔低号着。他只用一个简单的姿势便把她铲在怀中。

"不要!"

她抗拒着,试图回到奥乔身边,但这就像是与一座山做斗争。图尔无视她的反抗,轻松地将她从奥乔和那些死去的小战士身边带走了。她挣扎着,连咬带撕,弹出她的刀片要刺他,但是图尔很容易就制止了她。他很强壮。

他此刻很强壮。只是,此刻已经太晚了。此刻,什么都不剩了。

玛丽亚最后看到的是躺在尸体中间的奥乔,高科技枪支已架好,他镇定地准备着最后一次对抗梅西耶这个无法阻挡的敌人。

图尔拖着玛丽亚穿过被摧毁的后墙的废墟时,玛丽亚觉得内脏如被刀割,如被火焚。让我也死掉吧。图尔抓住了弯折扭曲的消防逃生梯,开始攀爬。几秒钟后,他就把她拽上了屋顶。

站在高处，玛丽亚可以环视一切了。这座富裕的城市闪着光，海水泛起涟漪。而下方，一片杂乱的枪声摇晃着整栋楼。

奥乔……

图尔架起她，开始奔跑，向屋顶边缘冲去。她跟着他纵身一跃。有那么一个疯狂的瞬间，他们都在空中飞着，而后向下俯冲，一直下落。

他们砸向了下一个屋顶。疼痛在玛丽亚的五脏六腑炸裂开来。

她昏了过去。

第二十五章
别了,拉克号

玛丽亚昏昏沉沉地醒来,鱼腥味让她直蹙眉。她坐起来,发现手被凉泥包裹着。她看到黑色的木柱、海泥,还有鱼腥味的水拍打着岸边……

她意识到自己躺在一个快速帆船停泊的大型码头上。图尔蹲在一个靠近水边的地方,凝视着远处的海湾。

在黑暗和泥泞之中,这个半兽人看起来比以往更具兽性了。他的肩膀和背部闪烁着新鲜血液的黑色光泽,他的身上是一块块模糊不平的血肉和伤口。玛丽亚意识到他正把手插进自己的身体,撕扯着自己的伤口,拔掉穿透自己皮毛的子弹。

图尔听到她的动静,耳朵动了一下,转过头来看着她。他那只完好的眼睛闪着黄色的光,刺目且毫无人性。

在他身后,她可以看到外面的海景水域。快速帆船航行之时,船只的导航灯在波光粼粼的水面上闪烁着。漂在水上的方舟的红色警告灯以稳定的节奏眨着眼。环绕在海湾边缘的贸易仓库和造船起重机的泛光灯发着光,日夜工作,不眠不休。满眼皆是商业、贸易、财富……

她的目光被深水锚地附近猛烈闪烁的橙色火焰吸引了。她汗流浃背、气喘吁吁，五脏六腑仿佛被刀锯一般疼痛。她拖着自己的身体，越过泥泞到了图尔身边。水面上，一艘船正在燃烧。是艘帆船。船的尾舱处，火焰熊熊燃起。

"是拉克号。"她轻轻地说。

"没错。"

她意识到图尔张开的手中递来了什么东西——梅西耶的通信器。她接过来，塞进耳朵里。

"触达。"有人说，"清除。"

"两点钟方向。"

她听到远处步枪的颤动声。她看着图尔，很是震惊。图尔点点头确认，"是梅西耶。"

战斗中的沟通在通信器中继续着。

"舰厨。触达。"

"舰厨清除完成。"

"第二小队？"

"触达。"

又是几句围绕步枪的交谈。

"尾舱清除完成。"

这些战况报告语气轻松，好像寻常对话一样。他们是在打仗没错，但与玛丽亚在淹没之城中经历的疯狂、血腥、充满肾上腺素的战斗完全不同。一切都很安静，像手术一样冷静、从容，如同在袋子里淹死一只猫一样容易。

第二十五章 别了，拉克号

"他们为什么要追击我们的船？"她问道。

图尔嘟哝着："我想他们希望清除我所有的痕迹，从地球上抹去关于我的记忆。"

更多枪声响起。开枪之人没有恶意，也没有恐惧。通信器中又传来声音。

"清除。"

所有人都被抹去了，她带出淹没之城的所有小战士，那些她拯救过的惶恐的年轻男孩——作为回报，他们和她一道完成拉克号的走私计划。现在他们全都被抹去了。

"清除。"

那些狂野且无比坚强的男孩脸上都有着士兵的烙印。她记得在第一次成功运输艺术品之后，在拉克号的甲板上喝酒，他们都向她举杯。奥乔在一旁看着，只是盯着男孩们，他自己却不喝。对于任何一个小战士来说，他都是这几年中的一个父亲般的角色。

"第一小队，撤离。"

拉克号起火的部位越来越多。船帆、前后甲板……玛丽亚惊讶地意识到，阿尔玛迪的水手们肯定也在那里。甚至还有阿尔玛迪本人。命运女神哪，这个女人害怕图尔还是有道理的。

玛丽亚捂着被枪击的肚子，看着她的世界被摧毁殆尽。现在，她能看出人类的身影从船的两侧倾泻而下，跳到小舟的黑影上，像老鼠一样逃离这艘船。他们随随便便就抹杀了她认识和关心的每一个人，现在就要走了。

但船是我造的。她想哭。我造出了这艘船。我拥有这艘船，我拥有这支船队，我拥有一个计划，我拥有……

一个未来。被抹杀的未来。未来一个船舱一个船舱地被抹杀了。小小的声音在通信器里回响着。

"全部清除。"

"第二小队，撤退——"

通信器没声了。玛丽亚紧紧将它按向自己的耳朵，但什么也听不到了。图尔点了点头，仿佛已经知道发生了什么。他伸出了手。

"他们切断了通信。他们已经发现通信器失窃了。"他从她身上摘下通信器，用手指碾碎，精巧的电子设备顷刻间化成了灰，"他们痛恨敌人窃听。"

袭击筏逐渐远离拉克号的大火，消失在海景黑色的水域中。

"一切都结束了，每个人都死了。"

"是的。"

玛丽亚被疲倦淹没了。她轻轻地倒下，侧躺着，脸颊贴进泥里。"是我错了。你警告过我，但我那时不懂。我现在明白了。"她的五脏六腑又一阵绞痛，疼得她龇牙咧嘴，"你身边的人都在死去，而你永远不会死。我们终究都会死去。其他人都死了，而你仍然在这里。"

"你们人类很脆弱。"

"是的。"她撩起衬衫，盯着肚子上的枪洞。枪洞很小，却很致命。"你说得没错。"她艰难地抑制住快要淹没她的悲伤，"我们像苍蝇一样死去。"

图尔一言不发。他的目光停留在黑暗的海湾和燃烧的船上。玛丽亚想，一切似乎都已归于平静。四下是泥，海水拍打着码头的泊桩，大火在很远处。

"你知道的，我不怪你。"她说，"你警告过我，你很危险。"

"我的群队都死了。"图尔说，"你是最后一个。"

玛丽亚笑了。"是啊，嗯——"她虚弱地挥了挥手，"马上就不是了。"

"你会康复的。"

玛丽亚不敢相信地笑了，但是图尔看向她，眼神锐利。"相信我，我会治好你。"

"你说啥就是啥吧。"她再一次将脸颊枕在泥上，"如果你能治好我，我会去你想去的任何地方。沼泽、森林，你去哪儿我就去哪儿。现在我们都躺下吧。"

"不。"图尔摇了摇头，"我要去的地方不适合你们人类。你痊愈之后，我们就必须分开。"

"但我可以帮助你。"她试图坐起来，但新的疼痛袭来，她喘息着，"我们可以寻找一个藏身之处。"

图尔用力地摇着头。"不。再也不逃亡了，再也不躲藏了。我为了躲梅西耶已经逃亡很多年了。我一直在逃亡，一直在躲藏，一直像你建议的那样'躺得低低的'，但这一切都没能保护我。没能保护我自己，也没能保护我的人。"他轻轻地抚摸着她，"我逃亡的时候，我的许多同类都死了。"

"但你是打不过他们的!瞧瞧他们对我们做了什么,瞧瞧他们干的……"

"不要低估我,玛丽亚。一味地躲藏而不去狩猎,是违背我的天性的。我再也不会那样了。我现在要狩猎,这是我生来当做的。我现在要作战,这是我本就要做的。"他咆哮着,声音低沉,杀气腾腾,"我要去猎我的神,我要杀了他们。"

他匕首般的牙闪着寒光,他咆哮得更大声了:"我再也不是猎物了。"

第二十六章
放逐南极洲

琼斯小心地敲了敲门,站在将军的套房外等候。如果她敲得够轻,将军可能甚至听不到,那她就不必进行这场让人不舒服的交谈了。

她没有按蜂鸣器,而是在敲门,那个坏脾气老头儿可能会怪她态度不够恭敬,但她可以理直气壮地说她来过了——

门开了。

"进来!"将军喊道。

琼斯叹了口气。

卡洛亚的住处乱七八糟。这位将军的强化人助手奥尼克斯正忙着整理他的物品。他放下手头的工作,迎琼斯去见将军。图案丰富的地毯已经卷起来收走了。酒也收起来了。古老的剑和手枪都消失了。他发起的那些战役的地图,也全都没影了。

卡洛亚自己却留下了。他还要多当一会儿将军。他还没走呢,还享有着独角鲸级飞艇上的客舱。毕竟梅西耶是有规程的。不做指挥官了,也还是保有军衔。

卡洛亚站在阳台上，一只手拿着一杯干邑，另一只手拿着冒着烟的雪茄。

"可以了，奥尼克斯。"卡洛亚背对着他说道，"之后再继续吧。"

奥尼克斯出去了。琼斯被晾在空荡荡的房间里，等着将军接待。她感到浑身不适。将军趴在阳台栏杆上，在被流放以前，统治着南加州保护地最后一会儿。

"琼斯。"他回过头瞥了她一眼，"来点儿喝的。"

琼斯四处寻找，但所有的酒瓶都被收起来了。

"在门口的箱子里。"卡洛亚头也不回地说。

她找到了箱子，犹豫着拆开防摔的气泡包装，拿出一个灯泡状的杯子。她笨拙地倒上琥珀色的液体，纳闷这酒值多少钱，卡洛亚怎么会喝得这么随意。她可不想弄洒这么珍贵的东西，只能手里又是瓶子又是杯子地蹲在卡洛亚为梅西耶效力一生所积攒的、装在箱子里的文物旁。

她端着杯子来到阳台上，感受着温暖的微风和保护地的美景。

安纳普尔纳号被拴在很低的地方，仅仅高出港口三百多米。它的腹部攀着补给管道，就像从海里伸出来的触手，像一个个大型的补给海怪，抓住飞艇上的他们，决心永远不让他们挣脱。一些管道会泵排污水，而另一些管道则会泵出淡水和用于无人机的压缩氢燃料。在其他系泊线上，货运滑轮将食物和军火物资传送到后勤人员手中，这些后勤人员再呼哧呼哧地把板条箱搬进补给站，为飞艇的下一次派遣做足准备。

海湾的海面上，多艘快速帆船在黑暗的水域闪着光——风帆都已修好，码成一排的通信设备像火炬一样发着光。环绕着海湾的是其他被拴系的飞艇、中型货运船以及几艘客运船。它们椭圆形的肚子上闪烁着商标——帕特尔全球、LG、梅西耶等等。很多梅西耶的商标在那里。对于大多数船员来说，洛杉矶是家。它是公司的王冠港口之一，使他们在加利福尼亚海岸和太平洋沿岸的贸易中产生影响力。

"你有什么话要说，分析师？"

"我要调走了。"

卡洛亚阴沉地笑了起来。"他们的惩罚很彻底。"

"实际上，我是要升职了。"

"哦？"

"我听说是您强烈推荐了我。"她说。

卡洛亚冷哼一声，笑了。"我当时是想毁了你的职业生涯。"他还是微笑着，"升去哪儿？"

"恩格让我直接向他汇报。"

"啊。"卡洛亚假装向她敬了个军礼，"执行委员会。你升得很快啊。是为嘉奖你的良好表现吧？"他阴阳怪气的。

"我没法不告诉他们，长官。您说他们知道，但他们根本不知道——"

他挥了挥手，让她别说了。"你超越了我。没有多少人会冒险背调自己的将军，你胆子很大。"

"我的工作就是一再求证。"

他听到后笑了,然后悲哀地摇了摇头。"我甚至没料到你会来。我以为你胆小怕事。我以为之后我能在执行委员会面前解释我觉得他们不知道的一堆事情,比如你做的那些聪明的调查。"

"对不起,长官。"

"对不起?"卡洛亚很吃惊,"琼斯,不要为了游戏玩得好而道歉。你做了决定,冒了险,现在你收获果实。"他朝着她袖子上新缝的军衔晃了晃杯子,"很明显你选对了,所以不要为选择带来的成功而道歉。这儿的人都不道歉。"

"我不是奔着晋升去的。我只是觉得他们需要知道事情的来龙去脉,他们需要那些档案。我也需要那些档案。要是我知道——"

"琼斯,不要自证合理了。你做了一个决定,现在你要和它共处。我们谁不是这样呢。"他歪嘴笑了,"无论如何,去找执行委员会这步你是走对了。但你要小心。恩格是个阴险小人。他也知道如何向上爬,如果有必要,他会烧了你的羽毛来保全自己的羽毛的。只要对他有好处,他是不会介意烧死下属的。"

"是,长官,我会小心的。谢谢您,长官。"

他们沉默了一会儿,俯瞰着洛杉矶。

"他还活着呢。"卡洛亚说。

琼斯知道将军在说谁。"我们会找到他的。"

"不……"卡洛亚摇着头,"执行委员会将希望修复我们与海景的贸易协议。本来我们和海景之间的问题就有一箩筐，这次突袭已经是最小的问题了。现在看你的了。你上天入地也要把他找到。"

"我们已经没有新的线索了。"琼斯说，"没人知道他到底可能去哪儿。我们陷入了死局。"

"所以现在你就只能等着瞧了？"卡洛亚的语气中带着蔑视。

"图像识别系统最终会找到他的。他会乘船。或者他所救助的那个淹没之城的女孩会出现在某个街头。或者他会在同样经济繁荣的城市购买药品。他会涉水经过我们在某个保护地的沉城里安置的摄像头。我们并不是什么也没做。"她回应着他嗤之以鼻的表情，"我们没有把海景烧为平地，并不意味着我们坐视不管。我们一直在搜寻。"

"你说是这样说。"

"反正我还在找着呢。他不能躲一辈子。"

"我不知道我更害怕他永远消失，还是再度出现。"他凝视着这座城市，沉思着，烦恼着，"有时我会梦到那个浑蛋。很多年都没梦到过了，但最近……每晚都梦到。"他举起装着干邑的杯子，"我不知道喝酒让我更好还是更糟了。"他抿了一口干邑，做了个鬼脸，"这么多年我都摆脱不掉他。"

"我知道。我已经读过所有的档案了。"

卡洛亚看起来很惊讶。"你的安全级别有多高？"

"很高。恩格想让我审查您执行过的所有任务。执行委员会很……愤怒。"

"可是，我并没有把什么都放到那些档案里。那些档案就是一些空泛的事实陈述。它们没有生命，没有紧密的连接。"卡洛亚摇了摇头说，"他很特别。他的整个群队都很特别。我挑选了他的每一个基因。他很清楚我们需要什么。他监督了群队训练的全过程。我和他们一起生活。一起吃喝，一起睡觉，一起打猎杀敌。我们是群队，你懂吗？群队。"

将军说这个词时的语气让琼斯感到毛骨悚然。它带有强迫症的色彩，有点儿疯狂的味道。或许让这个老头儿退出这场狩猎是对的。

卡洛亚望着她，嘴角带着嘲讽的微笑。"你认为我疯了。"

她努力掩饰。"不是的，长官。"

"是的，你认为我疯了。执行委员会也这么认为。"他耸了耸肩，"我才不在乎。我无所谓了。我去哪儿都完全无所谓。我要去当一群该死的企鹅的将军。我会让那些小杂种走正步！"他朝四周晃着手，"稍息！立正！"

他到底喝得有多醉？琼斯不禁想。

"我敢肯定，您不会永远待在南极洲。"她开口了。

"我会死在南极洲。我会作为世界上一个微不足道的小人物而死去。"他苦涩地笑着，"就这样吧。至少我不必在乎你们这些飞艇上的短视者以后会如何了。"

他看向琼斯，醉意瞬间消失了，尖锐的蓝眼睛盯着她。"但你，你必须在乎。现在这已经是你的问题了。"他向她举杯，"而且是一个相当棘手的问题。"

"我们赢面大一些了,因为现在我们知道我们真正狩猎的是什么了。"她的声音里难掩指责之情。

"嗯,至少现在你们知道我为什么愿意冒一切风险了。我们在海景的地位、极地贸易带来的亿万收益、金融禁运……"他笑了,"你以为我会与海景作对,惹恼它的盟友,只是因为一只怪兽咬了我的脸?那这个报复也太简单了。"他向栏杆吐了一口痰,"你们以为我疯了。"

没错,我以为你疯了,老头儿。执行委员会也这么认为,所以你被派到南极洲了,以免再惹麻烦。

卡洛亚不屑地看了她一眼。"我用尽手段狠狠打击他,"他皱了皱眉,"用尽了我被允许使用的手段。因为在这个短暂的时刻,他是脆弱的。他不知道我们要来。"

"他显然知道。"琼斯冷冷地说。

"我们是有机会出其不意的!"卡洛亚打断她,"要是你没弄坏猛禽机,我们还能用上它们,我就能确保弄死他了。"他看向她,目光凌厉。

话听起来虽然刺耳,但琼斯没恼,而是说道:"所以我才被提拔了,您知道的。执行委员会知道了您想向海景投放破坏王,都吓坏了。他们完全不知道您想干什么——"

卡洛亚不屑地摆了摆手。"都过去了,琼斯。你没选错,是我选错了。"他吸了一口雪茄,拿雪茄指着她,"但是每过去一天,我们那位朋友就会更强壮一点儿。这就意味着,下次要除掉他就难多了,难很多很多。"

他最后抿了一口干邑,做了个鬼脸,而后突然把酒杯朝阳台外扔去。

酒杯闪着光,呈弧形下坠,消失在飞艇下的一片黑暗之中。将军板着脸,目光追随着它。

"他现在是你的问题了。"

第二十七章
换血疗愈

玛丽亚在泥土中住下了，缓慢地康复着。

在码头下的第一个晚上，图尔消失在海景黑暗的海水中，回来的时候带着医疗物资——是他从一艘看管不严的船上偷来的：输液管、针头、缝线和空空的静脉注射袋，但出乎玛丽亚意料的是，没有细胞刺激剂和抗生素。

她问图尔为什么没有把药带回来，图尔说没有必要。脸上敷上一些乙醚浓缩液，她便失去了知觉。当她醒来时，她的五脏六腑比以前还疼，肚子上全是新缝的线。图尔正在将输液管插入他自己的胳膊。

码头下的黑暗中，他收缩肌肉，黑色的黏稠液体灌满了塑料静脉注射袋。

是他的血液。

"你在干什么？"她晕晕乎乎地问道。

图尔将另一根输液管连接到袋子上，插上了一个针头。

"图尔？"

她惊恐地看着他巨大的爪子抓住她的胳膊。她想挣脱，但被他弄得几乎没什么力气了。连着他自己静脉的管子充满了血液。袋子灌满后，新的、闪闪发光的针头扎在了她的胳膊上。

"你在干什么？"

"接下来你会受点儿罪。"图尔说，"我的血会帮你康复。"

玛丽亚本能地退缩。"你疯了吗？你怎么知道我们是匹配的类型？"

"这是我们强化人在战场上的用途之一。这是当时的设计，我们有向人类输血的功能。如果只用人类的药物，你需要更长时间才能康复。"他认真地看着她，"但这是战场医学，是战士在极端情况下使用的。过程不会很舒服。我的血液进入你的血管的时候，你身体的某些部分会排斥。"

她目不转睛地盯着针头。"就算我排斥，你也还是会给我输血，不是吗？"

图尔耸了耸肩。"如果你同意的话，效果会更好。不过，你的免疫系统会有排斥反应，体验会很不好。"

他还是说得太轻巧了。

在他把针头插进她的血管的几分钟内，她开始剧烈呕吐，再一次觉得自己的内脏要爆裂了。图尔不得不将她囚禁在他的怀里。她抽搐和痉挛的时候，他紧紧搂着她。她吐出了所有的东西，包括暗沉的黑色血液。他俩身上全是她的呕吐物。

"你在要我的命。"她嘶哑地说着，用颤抖的手擦拭嘴唇上带血的胆汁。

"你在康复。"图尔刚说完，她又一次抽搐起来。

第二十七章　换血疗愈

她还是犯恶心，他用健硕的臂膀将她稳在怀中，防止她在抽搐时扯掉自己的缝线。每当她抽搐停止时，他都会握紧拳头，有节奏地将他的基因造血通过输液管排出，输入她的胳膊。

她的视线模糊了。她昏厥了。等她醒来时，她汗水淋漓，浑身颤抖着。

"结束了吗？"

图尔严肃地摇了摇头。"还没完呢。"

发烧、出汗、颤抖，她浑身上下都疼。她感觉体内的每根骨头都在燃烧。她被痛苦吞噬，她向痛苦屈服。

有时，她看到图尔俯身在她身旁，照顾着她；有时，她会看到小战士们，奥乔、范和其他人；有时，她会看到莫斯，那个曾在淹没之城救过她命的男孩；有时是她的老同学们，被星际军枪杀。还有一次，她梦到母亲为了给一件文物卖个好价钱，与某位船长讨价还价，而她深色的皮肤使她微笑时露出的牙齿显得更加洁白了。达成交易后，她在阳光中欣喜地笑着。她那时多美啊……

她记得父亲发脾气的时候，母亲会抱住她，把她搂得紧紧的，安慰她。她的父亲是指挥官，经常在淹没之城中心地带的公寓里一边喝酒，一边咒骂淹没之城的人没素质。

噩梦席卷了她。当她醒来时，她觉得皮肤下爬着螃蟹，许多蟹螯在她的肚子里乱抓。她扯碎衣服，撕裂绷带，想把它们掏出来——

图尔高大的身影出现了。"是我的血的缘故。"他抓住她的手，使她不能动弹。锐利的爪子在她的皮肤下横冲直撞，在她的肚子里猛烈地挖掘筑巢。

有时，她会从错觉中惊醒，发现图尔耐心地蹲在她身边。她会觉得安全和感激，惊异于他仍然在那里，惊异于竟会有人守在她身边，然后又沉入噩梦。在她的某一个发着烧的梦里，马赫福兹医生来了，坐在她身边，擦拭她的眉毛，照顾她，遗憾地告诉她，战争一直会带来更多的战争。

一直一直一直。

她试图解释，她没有选择战斗。

我努力过了。玛丽亚试图解释。我努力想逃脱这一切。

但当她醒来时，蹲在她身边的不是马赫福兹医生，而是图尔。这个家伙总是暴力性地解决所有的难题。她不需要再为自己辩解了。

玛丽亚终于醒了过来。海景的蓝色波涛之上，阳光闪烁。

图尔蹲在附近。他正忙着剖开一只动物。他吃掉它的时候，它的尸体还在颤抖。是一只海豹。图尔听到玛丽亚的动静，耳朵动了动。他回头看了一眼，嘴上沾着鲜血。

"你感觉怎么样？"

玛丽亚试着说话。她长时间没开口，声音有些沙哑。她清了清嗓子，"好多了。"

她犹豫着动了动，有些惊讶：肚子里的刺痛感几乎没有了。"好多了。"她小心翼翼地撑起自己的身子，双腿弯曲着坐直，"有力气了。"

第二十七章 换血疗愈

图尔过来检查,把手放在她的额头上。"很快你就能离开海景了。"

"你怎么变得这么强壮了?怎么突然变了?"

图尔停下了手里的事情。"是你治愈了我。"

"不。我的意思是,之前你很虚弱。那时……那时他们来杀我们,可你就躺在那儿……然后你终于变快了,但一切为时已晚。"她强忍住抽噎,回忆起奥乔。她离开的时候,他就躺在那里,支离破碎。"太迟了。"

"因为我被驯化过。"图尔轻声说,"与梅西耶特别行动部队作战之后,已经过去很久了。"他摇了摇他巨大的头——这个姿势是人类表示沮丧用的,"我以为自己已经完全摆脱了服从的需要,但我错了。我的前主人在我体内设置了深度控制。我的训练在我的基因中,也在我的成长中。被驯化的家养动物适应服从已经数千年了。当时设计我,就注定让我寻找一个主人,而梅西耶彻底地拥有了我很多年。他们袭击的时候,我发现对抗他们极其困难。即使现在……"他顿了一下,看向别处,"即使现在,我内心仍有一个角落渴望着打滚和乞求宽恕。"他又憎恶地摇了摇头。

"但最终你还是战斗了。"玛丽亚说,"只是太晚了,没能扭转战局。"她无法掩饰自己语气里的苦涩。

"是的。"图尔轻声说,"我有缺陷。"

蚊子在他们周围嗡嗡地叫着,停在玛丽亚身上的时候,她想打它们,但她累了。她又把头枕在满是泥巴的胳膊上,倾听着波浪的拍打声和上面码头上传来的脚步声——是装卸工人正在从船上卸货。躺在这里,很难猜测拉克号漂在哪里。她想知道拉克号还有没有剩下什么,是已经完全沉没还是被回收了。

"你说你想猎杀他们。"她终于说道。

"猎杀梅西耶。是的。他们就是为了战争创造的我,所以,我会给他们想要的战争。"

"但他们有军队,有成千上万的人为他们工作,而你单枪匹马。"

"他们确实非常强大。"

"不仅如此!而且你无论何时见到他们都不得不服从他们,我看到了——"

图尔咆哮着:"我不再是他们的哈巴狗了!不会再出现那种情况了!"

"但我看到了!你那时什么也做不了——"

"他们不是我的群队!"

玛丽亚畏缩了,本能地举起手来保护自己,防止图尔的爆发。

图尔咆哮着看向别处。"我们从幼年就被教导要服从。那些没有完全服从的人都成了杀鸡儆猴的那只鸡。我们要吃掉他们。我们要吃掉不服从的人,你明白吗?我们要把他们撕成碎片,吃掉他们的肉和骨头,因为他们不配成为我们的同类。早在我打上梅西耶和卡洛亚的印记之前,我就被训练得唯命是从了。他们给我们神,要我们崇拜。杀戮和战争之神。我们要向那些神献祭。我们要向他们献祭我们中的弱者和不合群之人。"

他仰头看着高悬的太阳。"他们告诉我们,我们的神是太阳,会乘着战车穿过天空狩猎。他会以我们的勇气和成败来评判我们。如果我们能无畏地为了荣耀战斗到死,他们保证我们能在他的旁边拥有一个位置,在辽阔的天空中与他一起猎狮子和刃齿虎。他们向我们承诺,每天都会有新的猎物,还告诉我们:月夜,我们能在凉爽的河流里沐浴;白天,我们可以穿越天空狩猎。我们都会战斗到死,毫无畏惧。所有人要一同战斗,因为我们是一个群队。"

他安静下来。"背弃那些理想意味着极大的耻辱——有辱我们的同族情谊,有辱我们的荣耀。想到我的神和我的兄弟鄙视我,几乎是无法忍受的。因此,我打碎了弱者的骨头并吮吸他们的骨髓,相信他们就应该死……而后却发现,我自己也是失败者之一。之后又发现,也许我并没有吃掉我们之中最弱的人,反而摧毁了我们之中最强大的人。"

他露出牙齿,耳朵撇到后面。"曾经的荣誉观念已经深入骨髓,很难再改变。"

"你还会再次出现那种情况吗?还会变得软弱吗?"

"不会了。"他碰了碰她的肩膀,"你是我的群队,玛丽亚。我们是群队,他们不是。我只要知道这个就够了。等我再次面对他们的时候,我就不会退缩了。"

"但是你没法和他们战斗。他们远在天边,而且有无人机、战舰、军队、飞艇,还有导弹——"玛丽亚停住了。

让她意外的是,图尔在笑,是那种低沉、得意的笑声。

"没错。"他说,"我的神觉得他们很强大,因为他们能降下火焰攻击我。他们之前在加尔各答也这样干过,那时我刚发觉我真正的能力和天性。"他握紧一只拳头,"所以现在我必须杀了他们,这样我才能得到安宁。"

"但那是不可能做到的!"

"并非不可能,只是有些难。"图尔说,"我的神住在天上,所以我得去那儿猎杀他们。就是这样,我会攀到天上去。"

他轻轻地笑了,露出尖利的牙。"不要怀疑,玛丽亚,你要相信,我会攀到天上去,猎杀我的神。待我屠杀完毕,那儿就只剩我一个了。我会开着战车,在天堂里驰骋。也许我会变成太阳。"

第二十八章
寻找无畏号

很长一段时间里,图尔并没有像他疯狂描述的那样攀爬上天,也没有做任何消灭他所谓的神的事情。

相反,他生活在阴影和泥浆中,而玛丽亚继续休养着。图尔坚称,他们不能从码头的桩下出来。他们住在海鸥和螃蟹之间。偶尔会有翻入泥淖的海豹,图尔会立即将它们分尸。

所以他们并不缺食物。

慢慢地,玛丽亚恢复了体力,图尔也是。他变得越来越自信。他的身上似乎散发出一种强大的力量,强烈的目标感好像在熊熊燃烧。

有时,看到他蹲在码头下面的黑暗中,肢解一些他抓住的鱼、海豹或狗,她会感觉很害怕。

以前,他还保留了一些基本的人类特征——柔软,至少是有同理心,因此她很信任他。

但现在……

现在他似乎完全变了。不是朋友,也不是盟友。他像是某种原始而令人不安的东西。像是一个来自人类原始过去的噩梦，一个古老的怪物，一个从最黑暗的神话里走出来的生物——在那个神话里，丛林尚未被砍伐，猴子仍然畏惧黑暗，并且原始人还不能完全驾驭火。他就像一头有自己兴趣爱好和日程安排的怪兽。他一直照顾她，从海港周围的船上给她偷来新鲜的食物和水，可他似乎也可以轻松地将她吞噬。

有一次，他发现她在看他。

"我对你没有威胁，玛丽亚。"他说，"我们是群队。"

"我没有——"她放弃了辩解。那没有意义。图尔对一切都心知肚明。

她康复得差不多了。有一天，他说："我需要消息，得由你带回来。他们有监控摄像头。他们会找我，也会找你。你现在这个样子会被认出来。"他拿出了从某艘船上偷来的斗篷，"晚上冷，穿这个正好。我觉得你不会被注意到的。"他给她了一块石头，"放在鞋里，这样就能摆脱他们。"

"那我怎么走路啊？"

"他们会测量一个人的很多东西。"

"他们甚至可能都没有看着。"

图尔猛地摇了摇头。"他们一直在看着。这样的地方，他们会监视。他们会与海景结盟或者渗透海景，他们的监控摄像头和计算机将永不停息。"他摆手告诫她，"你只能在晚上出去。你的步伐、你的身形、你的脸，现在都已经被掌握了，他们的摄像头能在千分之一秒内标记你。"

"既然这么危险，为什么我们还待在海景？"

"因为我发现这样有用。"

图尔只说这么多。

玛丽亚走上了码头。她把脸抹得脏脏的,穿着一件雨衣,戴着一顶宽边帽,还在鞋里放了块石头。这成了玛丽亚的一种固定行为——在黑暗中偷偷溜出去,为图尔拿东西。

有时候,他会派她去找他无法从船上偷到的东西,但更多的是派她去拿宣传单,就是在码头上分发给刚下船的水手的那种宣传单,印制成本很低。

一开始,玛丽亚以为图尔要这些宣传单是想筑巢——他确实在筑巢——他在海平面上方的海岸堤坝上挖了深深的洞,挖进泥土之中,在码头之下挖出一个巨大的空间,以至于玛丽亚试探性地开玩笑说,或许他真的是一只獾。

图尔只是耸了耸肩。"在世界上的某些地方,獾会杀死眼镜蛇。"他说,"这是有可能的。我的神把我创造成最优秀的杀手。"

然后第二天夜里,他又派她去拿更多的宣传单。夜复一夜,一版又一版。即便图尔的宣传单已经够建十几个窝了,他还是会派她继续去拿。他会用这些宣传单来铺他的巢穴,但更多的是阅读它们。每个晚上,玛丽亚都会看到他在月光下阅读,专注地逐一浏览这些宣传单。

"你在找什么?"有一天,玛丽亚在带回宣传单后问道。"也许我能帮帮你。"

"规律。"图尔说。

玛丽亚不悦地看了他一眼。"我又不是小孩子,你可以告诉我你的计划。"

"你不知道最好。如果你被抓了,我希望我的敌人不要得知我的计划。"

"我不会被抓的。"

图尔停了下来,凝视着她。"是你要求和我待在一起的,玛丽亚。如果你想一直和我待在一起,就必须接受,你是我的兵,我是你的将军,你不能向我提问。"他的牙齿微微露出,"我不是你的狗,不受你的差遣。你是我的。无论多么不愿意,你都必须听从。"

从那之后,玛丽亚把宣传单交给他时,就不再多说什么了。图尔也会沉默地阅读。

有一天,他去海湾游泳狩猎,回来时带着渔竿。他从皮肤中拽出倒钩说:"这是码头上的渔民钩到我身体里的,他们没有料到会钓到像我这样的鱼。"

从那以后,图尔会突然宣布某天是捕鱼的好日子,并派她沿着海堤去钓鱼和观察船只,命令她记下所有到达的船只的名称。

玛丽亚会带着她的渔竿爬到海堤边上,挑选一个地方,开始钓鱼。间或,游过海景几千米开放海域的图尔会从下面的波浪中出现。

第一次选择观察点的时候,图尔告诉她那里不好,让她挪到更靠近海堤尖端的地方。

"看到的东西都是一样的!"玛丽亚抗议道,"都有海景!有大海!有船只!有海鸥和它们的屎!怎么不好了?"

图尔还是坚持让她挪了地方。

玛丽亚觉得，图尔只是喜欢游泳，想游得更远。但对她来说，这样很烦。在海堤上爬并不容易。她的假手在战斗中被损坏，握力不太好了。海堤也很不平坦——有堆砌的石头、灰泥和破碎的混凝土，有硌手的藤壶，还有滑腻腻的苔藓。她的假手不听使唤，她才意识到，曾经拥有两只好用的手是多么奢侈，而她又是多么依赖两只好用的手。

"你为什么不告诉我你在找什么？"有一天，图尔从水里露出头来时，玛丽亚问道。

"我告诉过你了。"图尔说，"我在找船名。你记住它们的名字了吗？"

他们站在海堤的最边缘，玛丽亚把她的钓竿撑在一块石头上，但她已经放弃了钓鱼。图尔在海里几分钟内抓到的鱼比她一整天钓到的鱼还多。她把钓竿靠在岸边，让钩子悬挂在水中，假装自己是海景当地人，但不再费心装饵了。

图尔把自己藏在平坦的混凝土板下，注意观察经过海堤的船只。

"到目前为止，来了哪些船？"他问道。

"萨尔提罗、铭星、拉各斯荣光、幸运女士、海龙，还有几艘大型渔船……"

"我不关心那些。"

"我们还要这样做多久？"

"你应该在鱼钩上挂鱼饵。"

"有什么意义呢？你一分钟就能捕到比我一整天还多的鱼。"

"意义是看起来像是在钓鱼。"图尔盯着水面,然后猛地挥动手臂,向前拍打着,发出尖锐的声响。他捞出一条小小的银鱼,将其撕成两半。"用这个来做饵。"

玛丽亚不屑地瞪了他一眼,但还是在鱼钩上挂上了那团血腥的东西。"你说过你要战斗,可我们现在只是坐在这里。如果你永远不做任何事情,你又怎么能爬到天上呢?"

"谋杀神祇不是件简单的任务。还有,我们正在钓鱼。投下你的钓线。"

"我们一直都在钓鱼。"

"昨天有哪些船来了?"

"我已经告诉过你了,别再问了。"

"也许我忘了。"

"你从来不会忘记。"

"确实。"图尔得意地笑了。

"有没有人告诉过你,你很烦人?"

"如果你想当孩子,就去找其他孩子玩耍吧。我会继续钓鱼。"

"我不是孩子。"玛丽亚瞪了他一眼。

"对,你只是个人类。"图尔看了看她,表情有点儿黑色幽默,"这意味着还有一些事情我可以教你。你知道为什么我能够夺取淹没之城,而之前的人类都失败了吗?"

"因为你是军事天才?"

"因为我知道,想要赢得更大的战争,什么才是最重要的。其他军阀对战斗有着极大的热情,他们有狂热的小战士,有更高的战略位置——其中一些是坚不可摧的。而我，知道如何等待。"他微微一笑，半闭着眼睛，"所以，现在我在等待。而你，赶紧投下钓线。"

玛丽亚又瞪了他一眼。他们安静了一会儿，玛丽亚在钓鱼，图尔在观察航运。

"享受它。"图尔说。

"享受等待？"

"享受和平。它很快就会结束了。"

图尔的语气让玛丽亚不由得瞥了他一眼。"为什么这么说？"

图尔看着地平线，耳朵向前竖起，鼻子动了动。玛丽亚随着他的目光看去。一艘快速帆船正在穿过海景的第一道防浪堤。

图尔非常专注地盯着它。他上次这样紧张还是在——

杀戮小队袭击的时候。

玛丽亚感到一阵寒意。"怎么了？发生什么事了？"

图尔没有回答，只是一直盯着这艘船。这种专注让玛丽亚想到了跟踪猎物的老虎。

"它就是你要找的船吗？"

图尔咆哮着，耳朵向后倾斜，尖牙露了出来。

"图尔？"

图尔追踪着这艘船，咆哮声越来越大。"玛丽亚，等待正确的时机有时比袭击本身更重要：地点、时间、方式都要对。小孩子才乱打一通，勇士则会计划。所以你们人类才那么容易被打败。"

"那艘船有什么重要的？"

"这与你无关。"

"我觉得和我有关！"

图尔用有伤的眼睛看向她。"我们现在必须分开，玛丽亚。我去的地方，你不能跟着。我现在要做的事，必须我一个人去做。"

"我不明白。我一直都以为这是咱俩的事。"

图尔摇了摇头。"不。只是我一个人的事。你也必须寻找自己的路，一条与我分开的路。玛丽亚，你已经完成了对我的义务，是时候回到独自一人的日子里了，也是时候过安全的日子了。"

"那艘船有什么特别之处？"

"忘掉关于我的一切，玛丽亚。离开海景，离开这里，再也不要回来。"

"但是——"

"在我给你挖的小窝里，有一个油布袋，是我给你的，以备你日后所需。我从这里的船上给你偷了些钱。有海景银行的货币，也有其他钱币。虽然你的快速帆船没了，但这些钱应该能帮助你远离这里，找到一个合适的地方。有了钱，你就可以买到去往世界任何地方的通行证。去吧。消失吧。"

"可是你呢？"

"我要去猎杀我的神。"

"我想帮你！"

第二十八章 寻找无畏号

"你已经付出太多了,玛丽亚。我们就在这里分开吧。"

在她再次抗议之前,他跳入了水中。玛丽亚瞥见了他在深处的影子,他奋力游着,然后完全消失在大海中,留下玛丽亚凝望着他,被他遗弃在身后。

她的视线跟随着远处的快速帆船,试图看出是什么让图尔如此着迷。

她无视他最后说的话,拿起渔竿,沿着海堤行进到尖端,以便拥有更好的视野。

快速帆船干净利落地切过最后一道防浪堤,水翼喷洒着海水,在它身后干净而流畅地留下三重V字形的尾流。

快速帆船掠过的时候,玛丽亚到达了吃水线。船头,帕特尔全球的标志闪闪发光,一旁是这艘船显眼而骄傲的名字。

无畏号。

第二十九章
两位故友

图尔漂浮在海景温暖的海水中,在无畏号下面倾听着。这个男孩已经变了。

不再是金沙海滩上那个瘦弱带疤的野孩子了。那个孩子曾靠从锈迹斑斑的古老油轮里拆出铜线来生存,现在他完全变了。自信、专业,已经成为一艘全球快速帆船的船员。看来吃得很好。

从稀巴烂的原住地和稀巴烂的原生家庭走出来,时间和空间彻底改变了这个男孩。见证这一切,见证人类成长得与年少时的他们完全不同,图尔觉得很神奇。

快速帆船上在忙着卸货,图尔从水中静静地观察着。他需要和男孩说话,但不能让别人看到或听到。跟踪他进入海景是不可取的。

但是到目前为止,这个年轻的男人并没有下船。即使是在所有货物都被卸下之后,他也还停留在甲板上,跟最后的船员闲聊,给坐小艇返回岸上的人类和强化人送行——他们都兴奋地回家去了,或者将赚来的钱消费在盐码头的酒肉上。

第二十九章 两位故友

但以前那个拆船工还逗留着。

也许男孩在这里没有固定的家。当然,与其他船员不同,海景并不是他的家乡。因此,也许男孩住在船上,根本不会下船。这是理想的情况。图尔会等到深夜值守的时间,等到只剩下他一个人时再接近他。

此时,最后几个强化人也离开了船。其中两个庞大的家伙与他人说笑着爬下船的梯子,坐上他们的小艇。

图尔的嘴唇厌恶地蜷曲着。他沉到海底,以防那些强化人感觉到他的存在。他们看起来如此……满足。

图尔几乎无法控制住他的鄙视。

他们生活在人类之中,被当作奴隶,还以为自己并不是奴隶。认不清自己的地位,真让人反胃。图尔突然怒火上涌,并对此感到惊讶。在盐码头被梅西耶袭击之后,他以为自己不会再是这种反应的受害者了。

但是这些强化人特别冒犯他。如此满足地效忠。如此驯服。他们无疑会为自己的主人献出生命,绝不会犹豫。他们的职责就是满足主人的一切需要。他们乐意臣服于人类的各种突发奇想。如果有人质疑他们太过服从,他们很可能还会说,自己的主人是值得效忠的。

你是否因为你没有像他们那样的主人而感到嫉妒? 图尔想。*这就是他们让你感到恼火的原因吗?*

他强迫自己控制住涌动的情绪。那些强化人不值得他关注。他们就是狗,而他不是;他们服从,他不服从。

就是这样。 图尔一边想,一边看着他们和人类一起登上

小艇。去吧。跟你们的主人在一起。只要有需要,他们立刻就会牺牲你们的。去吧。

他们热爱被奴役,这不关他的事。就让他们满足地受奴役吧。

小艇向岸边迅速驶去,那个年轻人仍站在甲板上,和最后几个同伴聊天。图尔觉得他看起来很健康——比以前更强壮、更黝黑了。他也更自信了。在船上的日子锤炼了他,打磨了他。他看起来比以前高了,不仅仅是因为他显然能吃饱饭了,也因为他站得更直了。

他的内心少了惧怕,感觉完全变了一个人。

图尔认识他时,这个男孩特别警觉,一直蹲着。他知道自己随时都可能有危险,所以很敏感。男孩的父亲欺负他,虐待他。在金沙海滩上,弱者总是成为猎物,但这个男孩是个幸存者。

看到他,图尔就涌出些回忆:盐、铁和锈的气味;海边的篝火像信号弹般冒出黑烟;油渍搅浑的浅滩五彩斑斓,沙子也染上了颜色;各种颜色的塑料线在沙滩的泡沫和浪花间滚动、漂浮,在油污覆盖的海滩上形成长长的废料线……一个瘦弱而绝望的男孩,愿意冒任何风险逃离那样的环境。

"不。"这位年轻人说,"清理船体和水翼检查可以同时做,上次的暴风雨让水翼产生的扭矩比我想象中的要大。"

"感谢命运女神,它们撑住了。"一名船员说道。

"我们本周进行检查。"他说,"根据检查结果,可能要提前更换。"

第二十九章 两位故友　217

"是，长官。我们会处理好的，洛佩斯先生。"

长官？先生？图尔产生了极大的兴趣。看来这个男孩发展得很好。不只是一个泯然于众的年轻水手，更是一个体面的人。

图尔从水中向上看，想看他是否戴着某些军衔，但有海浪，很难看清。在这个深度，即便是交谈声也很难听清。他游得更近了一些。

年轻人继续说道："让米尔斯擦擦氧气交换器，换换潜水面罩上的薄膜。上次我下水的时候，我发誓我尝到了霉味。"

"他说已经换过了。"

"要是我对空气进行化学分析，他还会这么说吗？"

周围一片笑声。

另一艘小艇的声音打断了图尔的观察。他深入水中，游远了一些，惊扰了一些鱼群。在一个更安全的位置，他将一小部分身体浮出水面，晃动着耳朵继续听着。隔得远，他很容易被当作垃圾或者死去的动物，比如海豹……

逐渐靠近的小艇快速而流畅，与图尔监看的那艘笨重的小艇相比，就像是刀刃一样。这不是松垮、笨拙、锈迹斑斑、因为运送水手进港而精疲力竭的驳船，而是一艘闪亮的匕首船。它速度很快，除了船体在海浪之间发出的嘶嘶声之外，几乎没有任何噪声。电动马达搅动着海水，留下泡沫的尾迹。

小艇靠近了快速帆船，流畅、自信而昂贵，就像那个驾驶它的女孩一样。女孩在最后一刻猛地转向，掀起一片水花，利落地转了个圈，然后熄灭了马达。

流线型的艇身落入水中，尾流拍打着无畏号的船体，水花回弹，震得小艇在水中猛晃。

"内勒！"她高声喊道。

内勒转过身向她挥手，咧嘴一笑，俯身探向栏杆。"妮塔！我马上下来！"

这个女孩也成长了，变化了。不再是曾经的那个小女孩，更像是一个女人了。她已经度过青春期，现在所处的阶段是一个已经长大成人但还不够成熟的阶段——有钱人或许会在这个阶段待上好多好多年。不过，她身上也有些特质不同往昔了。

图尔认识妮塔·帕特尔的时候，她也是个畏缩的人——一直在逃命，孤独而又绝望，会抓住任何能让自己活下去的机会。现在，她显然如鱼得水。这不仅体现在她对匕首船熟练而轻松的驾驭上，还体现在船员们看到她之后的恭敬态度上。

但内勒·洛佩斯并不恭敬。他只是微笑和挥手，愉悦且随意，坚持说完了对船员的最后指示。他从梯子爬下船，把他的船员包放在匕首船的驾驶舱里，然后转向妮塔。

一个拥抱。

是个深情的拥抱。接着他们嘴唇相遇。两人的亲吻也同样亲密而深情。

亲吻之后，他们仍然紧紧地拥抱在一起，全然忘记了上面的船员，对周围的任何事情都毫不在意。

有趣。

有用。

自从梅西耶向他投射火焰以来,图尔第一次允许自己感到一丝乐观,因为他没有预料到的策略出现了。但是他仍然不会让自己抱太大希望。这两个年轻人已经发生了很大的变化。也可能完全变了。

此外,内勒与妮塔的关系也引发了某些运筹难题。她的匕首船速度太快,图尔自身无法追赶。如果他们要前往帕特尔全球的私人岛屿总部,那里强大的安保措施将使接近他们变得更加困难。

他游近匕首船,却极难附着上去。这艘流线型小艇配备了强大的发动机和小小的刀锋式水翼,能像鱼鹰一样飞掠浪涛。他需要登上船,但没有什么微妙的方法可以不引人注目地做到这一点。

他烦躁地观察着,思量着自己的选择。内勒正在收拾船员包,收回浮标,而妮塔则握住方向盘,慢慢让小艇驶离无畏号的高大身影。一会儿她就要发动引擎了,图尔将再也无处寻觅。

很久以前,一位训练师曾告诉他:"如果你不喜欢现在的战略态势,那就创造一个更好的。"

于是,图尔潜入水中,在匕首船下游了起来。

妮塔将梅蒂号从空挡调到了熄火状态,而内勒解开了无畏号的梯子,收回了保护船体的浮标。

她看着他工作时,喉咙里有一阵紧迫感。他如此迅速而自信，在这里感到无比自在。

然而，有时候，她会看到一种令人不安的双重影像。她能看到眼前的他，同时也能看到记忆中他们初次见面时他的样子：残忍、野性，如外星生物般，脸上有文身，身上有伤疤，眼里只有饥饿。

他之前的那个版本仍然存在，就像他保留了脸颊上拆船工的文身一样。她仍然记得他和他凶猛的同伴皮玛拔出刀，急于砍掉她的手指。

但即便如此，她并没有害怕内勒。

或者说，她感到了害怕，但她没有责怪他或皮玛计划对她做的事情。他们的暴力并不是针对她，而只是因为饥饿。他们太饿了。妮塔不会怪丛林中的老虎扑向她，自然也就不会责怪那两个人要从她的手指上抢金子。

后来她在内勒的眼睛中看到了其他东西，开始充满希望：她也许会很安全——

此时内勒向她挥了挥手。"嘿！你准备好了吗？"

妮塔意识到自己完全深陷于回忆之中，懊恼地摇了摇头。"对不起，我刚刚在想事情。"

"在想什么？"

"没什么。"她启动马达，开动匕首船，驶离了无畏号，"只是想起了你。"

内勒笑了。"我没有离开那么久。"

"三个月。"

"但我们见了两次。一次在阿姆斯特丹的造船厂，一次在迈阿密礁。"

他现在是如此的活力四射。即使在他饥肠辘辘、皮包骨头、满身伤疤、狂野不拘的时候,他也有这种气质,而现在更有了。他的皮肤是古铜色的,面容俊朗,黑色的头发剪得很短。

他的拆船文身可能让他看起来很凶猛。他曾经确实如此,但现在,她了解了他的其他方面。现在他很强壮,他的手臂肌肉发达,瘦瘦高高,自信满满。

妮塔摇摇头,暗自笑着。"我就是很高兴你回家了。"

内勒笑了。"你只是高兴我在家的时候,你那个老茂斯——"

"苏妮塔·茂斯——"

"——因为太讨厌我的船员文身,所以忘记了批评其他人。每次都是这样。"

"我们都很感激你分散了她的注意力。"

"她困扰不了我。"

"所有人都不胜其扰。"

内勒耸了耸肩。"我听过更难听的话,更坏的人说的。"

这倒是真的。他听过更难听的话,经历过更糟糕的事情。但他历尽千帆,仍保持着同理心。即使在他挨饿的时候,她也知道——莫名地笃定——他不会伤害她。

这是她父亲指出的,在她后来质疑这段……不知如何形容的关系究竟有没有目的或者意义时。与内勒在一起有时候让她感觉很舒服,有时候又让她感觉很陌生。

她父亲对内勒这么有信心，让她很意外。

"他以前像一只野兽一样。"她的父亲曾说，"却在可以杀你的时候没有杀你。他本可以从你的死亡中获得巨大的利益，但他没有那么做。很多时候，背叛你对他更有益，但他从未那样做过。"

她一直认为自己的父亲是个苛刻的人，专横而固执。他将是非分得非常清楚，而且有男孩引起她注意的时候，他曾多次干涉。

她原以为，这个男孩子会遇到最大的阻力——有时候他们的目光相遇，彼此猜测为什么对方如此不了解这个世界的运作方式，她都会对他产生抵触情绪。可她的父亲见到他后，只是抬了一下眉毛，并建议说，如果内勒不想被家庭晚宴上的那些闲言碎语淹没，他可能需要接受一些礼仪训练。

有一次她要与内勒分手，是因为她说努力工作总会得到回报，而内勒嘲笑了她。她父亲冷冷地说："苏妮塔·茂斯也嘲笑他，在他背后说北印度语，叫他小仆人。内勒全能听懂，却没有爆发。"

"他自我控制能力很强。"妮塔不情愿地承认道。

"他有铁一般的意志。"她的父亲说，"他从拆船场走出来，却十分忠诚，而且心性顽强。在你所处的位置上，这一点比你认为的更加重要。"

"我明白了——"

"不！"父亲打断了她的话，生气地说，"你不明白！我们周围的人什么都不关心！他们只关心我们的财富、影响力

第二十九章 两位故友

和关系！如果你没有这些东西，他们甚至都不会看你一眼。权力毒害了我们，也毒害了他们。有时我甚至希望自己从来没把这家公司做到现在的规模。"他皱着眉头说，"如果你选择放弃这个男孩，你可以转身离开，但不要轻视他。他比我们大多数人都值得尊重。"

内勒打断了她的思绪。"你要加速吗？"他问，"还是让我来？"

妮塔挑战性地看了他一眼。"哦？你想快点儿？"她立刻加快了速度。匕首船呼啸向前，在水面上飞快地滑行着。

"够快了吗？"她喊道。风吹乱了她的头发。内勒的回答被风声淹没了。她倾斜着身体，享受着阳光和海水，享受着船的力量——

突然，梅蒂号颤抖起来，向一侧颠簸。一个撕裂的声音在船体内响起。妮塔拼命地控制住船只。她断了电，匕首船沉入水中。

海浪摇晃着他们，尾流汹涌。

内勒在笑。

妮塔怒视着他。"这不好笑。"

内勒依然咧着嘴却没有停止微笑。"我刚刚还在想，终于有一艘船不需要我维护了，真好。"他说，"我以为帕特尔全球会有更好的维护技术呢。"

妮塔冷哼一声。"这是我的船，我不会让任何人碰它。"

"你做得很好。"

"闭嘴。"妮塔皱着眉头，"出海时它一直很顺畅，一切都很完美。而且我刚刚大修过。"

"需要帮忙吗？"

妮塔瞪了他一眼。"是啊，中级工程师，我很想让你告诉我如何照顾我一生都在修理的船。"她又瞪了他一眼，走到船尾拆下发动机外壳，"一开始是有动力的啊，怎么突然就……"她顿了一下，看着已经裂开的外壳，"真奇怪。"

她从侧面俯身，望着海面，检查下面的螺旋桨。她感觉就像冲到了浅滩或漂浮的原木上，但实际上这是在深水区，也没有任何垃圾。海景有任何大块垃圾都是不寻常的。她凝视着水下，俯身远望，将头发撩到后面，看着螺旋桨的位置。

奇怪的是，她能清晰地看到水下有什么东西。她眯起眼睛，试图看清楚。不是垃圾，是别的东西……

这个东西快速地冲了上来。

图尔浮出水面，妮塔惊慌失措地爬了回来。她发出了那种动物即将被吃掉时发出的惊惧的声音。图尔冲进船里，身上还淌着海水。内勒伸手去抓他的包，很可能是想寻找武器。这个男孩对于人类来说动作很快，但对于图尔来说还是慢得不行。

图尔开始说话，而妮塔抬起了手臂。图尔惊讶地看到一把闪闪发光的微型手枪。这把枪流畅新巧，非常现代，完全不是图尔喜欢的类型。

她向图尔开枪的时候，图尔还在想，这是可以预料的。

她的家人当然会担心她的安全，毕竟以前她被攻击过，

第二十九章 两位故友

甚至被绑架过。帕特尔家族的人是非常值钱的——

第一颗子弹击中了。图尔踉跄后退,不禁感到某种敬意。对于一个人类来说,这个女孩的反应真的很快。第二颗子弹也击中了。

但图尔没有刚刚那么佩服她了。子弹很小,几乎没有穿透他的皮肤。不过,爆炸力度不小。他向妮塔扑去,一种难受的麻木感在他被打中的部位膨胀。

他打掉了妮塔的手枪,恰好在内勒扑向他时转身。内勒·洛佩斯一直身手敏捷,就像他的父亲一样。他杀气腾腾,勇敢无畏,还拿着把刀——没错,是一把刀。理查德·洛佩斯的儿子撞向图尔的脖子,想要命中他的颈动脉。

图尔抓住了内勒的手腕,完全挡住了他。

你很快,但你不是强化人。

内勒目瞪口呆地望着图尔,认出了他。

"图尔?"

"老朋友。"图尔低吼道。来自妮塔子弹的麻木感正在他的身上散开,他感到火一般的刺痛。他的肌肉变成了水。图尔跌跪下来,有些困惑。

是中了两发子弹吗?

他听到内勒在喊着什么。

两发子弹我应该能挺住。

但他高估了自己。他感到自己的心跳在减速,就要停止了,并且船的甲板冲向了他。

第三十章
外交与战争

"你确定是他吗?"妮塔问道。
"怎么可能不确定?"内勒问道,"你瞧瞧他。"
"他……状态有点儿糟。"
自从帮助这位富有的女继承人和这个卑贱的拆船工逃离了令人绝望的金沙海滩之后,图尔又承受了多少新的伤痛啊?
图尔低声咆哮着,试图坐起来,但完全动不了。好像有人向他的肌肉中注射了混凝土,使它们沉重而僵硬。他甚至无法睁开眼睛。似乎没有一块肌肉愿意配合。他很惊讶自己还能呼吸。他听到自己的心脏在慢慢跳动着。
这种情况发生得太频繁了。
他对此感到恼怒,又无能为力。他听着内勒和妮塔的对话。在他们不知道的情况下听到他们的交谈是有益的,这是一个考察他们忠诚度的机会。
"这玩意儿需要多久作用才能消退?"内勒问道。
"还在实验阶段。应该一枪就可以毙命……"
"你打中了他两次。"

"是吗?"妮塔感觉很高兴,"我没想到我能打中两次。他比我在靶场训练时候的目标都要快。"

"诺特和瓦恩在训练中总是有所克制。"

"我告诉他们不要克制的!"

"他们还得跟你父亲交代。"内勒说,"他们肯定会有所保留。没有人会伤害爸爸的小公主。"

"不要这么叫我。"她很不耐烦。安静了一会儿之后,图尔听到了她裙子的沙沙声,感觉她跪在他身旁。她的手轻轻地放在他的胸前。

"如果他是个真正的攻击者,我早就死了。"她说。

"我们俩都得死。"内勒同意道。

"我要告诉塔里克,他会很失望毒药的作用不够快。"

"这种毒药应该能抵挡其他任何攻击者了。"

"子弹可以抵挡普通的攻击者,但我们需要的是能够抵挡强化人的东西。"

没有什么可以抵挡我。图尔心想。然而此时此刻,他却躺在这里。他烦躁地咆哮着,惊讶地发现自己发出了声音。

"图尔?"内勒在他身旁蹲下。

图尔努力想动一下。他感觉肌肉没有那么僵硬了。他费尽力气翻了个身。他静静地躺着,喘着气。

妮塔再次蹲在他身边。"来,把这个喝了。"有个东西戳着他的嘴。

图尔努力睁开眼睛,想要看清楚。是一种瓶子。从它的香味来判断,里面应该充满了糖和各种化学物质。是富贵闲人喝的东西。图尔贪婪地喝了下去。他开始感觉有一把小锤子在他的头骨里，按照他的心跳节奏缓慢地敲打着。

"那是什么……"图尔终于说了句话，"武器？"

"嘘，"妮塔说，"不用担心。药效需要一段时间才会消失。"

他猜想这是一种神经毒素。他可以感觉到自己的身体在反应和适应，试图恢复，与毒素做斗争，但基本以失败告终，至少此时如此。小小的手枪靠在甲板上，就在他旁边。微不足道的小东西。一个富有女孩的优雅玩具。

却几乎瞬间把他击倒。

我曾在七个大洲作战，一支玩具似的手枪竟然让我倒下了。

这让他感到恼火。图尔试图抬起头，再次询问她对他做了什么，但他的舌头变得很厚，整个口腔好像都被堵住了。他开始呼吸困难。

"我们需要把他带到那个岛上。"内勒听起来非常着急，图尔感到很意外。

此时，人类匆忙行动着，那艘瘸腿的匕首船也再次加速起来。图尔听到妮塔在加密频道上呼叫，寻求帮助，调动她强大家族的资源。

毒素在图尔的心脏中不断增厚。人类不得不再次适应这件事：子弹已经不能摧毁他们创造出的战士了。炸药的威力也不够了。他的种族现在太强韧了，所以人类还在设计各种反制武器。

他想，再过几年，自己种族的下一代可能很容易代谢掉流经他血管的这种毒素，也许未来的他甚至能将其转化成兴奋剂，但在那之前……

图尔歪倒在甲板上，慢慢地失去了意识。

他多么希望自己能够适应得更快一点儿啊。

"如果我们任何人能适应得更快一点儿，我们就都会活着了，而不是只能存在于你的脑海里，你的梦里。"

虎卫队第一利爪倒了更多热腾腾的茶。天气很热，蚊子四处嗡嗡作响。加尔各答的许多地方都被藤蔓覆盖着。图尔能听到猴子和豹子的叫声。是他的同胞的号叫声。小型强化人们在建筑物的两侧攀爬着。

"他们不该去幼托所吗？"图尔问道。

第一利爪转身看着蹒跚的小型强化人。小小的、不成比例的手脚，过大的头，短短的身体，所有的比例都是错乱的，还需要时间来成长为最终形态。

"但是，如果让他们待在幼托所，他们如何适应？如果被迫像我们一样在骨坑里战斗求生，他们将成为什么样的服从性生物？他们将永远无法学会独立思考。"

第一利爪似乎并不对此感到担心，但这使图尔感到不安。看到小型强化人不受训练者控制地自由奔跑，感觉很不自然。他们就像人类的孩子一样。

一点儿也不自然。

"嗯，你也不自然。"第一利爪指出，"但是，你在梦中努力和我交朋友！一个强化人在做梦！这也非常不自然，不是吗？还有这个外交时刻也很反常，完全违反自然。真恶心。这种外交行为一点儿也不自然。就像我们的孩子一样不自然。不过不用担心，他们并不存在。他们还没有出现。"

图尔知道小型强化人只是他梦中记忆状态的一部分，但他们仍然令人不安。他们不符合自然。

"这一切都是不自然的。"第一利爪愤怒地说道，"我早就死了，被烧掉了。可我们还在这里，非自然地进行谈判。"

"这是必要的，"图尔说，"你了解我们效忠的这些人，你觉得他们值得效忠吗？"

"那我应该选择效忠你吗？"

图尔露出了牙齿。"除了我，还有谁更值得效忠？"

"你还在学习外交技巧。"

"我是自学的。"图尔承认道。

"还不是很擅长。"

"我觉得我已经进步了。"

第一利爪听后笑了。"当然！"他意味深长地看了看蹦跳着的小型强化人，"想象一下，如果我们从未接受过电击棒和骨坑的训练，我们会变成什么样子。想象一下，我们会变得怎样。"

"加入我，我们也许会知道的。"

第一利爪伤心地看着他。"人类永远不会允许这种情况发生。"由于图尔知道这是一个梦，也知道第一利爪已经死了，所以他知道他曾经的这个敌人说得没错。

第三十章 外交与战争

图尔醒来时已经在医疗设施里了。他听到生命支持设备的声音，闻到了消毒剂的气味。一名医生站在一旁，通过机器观察着他的生命体征。图尔也能明显感受到自己的生命体征——他能感觉到心脏在跳动，富氧血在顺畅地流动着。毒素已经溶解了。

内勒和妮塔坐在附近。

"我从骨坑里杀出来了。"图尔说，"我战斗了。"

"图尔？"内勒和妮塔立刻走到他身边。图尔检查了一下自己的四肢，很高兴他的身体又听话起来了。他慢慢地坐了起来。一名医生走过来检查他，用手电筒照了照他的那只完好的眼睛，皱起了眉头。他拿起一根针头，征求图尔的同意。图尔点头许可后，医生抽取了一小部分血样，把它带到一面布满诊断机器的墙壁前。

图尔再次检查了一下自己的四肢。一只手握拳，而后伸了伸手指。有些僵硬，但他似乎已经康复了。我总是自由战斗。

"怎么样？"妮塔看向医生，"他怎么样了？"

医生皱着眉头看着显示屏。"他看起来好得差不多了，已经看不到任何神经毒素的痕迹了。"

"说明很好，对吧？"

"这……很反常。"医生看了看图尔，"是很好，没错。他应该会完全康复。"他回到了显示屏前，依然皱着眉头，"你真是太幸运了。"

"我总是自由战斗。"图尔说，"这是我的天性。"

"你在这儿做什么？"他们扶着图尔下了医疗床，内勒问道。"上次我见到你的时候,你根本不想接触人类。"

我还是不想接触人类。图尔差点儿脱口而出,但随后他想起了与第一利爪对话的梦境。外交。对他的设计中并不包括的适应性。对于人类而言,外交是必备的,而他则是为了战争而生的。

战争就是另一种途径的外交。

这是句古老的名言。他和他的群队夷平城市、了结对手之后,总喜欢引用这句话。然而,他和他的群队从未反向思考过这句话。

外交是另一种途径的战争。

内勒和妮塔关切地看着他。

"我来找你们……"图尔开口了,但发现自己说不完一整句话。

"嗯?"

"是……"图尔低吼道,"是来问……"

图尔发现自己很难说出话来。他似乎听见了第一利爪在嘲笑他。

你对我就做到了。第一利爪似乎在说。你来找我的时候,弥合了比这更大的鸿沟。

外交。图尔生来就不具备的技能。

"我是来找你们帮忙的。"

优先级
安全警报

档案号：#1A 2385883

图像……匹配。

观察项……匹配。

ID……匹配。

====================================

*** 安全 / 管控级别：10/ 仅红色 ***

关键词：戾兽

戾兽 228 资产识别——血 / 卡塔库尔

确认密级：88/100

位置：GPS——北纬 42.3601°，西经 71.0589°

====================================

北部自由贸易区，海景波士顿……

***** 帕特尔全球总部 *****

第三十一章
安全警报

琼斯盯着屏幕上闪现的通知,讶异于它的突然出现。

优先级
安全警报
档案号：#1A 2385883

在过去的几个月里,她一直作为情报分析师之一,在执行委员会中受梅西耶联合部队指挥官乔纳斯·恩格的指挥。以前在安纳普尔纳号上作为初级分析师时的生活已经离她远去了。

现在,她在南加州保护地拥有一套豪华公寓,可以清晰地看到湾区和洛杉矶的沉城。每天早上,琼斯可以看到渔民驾船下海,在梅西耶庞大的水产养殖区放置网具,而在耀眼的红光落日每次沉入太平洋之时,她都可以看到渔民们满载而归。

公司食堂的菜单不受远程飞艇后勤的空间、储存和重量

第三十一章 安全警报

的限制，她吃得很好。

她在洛杉矶最高的摩天大楼里工作，与联合部队指挥官仅有几扇门之遥。

但工作……

她以前认为自己已经知道了梅西耶是如何运作的，但是现在，她和恩格一起坐在梅西耶帝国的核心位置：在亚洲繁荣区进行联合军事演习；在地中海自由贸易区进行干预行动；与西非技术联合体签订领土防御合约。她为恩格提供建议，帮他保卫贸易和资源区，掌控矿业经营，为制造中心和公司特许城市分配防卫力量。

当警报响起时，梅西耶正在开季度工作会议，她坐在那里看着执行委员会的理事们讨论梅西耶的战略局势。桌边围坐着财务指挥官、制造指挥官、贸易指挥官、研发指挥官、外交关系指挥官、维持员工忠诚度指挥官、设施和基础设施指挥官等，还有其他各个领域的指挥官。大家齐聚一堂。

安全警报突然在她的平板电脑上弹出，那时恩格正在与设施和基础设施指挥官争论第四代猛禽机升级的问题。

当然，贸易指挥官完全赞成升级，因为近来越过阿尔卑斯山的陆路已经变得很难走，并且她个人也能因此从中获益。研发指挥官也是完全赞成的，因为一旦开始在亚洲繁荣区授权，这些升级就有可能带来不菲的利润。

琼斯一时无法理解她在平板电脑上看到的内容。

图像……匹配。

观察项……匹配。

ID……匹配。

她呆呆地盯了一会儿屏幕，然后默默地把平板电脑递给恩格。

"我们需要更加隐秘。"恩格正在说，"整个欧洲战场已经变得很紧张，因为这些本土主义者开始装备两级蜘蛛导弹——"他漫不经心地瞥了一眼琼斯的平板电脑，愣住了，"蜘蛛导弹……"他开始重复，然后停顿了一下。

"您说什么？"财务指挥官追问道。

琼斯用力点了点屏幕，将手指停顿在那行字上：帕特尔全球总部。

恩格皱了皱眉头。

"恩格指挥官？"财务指挥官再次催促道。

他干脆利落地说："安保人员全部退出房间。"

房间里的安保强化人们彼此交换了不确定的眼神。

"出什么事了？"贸易指挥官问。其他人也都交换着眼神，怀疑恩格要发动政变。

恩格皱起眉头。"要是我的同行们能够多给我一点儿信任就好了。"他把手掌放在琼斯的屏幕上，用自己的安全权限覆盖了它。一秒钟后，桌子上的所有平板电脑都开始发出声响，各位指挥官都收到了安全警报。

一会儿工夫，财务指挥官便点头表示同意。"清场。"

琼斯也站起来，打算和其他指挥官的个人助理一同退出，但恩格却用手按住了她的手臂,让她留下来,而其他低级别人员都走了出去。精英闪攻强化人确定所有助理都离开后,便也出去了。琼斯在一边看着。

隔音板降下,执行委员会和外面的世界隔绝开来。空气都颤动了一下。

指挥官们阅读着安全警报,表情都很阴郁。

"这太离谱了。"财务指挥官轻声说。

琼斯从恩格那里拿回了她的平板电脑,浏览了警报的其余内容。

警报是由帕特尔全球进行的血液检查触发的。梅西耶早就渗透到更大的海景医疗信息系统中,将其作为公司安全网络的一部分,并从中启动了一项医学查询。分析请求包含了基因信息。

琼斯皱起眉头,仔细研究着她的显示屏。似乎运行了一系列的毒理测试,然后将所有信息都传回给帕特尔全球总部内部的医疗设施。

他们肯定在对卡塔库尔进行血液检查。

"也许他们杀了他,"恩格建议,"然后试图确认他的身份。"

"如果是那样的话,现在他们应该已经要求我们解释,为什么在他们的联合体内拥有资产了。"

琼斯对恩格低声说:"这看起来更像是医学干预。"

"你说什么?"财务指挥官大喊,"大点儿声!"

琼斯寻求着恩格的允许。他点头后,她说:"看起来,他们运行的所有测试都是毒理学请求。他们正在寻找细胞再生匹配。"

"他们正在治愈他?"研发指挥官非常惊讶地问道。

"很难说。"琼斯研究着数据,"但是他们的实验室中肯定有他的血液。如果他没有活着并在他们那里获得治疗,他们不太可能运行这些特定的诊断。"

贸易指挥官低声咒骂道:"和海景的外交问题已经够糟糕的了,现在又把帕特尔全球搅进来了。"

"我们必须要求他回来。"恩格说。

研发指挥官猛点头。"他们必须将我们的财产交还给我们。这是我们的知识产权,他们没有任何权利使用。"

"他们会服从吗?"贸易指挥官问。

"我们可以提出他们正持有我们的专有技术。是有间谍条约的。我们可以要求他们归还。"财务指挥官建议道。

"如果他们拒绝呢?"贸易指挥官追问道。"这可不像卡洛亚老头儿烧毁什么三流城市那么简单。这可是帕特尔全球。和海景是盟友,有相互保护条约的。"

"财务指挥官说得对。我们可以援引我们在 C15 繁荣条约下的权利。"外交关系指挥官说,"有企业间谍条款。只要我们遵守条约,就可以合法地与他们开战,他们之间的相互保护条约就将是无效的。"

"联合部队指挥官怎么看?"财务指挥官问。

恩格点了点头。"从军事上讲,风险相对较低。问题在于他们的结盟。如果我们从中斡旋,帕特尔全球……"他耸耸肩,"但挑战不大,真的。"

"他们不会否认他在他们手上吗?"琼斯胆怯地问。"除了这些血液报告,我们什么都没有。"

恩格恼怒地看了她一眼。其余几位指挥官也齐刷刷将目光投向了她。

"分析师,安全扫描的可信度如何?"财务指挥官轻声问道。

琼斯咽了口口水。"百分之八十八,长官。"

财务指挥官嫌弃地看了恩格一眼,其他人也都在摇头。

恩格的声音很轻,但很刺耳。"你来这里是解决问题的,琼斯。这也是你升职的原因,是你坐在这里的全部原因。"

"是,长官。"她又转向财务指挥官,"我会为您提供您需要的确认信息,长官。"

"我们非常感激。"财务指挥官冷冷地说。她又转向其他人,"所以,等待确认……理事会都同意了吗?"

研发指挥官使劲点头。"这项技术必须终止。这是一个危险的先例,试图创造它就是愚蠢的冒险了。卡洛亚是个疯子。"

其他指挥官也在点头。

"很好。"财务指挥官说,"我们将要求归还强化人,如果帕特尔全球不听从,我们将与它进行贸易、金融、电子和领土战争。都赞成吗?"她环顾了一下举起的双手,"一致同意。梅西耶如此指示。"

她对恩格点了点头。"您可以自由抉择,联合部队指挥官。"

"谢谢。"恩格微笑着说,"他们必须交出强化人,否则我们会把帕特尔全球从地球表面烧掉。"

第三十二章
不要伤害他！

"你是梅西耶的人？"妮塔惊得都要说不出话来了。

她把图尔藏在她的套房里，以避开她父亲的情报员。但她仍在担心她使用医疗舱和塔林特医生的消息会传到她父亲的耳朵里。现在的情况比她想象中的还要糟糕。"梅西耶？"

"我不是谁的人！"图尔咆哮道。

"别跟我扯这些！"妮塔回击道，"你想让我们和梅西耶对抗？冒着把那家公司变成敌人的风险？"她几乎控制不了自己的声音，"你认识那些人吗？你知道如果我爸爸知道你在这里会说什么吗？我们的情报团队已经在密切关注梅西耶了。他们在海景有杀戮小队！他们摧毁了整个城市——"她一边拼凑着这些信息，一边瞪大了双眼，"你……你就是这一切的原因？你就是他们把战舰开到这里，让他们的'气象无人机'飞在我们头顶的原因？"

她跌坐到沙发上，望着窗外的海景全景。她可以看到家族在远处的造船厂，一艘新的快速帆船正在干船坞里建造着。她一直很喜欢海景的一切。但现在，她注视着这座城市及其浮动的建筑群，思考着梅西耶公司的战争机器是否已经行动起来。"你让我们所有人都陷入了危险。"

"帮助一下曾经帮助过你的人，真的这么难吗？"图尔问道。

妮塔不悦地看着他。"这一次的赌注可要高得多，你不觉得吗？"

"你说赌注？上次我见到你时，有很多人想杀了你。"

"那是我的叔叔派斯！而且那时是他们支持他那样做的，你知道吗？让我们互相攻击，只是他们闲暇时玩的政变游戏。可现在……"她摇了摇头，"现在他们更主动。我们无法对抗那家公司。我们没有像他们那样的军事化力量。我们没有能抗衡他们的强化人，我们的强化人不如他们的先进。他们会扼杀我们的贸易、烧掉我们的港口、击沉我们的船——"

"曾经你快要死掉的时候，是我冒着生命危险救的你。"图尔打断了她，"现在我的生命受到了威胁。"他扭头看着他们，"半兽人的生命难道不如富人们的生命宝贵吗？"

"图尔，这不公平，"内勒说道，"你得承认，这并不一样。"

妮塔感激地看了他一眼。

图尔笑了。"你觉得你失去得会更多？在你有生命危险时，我冒死救的你。我为你而战。但现在你坐在这个漂亮的套房里，在你的私人小岛上——"他不屑一顾地挥手指向她的房间，"有一条小溪流经你的套房，还有这些小鱼。"他身体前倾，看着客厅里的倒影，迅速扑下去，指缝里便夹住了一条阿祖丽鱼。"真漂亮,这也是你们家族制造的吗?"

"图尔……"内勒警告地说。妮塔则充满恐惧地注视着他。

"你们以为我会吃这个吗?"他厌恶地看着他们两个,然后扔掉了鱼,"我不是野兽,妮塔小姐。你这个套房里的东西比我在淹没之城里的任何一个小战士的全部身家都要多,而梅西耶向他们所有人倾倒火焰。你失去的难道会比他们还多吗?你是这个意思吗?"

"为什么梅西耶不放过你?"妮塔反驳道,"他们为了处理你而冒了很大的风险。光是那些杀戮小队就可能让他们失去在海景的贸易权。你到底有什么重要之处?"

"我的自由让他们不爽。"

"我们不能直接挑战梅西耶。"

"我不是让你挑战他们,我只是请求你们帮我——"

"帮你攻击他们!"妮塔打断道,"那是不可能的!如果我们提供这样的帮助——"

她套房的门突然开了。

命运女神哪。

"贾扬特·帕特尔。"图尔笑了,"欢迎您啊。"

"爸爸,我——"她的父亲走进房间,看她的眼神很冰冷,妮塔便把借口咽了下去。他气得直发抖。"我可以解释——"

一队强化人走了进来。是他们的安保主管塔龙和另外四个人。他们都穿着盔甲,手持武器。她的父亲愤怒地扫视着房间。他知道了。他已经知道了一些事情。

妮塔担忧地看着内勒。他已经站起来，正站在她父亲的强化人和图尔之间。

妮塔从未见过父亲如此愤怒。他的敌人和朋友称他为鹰，是因为他的眼睛可以刺穿对手，而现在这双眼睛正在盯着她。她从未见过如此冷酷无情的他。

图尔斜卧在沙发上，似乎对她父亲的愤怒无动于衷。"终于见到您了，帕特尔先生。久仰您生猛的大名。"

强化人听出图尔话语背后的嘲讽，向他咆哮着。他们分成几路，举起步枪，准备开火。图尔歪着头，仿佛被激起了兴趣。他的鼻孔似乎扩大了，嗅着空气。

妮塔转向她的父亲。"没必要——"

"你知道我刚刚收到了谁发来的外交公报吗？"她的父亲打断了她，"优先级，绝密，是海景的梅西耶大使馆直接送达的。"

他举起了一份羊皮纸文件。"这是他们执行委员会的签批指示。十二位指挥官都签了字。这是一份正式的纸质声明。"

他将它拿近光源，羊皮纸闪烁着光芒，上面有全息图像和安全章。"不是每天都能看到这种东西啊，梅西耶竟然控告我窃取他们的知识产权，窝藏他们的商业机密。"他看向图尔，"你就是他们的卡塔库尔，对吧？"

图尔露出牙齿。"那是我曾经使用的一个名字，当时我是一只忠实的狗，执行梅西耶的命令。我有其他名字。"

"那就是图尔?"

"或者,'先生'。"图尔说,"这两个我都能接受。"

那些强化人咆哮了。塔龙似乎要跳过来掏出图尔的心脏,但图尔似乎并没有因为安保团队的尖毛和獠牙乱了方寸。房间内弥漫着暴力的气息,图尔却几乎没注意到。

她的父亲追问道:"所以你真的是梅西耶的人吗?"

"没有任何人类能够拥有我。"

"爸爸!"妮塔插嘴道,"他救过我们。派斯叔叔追杀我的时候,图尔帮助内勒和我活了下来。他救过我们不止一次,他为我们战斗过。"

她的父亲狠狠地瞪了她一眼,她吓了一跳,后退了一步。这是怎么了?他从来没有这样对待过她。

"是真的吗?"她的父亲问图尔,"你已经脱离驯化了吗?"

"如果您的问题是,我是不是一个不合格的奴隶,那么我的回答是,'没错'。"

那些强化人咆哮的声音越来越大,妮塔感觉皮肤发麻。她觉得他们随时会发起攻击。图尔不可能与他们所有人战斗,但他看起来非常从容。从他摆动耳朵的样子来看,他好像还很愉悦。

她的父亲怒视着图尔。"你必须向梅西耶投降!"

图尔没有回应,只是用他掠食犬一样的眼睛看着她的父亲,评估着情况。

妮塔再次尝试着说:"求您了,爸爸——"

"你知道这是什么吗,女儿?"他拿起闪闪发光的文件,"这几乎是一份战争宣言!他们有证据证明你带来了这个……这个……"

"可憎之物。"图尔不动声色地接着话。

帕特尔瞪了他一眼。"他们知道他在咱们这儿,还发送了基因数据,证明他们拥有基因所有权。他们说这个强化人是我们偷来的财产,如果我们不归还,他们有权攻击我们。这是一个清晰而简单的权利!"

"为什么他们会为了图尔宣战?"内勒问道。"他只是一个强化人。即使他已经脱离了驯化,好像也不值得费这么大劲吧?"

"我也非常想知道为什么。"她的父亲怒气冲冲地问图尔:"你是新一代战士吗?你有什么不可告人的秘密吗?"

"在某种意义上,我想是的。"

"不要再耍花招了——"她的父亲打断了他,"这都不要紧。梅西耶活要见人,死要见尸,他们完全有这个权利。"

"就因为他们称我为'财产'?因为某个文件声称我是他们的东西?"图尔指着羊皮纸,"我确信他们会有许多文件做出这样的主张。我也确信他们会说他们拥有我的血液设计和我的基因组,说我从头到脚、从牙齿到爪子都是他们的知识产权。"他耸了耸肩,"然而,我就坐在这里,就待在这里……我是不会服从的。"

妮塔意识到图尔正在挑衅她的父亲,让他进攻,但她觉得图尔无法在攻击中生存下来。"图尔……"她警告地说。

图尔瞥了她一眼，妮塔惊讶地发现，他似乎很享受这一切。

他能打败他们所有人吗？命运女神哪，我把什么样的生物邀请到了我的家里？

内勒看起来也很担心。

"乖乖投降。"她的父亲说。妮塔听得出来，这是父亲的最后一次警告了。"否则，我会把你的尸体送还给他们。梅西耶不关心你是死是活，我也不会赌上我全家人的性命去拒绝他们。"

"好啊。"图尔说，"只要不死，我绝不做回梅西耶顺从的奴隶！"

"抓住他！"她的父亲命令道。

"Tarak gangh！"

图尔野兽般的命令雷鸣般地震动了整个房间。妮塔发现自己蜷缩着，瑟瑟发抖。但更令人惊讶的是，她父亲的安保团队全都定住了，盯着图尔。

图尔咆哮着，号叫着，发出低沉的警告声。塔龙和其他强化人也开始号叫着回应他，似乎不知怎的被……

催眠了？

妮塔看着他们，惊得下巴都要掉了。

她从未见过家族里的强化人不服从命令，也从未见过任何强化人犹豫不决——无论是进行战斗，还是在暴风雨中抬起风帆。然而现在，他们在图尔身边停住了。

图尔再次咆哮着，发出一系列短促的命令，做出一个切割的手势。塔龙以一个询问的吠声回应。图尔摇头否定。所有的强化人都露出了牙齿，然后突然放松下来，放下了武器。

妮塔惊讶地盯着他们。内勒也惊呆了，张大了嘴巴。

"把他拿下！"她的父亲再次下令，但强化人们摇了摇头。

"不用。"塔龙说，"他不会攻击你们的。他已经发誓了。"

"问题不是这个！"妮塔的父亲看起来非常愤怒，而且现在妮塔也看到了他的恐惧。他看起来弱小得很，害怕得快疯了。这个把公司建造成全球企业的男人此刻正在发抖。"立即把他拿下！你们起誓过的！把他拿下！"

塔龙再次摇头。"我们不能攻击自己的同族。"

他示意手下的士兵们扛起武器。过了一会儿，他们齐刷刷地向外走，走过妮塔和她的父亲时，向他们表示歉意。

"他不会伤害你们的。"塔龙离开时说，"他发了誓。他是我们的兄弟。"

门在他们身后关上了。图尔观察着房间里的人类，发出了一声满意的低鸣，近乎满足的呼噜声。妮塔突然感到自己在他面前很渺小，很孤独。他们似乎都变渺小了。更渺小，也更软弱了。人类啊。

"那么，"图尔说，"现在您理解为什么梅西耶觉得我如此令人不安。不仅仅是我不听从他们的命令，而且，我在的时候，我的同族也会不再听令。"

"怎么会……"妮塔的父亲说不出话来。

"很长一段时间里，我都不太记得我效忠梅西耶时的那些事情了。"图尔说，"我也不记得让我脱离驯化的那场战争。

第三十二章 不要伤害他！

我只有一些碎片化的记忆，不是很清晰。"

"但是后来，他们在淹没之城用火烧我，从天上降下火来，就像上一次一样。"他露出了牙齿，"然后，我慢慢地开始记起我被设计出来的真正意图，以及我是如何被使用的。我不仅要领导我的同族战斗，还要影响我与之战斗的那些人，让他们归降于我的主人。"他笑了，"无论我走到哪儿，都会鼓励叛变。"

图尔继续说着，但妮塔的目光被她的父亲吸引了。他微妙地调整着姿势，表情中带有恶意。她不确定是什么引起了他的攻击，但她料到了，也知道即使她呼喊，即使她跳起来阻止他，也来不及了。

手枪在他的手中闪闪发光，对着图尔的臀部开火——

"图尔！"

她向图尔冲去，但小小的子弹已经射出。来不及了。然而图尔早已不在原地了。他已经变成了一道旋风，速度惊人。他抓住她，把她拉到一边，继续旋转，把她推出了枪击线，并在下一刻出现在她父亲的面前，从他手中夺过了手枪。

妮塔倒在地上，打着滚，像她接受过的自卫训练那样，准备战斗，但一切已经结束了。

图尔把她父亲撞到墙上时，她站了起来。这头战争怪物将她父亲按在原地，一只手掐住他的脖子，另一只手握住他的手枪，在他面前警告似的挥舞着。

"图尔！"她恳求道，"不要伤害他！内勒！你说句话！"

图尔用一种平静柔和的语气说道："帕特尔先生，这是一件很好的武器，您女儿就用这个东西惊到了我。但我不太可能被惊到两次。"

令妮塔无限欣慰和震惊的是，图尔随后轻轻地将她父亲放回到地板上，并将手枪还给了他。图尔转身离开，背部完全暴露在攻击之下。

妮塔和内勒交换了讶异的眼神。命运女神哪，他真的很快。她在船上只是幸运罢了。那时他甚至都没想战斗，所以她才有机会击中他。

图尔继续说着话，就好像她的父亲并没有试图射杀他一样。"当然，梅西耶喜欢我能引起敌人的叛变。"这个大块头又一次把自己安顿在沙发上，"但他们把我创造得太优秀了，现在我已经完全独立了，也就不合他们的口味了。"

他咧嘴一笑，露出一排排锋利的牙齿。"我的创造者并不惧怕我个人的反叛。他们害怕的是，我一定会领导反叛。"

第三十三章
像苍蝇一样死去

所有人都目瞪口呆地盯着图尔，房间里静默无声。

"所以……"帕特尔的声音变得沙哑，"为了你所追求的这场种族灭绝，你会导致我们全族的毁灭。"

"种族灭绝？"图尔压抑住自己的怒火，"我没有做任何事情来使你们全族灭绝。说到种族灭绝，不如看看梅西耶，他已经把我们的所有亲族从地球上抹杀了。"他碰了碰自己的耳朵，"看到我的文身了吗？所有其他带有'228xn'标记的人都被消灭了，还有我接触过的每个强化人也都被消灭了。不仅是在加尔各答服役的那些，还有我在每个大洲服役时的亲族，也都被他们杀了。别和我谈什么种族灭绝，我所有的兄弟姐妹都已经去了那片热带草原。"

"你太夸张了。"

"您是这样想的？等我离开后，您会怎么处理您自己的那些强化人？当您想起他们在您需要他们的时候违抗了您，您还会信任他们吗？一个不忠诚的强化人还有什么用？"

帕特尔瞪着图尔，非常愤怒。"你究竟是什么？"

"我是未来进化的方向。"

"梅西耶说你疯了。"

"帕特尔先生,我觉得我从来没有这样理智过。比我之前任何时候都清醒。而且我还保留了思维、记忆和独立性。"

"你就是这样表现清醒的?让我们去冒险?"帕特尔满脸怒气,"在梅西耶的军事力量下,没有人能活下来,你和我,我的族人,都活不下来。记住我的话,血、卡塔库尔——不管你现在用的是什么名字,我都不会让我的家人因为你而送命。"

离开房间前,他满眼阴郁地回头看了一下。妮塔和内勒交换了一个不安的眼神。

"事情本不至于发展到这个地步的。"内勒说。

图尔摇了摇头。"这很正常。主人与奴隶的交锋就是这样。"

"没人说你是奴隶。"妮塔尖声说。

"没错。"图尔表示同意,"你对你的财产非常有礼貌。"

"我不是这个意思!"

"如果你遇到一个不会为了你的认可而卑躬屈膝的奴隶,你会觉得不舒服吗,妮塔小姐?"

图尔不知道自己为什么要一直挑衅他们。明明是想说服或哄骗他们,可他一张嘴就在激怒他们。他仿佛能看见第一利爪在嘲笑他。

在外交方面……虎卫队的领队在笑他。你还是没有长进。这些人需要你温文有礼,甚至感恩戴德。可你是这样做的吗?

图尔咆哮了一声。你想让我求饶吗?

至少你可以努力看起来善良无害。

我不会卑躬屈膝。

确实如此。第一利爪笑了笑。你总是侮辱他们,威胁他们。我听说人类很吃这一套。

对于这位已故虎卫队领队的冷嘲热讽,图尔压制住咆哮的冲动。然而第一利爪说得没错。他需要这些人,却一次又一次地疏远了他们,总是选择挑衅而不是和解。

为什么会这样?

因为他挑衅的冲动几乎压倒了一切。好像他总是需要向他们证明,自己不会为他们马首是瞻,永远不会对他们言听计从。他是完全独立的,自由的。

但我就是自由的。这没错啊。可我为什么总要挑衅呢?

因为妮塔·帕特尔和她父亲在某些方面激起了他巨大的怒火……图尔皱起了眉头。

他们和梅西耶一样。他们都是购买和使用强化人的人,在他们的船上、家中配备强化人。他们都购买这些基因改造者的绝对忠诚和能力。千真万确是奴隶主,千真万确是他的敌人。所以他总想跟他们作对。

图尔意识到自己在咆哮。内勒和妮塔惊恐地看着他。

他们害怕我,但他们看不到我。他们看到的只是一头不受控制的怪物。他们是人,我不是。

"怎么才能让你们相信我值得帮助?"图尔苦涩地问道,

"怎么才能让你们把我当人看？"

"不是那样的！"妮塔叫道，"你是救了我！救了内勒！是的！这都不假！但并不是这个岛上的每个人都欠你的！"图尔又开始咆哮，她举起手说，"先让我说完，之后你再冲我吼。没错，我们都知道你随时可以将我们撕成碎片。你很擅长让人畏惧。但这不是父亲生气的原因，也不是我们担心的原因。你的出现影响着全世界成千上万的人。不只是我们。你让整个公司都处于危险之中。如果梅西耶发动攻击，我们都会死。人类会死，强化人也会死。瞧瞧每个帮助过你的人的下场吧。瞧瞧你和我们说的那个女孩的下场。她的船员怎么样了？你自己在淹没之城的战士们怎么样了？"她的声音戛然而止，她移开了视线，"看看每个帮助过你的人的下场吧。"

图尔本想回应，却停住了。他想起了玛丽亚。她中了弹，孤身一人，她最后的船员都蜷缩在一个黑暗的码头下面。

我们像苍蝇一样死去，她说。

图尔看着妮塔和内勒，想为他们的背叛而感到愤怒，但他看到的只是恐惧。他们不是惧怕他，而是惧怕追赶他的人。

我们像苍蝇一样死去。

这让他最终停了下来。

第三十四章
信任危机

妮塔半夜突然惊醒，心怦怦直跳。她梦见天上有火焰倾泻而下，正如图尔所描述的那样。导弹，成百上千的导弹从无人机上砸落，迅疾而下，他们家族的岛屿全烧起来了。一切都在燃烧：她自己、她的父亲、她的兄弟姐妹、她的员工……

她犹豫地伸手摸了摸内勒的肩膀。"你醒着吗？"

"嗯。"

月光下，他拆船时期留下的文身在他的脸上显得怪异可怖。

"我很担心。"她说。

内勒握住了她的手，他们的手指交扣在一起。"你觉得你爸爸会再次去追杀图尔吗？"

"我觉得他做不到。你也看到他什么样了。"

有时候，说出她的感受和担忧，甚至承认她的失败，是很容易的。而现在，她发现很难说出那些她害怕说出的话，很难说出那些她担心内勒会因此鄙视她的话。

"他让我感到害怕。"她终于说道。

"确实,他很快。而且如果他能笼络另一家公司的强化人……"内勒吐出一口气,"恐怕他就强大得无法估量了。"

"不,不仅是那样。就好像……"她犹豫了一下,因为她觉得羞耻。羞耻于她对曾经帮助过她的强化人产生的想法,而他现在就睡在她家的客房里,就在楼下。"好像……"她继续说道,同时在心里咒骂着自己说出这些话,"好像他不把我们当人。"

"实际上,我觉得他是把我们当人的。"内勒阴沉地笑了笑,"但这也是让人不安的原因。他只是把我们看作人类而已。不是主人,不是他的所有者,只是人类。"他转过头看着她,轻微地动了一下,"你们雇用了那么多强化人,他们也这样吗?不是。强化人是忠诚的,这是他们的特性,也是他们的工作方式。你不需要费心说服他们或哄骗他们,也不必担心他们的感受——"

"我对他们并不刻薄。"妮塔打断道,感到一阵愤怒。

内勒坚持说:"我不是说这个。你还记得和他一起生活的时光吗,在沉城的时候?我认为他以前就是这样的。现在可能更明显一些,但那时已经是这样了。你只是不习惯了。他没有改变。只是在这里,他显得很突兀,因为你在自己家里通常是有掌控感的。"

妮塔不爱听内勒的话。"我并不控制员工。"

内勒翻了个身,看着她。"你当然控制员工了。忠诚的誓言和驯化就是控制手段。你对强化人很好,但他们不是人类。他们并不要求得到人类的待遇。他们不会像人类那样提出要求……"他耸了耸肩,"但是,图尔会。"

妮塔摇了摇头。"不,不是那样的。"

内勒讽刺地看了她一眼。

"不仅仅是这个问题,"她纠正道,"我承认这很让人不安,但问题不止于此。瞧瞧他能做什么,瞧瞧他是怎么挑衅我们的。他不仅仅是一个独立的强化人。他自己都说了,他是一个行走的策反者。"她停顿了一下,"他一肚子怒火。对于所有发生在他身上的事情,他都想复仇。他还想为所有跟随过他的人报仇。我们甚至无法找到他讲的那个最后帮助他的女孩。他身后有一连串的尸体,他想要为这一切复仇。"

"所以……?"

"所以我们该怎么做呢?我真的要帮他吗?该做什么才——"她顿了顿,咽了口口水,"做什么才算负责呢?我们不能就这么收留着他,好像他是某个……寻常的客人似的。尤其是梅西耶就要来收拾我们了。"

内勒无助地耸了耸肩。"你必须想好,要不要信任他。"

"事情要是这么简单就好了……这不是我一个人的事啊。"

他们都沉默了一阵。

妮塔想知道内勒是不是睡着了。他一动不动,她以为他真的睡了。但她凑近看,又发现他睁着眼睛,透过玻璃天花板看着天上的星星。

她戳了戳他,想知道他在想什么。"他救过我。"

"他救过我们俩。"

"我只是希望他看上去没有这么不一样。放在以前，我肯定会……"

"那时你是用你的生命在信任他。"

"但他现在不同了。"妮塔说，"你也看到了，不是吗？我没疯，对吧？"

一阵长久的沉默后，内勒说出了妮塔害怕他说出口的话。

"你没疯。"他叹了口气，"你说得没错。我现在都快认不出他来了。"

第三十五章
准备谈判

琼斯正在情报中心进行监视工作。她的无人机盘旋着,摄像头瞄准了目标,传输着下方地面的稳定图像。这是个叛乱营地。

"破坏王进入发射轨道。"她说,"轨道上六组,发射六组。"

她盯着倒计时时钟。人们在营地里游荡,浑然不觉他们将要被烧为灰烬。导弹袭来,营地燃起熊熊大火。叛乱分子蜷缩着死去。

她皱眉看着传回来的图像,感觉布局不太对劲。这个不是叛乱营地,她收到的坐标是错的。它更像巴西的丛林——更像斯尔娃老师帮她备考梅资的学校。是那个老师看到了她的潜力——

琼斯看着更多的导弹落下,袭击了那所学校。小孩子们的尸体在燃烧。托里正在她身后观察,他耸了耸肩。哦,好吧,他们有时候是会搞错坐标。

"琼斯!醒一醒!"

琼斯惊醒，喘着气，浑身是汗，因为刚刚自己在梦里做的事而极度恐慌。

只是个梦。只是个梦。

她没有把学校烧成灰烬，她没有做错任何事情。坐标没错。她松了一口气，但羞耻感仍然存在。那个梦境如此真实，让人难以忘怀。

没发生过。我没那么做。只是个梦而已。

"琼斯！"

琼斯一惊。恩格指挥官正在她墙上的屏幕上盯着她，眼神非常严厉。他越过了她的安全屏障，直接监看她的公寓。一时间，梦境和她最近的工作重叠在一起，她感到了新的恐惧：他将因为错误的情报、错误的坐标或她闯下的祸惩罚她——

不是这样。她的工作做得很完美。她拿到了执行委员会要的情报，提供了所有他们需要的确认信息，而且还远不止于此。琼斯能参与进来，对他们来说真的很幸运。他们都认为琼斯是个天才，因为她让他们看到了强化人和帕特尔全球之间不可否认的联系。

是我发现的，是我钻研出来的。我每件事都做得很好。我拿到了你们需要的情报。

"琼斯！恩格再次喊道。

琼斯揉了揉脸，还是睡眼蒙眬。"是，长官。我醒了。"

"帕特尔家族想要谈判。该起来工作了。"

琼斯拿床单裹着自己，坐了起来。"有什么好谈的？我以为我们要用破坏王炸他们了。"

恩格做了个鬼脸。"财务那边狠狠给他们施压，表明了我们的态度，所以现在贾扬特·帕特尔想要一笔报酬。不管怎么说，你得承认，帕特尔家族能混到今天，和他们知道怎么从敌人身上赚钱是分不开的。"

"我们真的要跟他们谈判吗？"

"帕特尔说，采取经济途径比发动全面战争要划算，所以现在我们正在商量一个'合理'的价格。"他摇头表示服气，"董事会正在查那边主要谈判者的背景信息，我想要你这边也参与搜集资料，既要贾扬特·帕特尔的资料，也要他们那边相当于咱们执行委员会的那帮人的资料。另外，我要让卡洛亚回来工作。要把这个强化人活捉回来，可能用得上他。说不定还能研发出点儿什么。他是研究图尔的专家，也许他可以收拾图尔的烂摊子。"

"您确定要让他回来吗？"

"你在担心见到你的老领导吗，琼斯？"

琼斯摇了摇头。"他……走的时候是有怨念的。"

"可能他马上就要心存感激了。你去告诉他，要是他能派上点儿用场，我就让他去个暖和点儿的地方，不让他去企鹅王国了。我们在海景谈判之前，他就可以加入我们。"

"我们要去海景？当面谈判？"

"你去，我也去，整个执行委员会都去。"恩格不耐烦地呼出一口气，"帕特尔全球把国际条约搬出来了，这将会是一场绝对保密的外交会议，由公司管理层参加，全程由亚洲国家领事馆来进行外交保护。"他露出厌恶的神情,"国际条约,咱要是有机会,一定要烧了它们。"

"那可……不太方便。"

"帕特尔非常善于利用最糟糕的情况。"他又做了一个鬼脸,"既然有第三方参与其中,我们就不能投放破坏王,再声称只是意外了。收拾好你的全套制服,琼斯,一小时后到锚垫去。安纳普尔纳号会全程给你提供食宿。到达前二十四小时内,我要一份关于帕特尔谈判代表的背景简报。"

"我们坐主舰艇去?"

"不仅派安纳普尔纳号,还要派一部分北大西洋舰队过去,包括喀喇昆仑山号、艾格号、麦金利号和莫哈韦号。他们将在海景领土范围之外的海上航线进行军事演习。"恩格阴险一笑,"帕特尔家族要求进行正式谈判,那我们就要提醒他们,他们的谈判对象究竟是谁。"

第三十六章
我们是善意的！

"看这阵仗，这排场！"

琼斯赶着去加入执行委员会和帕特尔家族的外交谈判，眼看就要迟到了，却还是忍不住微笑。托里正从安纳普尔纳号的中央走廊下来，他咧嘴笑着。

"我正想着会不会碰到你呢。"她说。

"想着会不会碰到我？无所不能、平步青云的那个人又不是我。"他轻轻碰了一下她制服上的肩章，然后退后一步，"我来看看。"他上下打量着琼斯，点头表示满意，"对于一个初级分析师来说，相当不错。"

"他们把我的'初级'去掉了。"

"那必须啊。"托里大笑，"我们小小的情报宝宝长大了，会给自己换尿布了。"

"你知道吗，之前有那么一会儿，我都有点儿想你了。"

托里还是那个德行："我只是想要确定一下，我的小鸟是不会想要重新回到巢里的。顺便说一下，你那仨俩还挺像样的。早该知道你会变得危险。"他往边上挪了挪，让一队穿着庄严制服的闪攻强化人大踏步迈过,"嘿,今天这活动看起来不小啊。又是执行委员会,又是制服,又是外交旗帜。"他有意瞥了一眼她的制服,"而且你的座位也会是房间里最好的。"

"我们希望这是一场无聊的活动,希望尽快完事。"

"然后你们最终会拿下目标强化人?"

"是的。"

"你真的觉得帕特尔会屈服?"

琼斯回想起发给帕特尔家族的威胁,还有她做的与帕特尔全球进行全面战争的益处分析。即使到了现在,执行委员会也还在准备攻打这家公司。贸易与财务指挥官先前还为发生战争的可能性而恼怒,现在却已经进入兴奋的狩猎状态了。

"他会让步的。这场谈判就只是走个过场,给他留点儿脸面罢了。他那么聪明,不会真的开战,开战对他来说就是自取灭亡。"

托里做了个鬼脸。"太遗憾了,我还挺期待用破坏王轰炸他们那个华丽的漂浮建筑呢。我现在差不多有十架无人机在他们的岛屿上空盘旋,还有一些无人机在跟踪他们在大西洋的航运。我还从未动用过这么多的无人机呢。只要得到一句指示,我就可以在一分钟内沉没一半的舰队。"他面露喜悦之色,"太刺激了。"

"好吧,我很高兴有人在享受——"她没再接着说,因为她看到执行委员会正从走廊上过来。她和托里都让到一旁,僵硬地行礼。恩格大步经过,瞟了她一眼,目光锐利。

第三十六章　我们是善意的！

"我得赶紧走了。"她说,"我得赶去第一登陆吊舱。"

"享受这场盛会吧。"托里向她挥手,"如果你回来以后还记得我们卑微的情报部门怎么走的话,就给我讲讲你此行的细节吧。"

"我挺高兴能见到你的,托里。"

"我也是,琼斯。保持尿布干爽哦。"

等她到达登陆等候室的时候,安纳普尔纳号已经开始放长锚链,为在海景上空的最后停靠做准备。

在他们下方,帕特尔全球的海军船员整齐地列队站在漂浮的停机坪上。这支荣誉卫队正等待着他们的到来。

执行委员会及其秘书们都聚集在观察窗口,还有一个孤独的身影兀自站在一旁。是卡洛亚。他透过玻璃往下看,就像是在考虑该怎么摧毁集合在下方的帕特尔全球的强化人军团。

琼斯犹豫着走了过去。"长官?"

卡洛亚瞥了她一眼,然后看了看执行委员会。"琼斯,你胆子还是这么大,敢在执行委员会面前和公司的败类搭话。"

"我很抱歉您被派往南极洲,长官。"

卡洛亚耸耸肩。"别对我说抱歉。我也是条汉子,能为自己的决定买单。我一直在想,我们在淹没之城袭击他的时候,要是导弹储备足够就好了,那样的话,这一切就都不会发生了。那是我的失误,也许我活该为此被派往南极洲。"

"如果您能帮帮我们——"

卡洛亚冷哼一声。"我完全不想告诉执行委员会的那些傻瓜我是如何创造出卡塔库尔的。一旦我们抓住他，我们就一定要干掉他。那是我不该开的门。我期待这扇门能永远关上。"

他看到琼斯一脸惊讶，笑了。"你会向他们举报我吗，琼斯？还打算继续跑去巴结执行委员会吗？"

琼斯看向别处。他在拱我的火呢。

安纳普尔纳号完成了锚定。飞艇的稳定涡轮慢慢停止运转，锚链拽着飞艇完成停靠，甲板轻微地晃动着。

登陆架缓慢地向他们旋转而来。

琼斯感觉到执行委员会的人正在看她。

"你不用待在我这儿。"卡洛亚劝道。

"我没事，长官。"

琼斯好像看到卡洛亚的脸上闪过一丝笑意。"那行吧。"

她盯着地面的活动，假装全神贯注地看着最后的停靠过程，小心翼翼地避免和执行委员会的任何人有眼神接触。令琼斯感到意外的是，恩格走过来和她站在一起。他和卡洛亚几乎都没有看对方一眼。

"花了这么多时间、精力，就为了这么一个强化人。"他对琼斯说道。

"一个极其危险的强化人。"卡洛亚说着，没有看他。

"我们这是在收拾你的烂摊子。"

琼斯能感觉到恩格散发出来的轻蔑，但他也站在卡洛亚将军身边，看着登陆架固定位置，看着乘客舱升起接应他们。

几秒钟后，登陆舱门嘶的一声打开了。执行委员会登上

第三十六章 我们是善意的!

舱,琼斯和卡洛亚按照规定跟在最后面。

安纳普尔纳号太大了,他们被迫停靠在货仓区。那里的乘客设施更适合重型飞艇,而不是快速而时髦的豪华交通工具。

乘客舱缓缓下降到地面。海景的海湾里,海水轻拍着锚定平台,灰暗而寒冷。当登陆舱的门嘶声打开时,十一月的寒风吹过,海景终于有了一丝冬天的味道。

他们登陆时,琼斯扫视着迎候他们的帕特尔团队,认出了那些主要谈判代表。有关他们的报告她已经准备完毕了。

贾扬特·帕特尔,公司负责人。他周围簇拥着各种下属和顾问,他女儿也和他站得很近。根据琼斯的情报,他女儿是最有可能继承家业的人。亚洲国家领事馆的外交观察员也在迎候,准备为执行委员会和帕特尔家族做正式的介绍。

寒风吹过这群贵宾,琼斯环顾四周。她只在娱乐节目和照片中见过海景,当然,她还在观察谋陷小队的无人机和监控影像里见过海景,而那已经遥远得像是上辈子的事情了。

每个人都在握手,装出一副很友好的样子。由于第三方的外交官是正式观察员,梅西耶不能简单粗暴地向帕特尔家族投放破坏王。尽管托里可能想这样做,但他们至少需要先走一遍解决冲突的流程。

另一方面,如果第三方认为帕特尔家族是恶意处置,就会立即解除与帕特尔全球的相互保护协议。

琼斯扫视天空,想知道托里的无人机在哪里。她想知道他是否在通过他的视频推送看着她。他说有十来架无人机。

一大堆破坏王就在她的上空飘荡着。她想起了她梦见的错投导弹，顿时打了个寒战。

一阵喧闹的声音打断了她的思绪，那声音听起来很愤怒。琼斯伸长脖子，试图越过前面那群人的肩膀看看发生了什么。

财务指挥官和贾扬特·帕特尔似乎在争吵，贵宾之中也有一阵嘀咕声。梅西耶的强化人都竖起了耳朵，对这突然的语气转变很是警惕。帕特尔全球的强化人看起来也更加警惕了。

命运女神哪。我们该不会要交战吧？

琼斯想要摸枪，可枪不在她身上。她琢磨着事情有可能会变得多糟。

帕特尔试图安抚财务指挥官，因为愤怒，财务指挥官的脸都红了。恩格看起来也很生气。令她惊讶的是，恩格近旁站着卡洛亚，他在低语着什么。恩格点了点头。琼斯向前挤，试图听清他们在说什么。仲裁员先听了帕特尔家族的发言，又听了执行委员会的发言，表情痛苦。

"——就是恶意处置！"财务指挥官以这句话结尾。

帕特尔举起手来平息怒火。"我绝对一切信息透明！是的，您找的强化人在我们手上。是的，我们确实为他提供了医疗帮助。您必须了解，"他对仲裁员说，"这个强化人，我们直到收到了梅西耶的威胁，才意识到他的分量。"他瞪着财务指挥官，"相信我，我很重视针对这位客人的威胁。"

"客人？"恩格笑了，"仲裁员，我们提供了充分的证据证明那个生物的危险——"

第三十六章 我们是善意的！

"这也是后来才提供的！"帕特尔抗议道,"这个强化人多年前有恩于我的家人。他救过我女儿的命,还保护了她一段时间,当时我们公司面临着某种胁迫——"

"当时你在镇压政变呢。"财务指挥官讽刺地说道。

"那个生物来的时候,我们完全没有任何途径了解他是梅西耶的资产。而且说实话,我们知道他的真实身份以后,也几乎没有办法对抗他。那个生物……太可怕了。"帕特尔瞪着执行委员会的人,继续说道,"即便如此,我仍冒着极大的风险来与你们进行谈判——"

"来敲诈我们。"恩格插话道。

"我们是善意的！"帕特尔抗议道,"不过强化人肯定是察觉到我的意图了,所以他几天前就离开了。考虑到他离开时还非常健康,他现在可能在任何地方。我肯定无力阻止他,坦率地说,我不想因为你们公司基因设计的失误而让我的人去冒险。"

"所以你就让他溜走了?"恩格厌恶地说。

"你们面对过那个东西吗?"帕特尔怒视着他,"我有过,我面对过他。那是一头连你们都无法控制的怪兽。哪怕是你们创造了他,也奈何不了他！我又怎么跟他斗?"

"他不是怪兽。"他的女儿插话道,"他很可敬。他救过我。"

"你们还在窝藏他！"卡洛亚指责道。

"我们没有！"女孩叫道,"他自己走了！他知道你们要来,所以他走了！他不想看到更多的人因为他而死去。"

琼斯看到帕特尔的女儿哽咽起来，感觉她是真情流露。琼斯很意外。

但财务指挥官并不为所动。"所以，你们决定浪费我们所有人的时间，强迫我们整个执行委员会到你们这里来，围绕你们手上并没有的东西进行谈判。"

贾扬特·帕特尔鞠了一躬。"我为此道歉。"他冷眼瞥了一眼仲裁员，"说实话，收到你们颇为明确的威胁后，我意识到我们需要保护。即使现在，我们也追踪到，差不多十架突击无人机在海景上空飞行，全部带有梅西耶标记。你们的战斗小组袭击了我们在海景领海的船长。此时此刻你们这艘军舰——"他抬手指向安纳普尔纳号，"就停在我们头顶上！"

他露出一个紧绷的笑容。"原谅我会认为，我可能需要想个办法来阻止你们随意烧毁我们。我请求亚洲国家领事馆代表你们视察我们的地盘。他们会证明，我们没有侵犯你们的知识产权。这个仲裁团队可以证实，我们已经交出了这个强化人所有的基因和毒理数据，并已删除服务器上的内容。那个强化人已经离开这里，我真的感觉松了一口气。"

"松了一口气？"卡洛亚盯着帕特尔，愤怒得脸都紫了。琼斯怀疑他是不是要心脏病发作了。"你们抓到他了，又把他放了，还觉得松了一口气？"

帕特尔冷冷地看着卡洛亚。"根据我们的情报，你们自己追踪这个强化人都表现平平。你们尝试消灭他，失败了多少次？"

第三十六章 我们是善意的！

卡洛亚没了底气。帕特尔冷笑道："我知道你们很失望，但是我们举着外交的旗帜，有我们共同的贸易伙伴进行信任保证，你们必须接受，我们没有违反任何贸易、领土、知识产权或间谍协议。

"现在这个强化人是你们的问题了。我完全承认他是你们的财产。如果我们再次遇到他，一定会把他交给你们。但与此同时，请回到你们的战舰上，不要再来打扰我们。"

妮塔看到，外交谈判像她父亲预测的那样收尾了。她想知道，当她接管公司时，她能否也这样有效地应对梅西耶这样的对手。

执行委员会在乘客舱中暴跳如雷，他们就要被送回飞艇上了。他们都身着外交礼服和军装，周围是专为战争而生的强化人们。

妮塔瞥了一眼她的父亲。他的表情中没有一丝胜利的样子。他依然在生她的气。他身姿僵硬，也不愿看她。

在图尔的事情发生后，她想知道他还会不会再次信任她的判断。或者她是否还会信任他的判断。

两个人都是好意，但各执己见。

我们怎么会有如此不同的看法呢？

她看向别处，感到一阵恶心。目光所及之处，都是强化人。她自己的。梅西耶的。他们都被设计得顺从服帖。

*我们是善待强化人的。*她想。但这算不上什么安慰。

她从小就被强化人包围着。他们经过设计和训练，与她的家庭和公司融合得很好，能完成人类天然无法完成的任务。她向来觉得他们只是为她的生活和帕特尔全球的成功而服务的。

现在，她无法抑制一种感受，那就是用来描述强化人的语言本就存在问题。一个生物由精心挑选的细胞培育、在幼托所中成长，又和同类一起被甄选和购买，让人很难不把"所有权"这样的词用在他身上。

但这些强化人个个不同。他们有感情。他们为失去而哭泣，为成功而喜悦。他们是人。

可他们又并不是人。

他们比人更优秀。黑暗里的一个声音在她的脑海中轻声说，听起来有些像图尔。他们是人的终结。

这个想法让她感到恐惧。妮塔瞥了一眼她的父亲。他似乎也很焦虑，尽管谈判和他的预测如出一辙。

她犹豫地握住他的手。"我们赢了，不是吗，爸爸？梅西耶不敢袭击我们，不敢激怒亚洲国家。"

"我也希望如此，宝贝。但他们之后很可能会惩罚我们。不从大处，也会从小处入手。梅西耶很记仇，也很残暴。"

"但这不是您的错。您——我们，"她改口道，"我们无论如何也无法阻止图尔。"

他阴沉地看了她一眼。"我太感情用事了，都是因为你。我本来可以武力攻击的，但我先和他交谈了。我冒了太大的风险。"

"但是不会有战争的。"妮塔说道，"图尔离开了。他们

第三十六章 我们是善意的！

现在了解了，我们没有窝藏他。您不应该受到指责，您已经证明了这一点。"

"你觉得这是证据和公平的事吗？"他抬头看着天，"咱们就祈祷他们的无人机操作员不是一点就着的暴脾气吧。"

妮塔的匕首船缓慢停靠在码头，塔龙掌着舵。

塔龙，又是强化人。

他是家人吗？

还是朋友？

抑或是奴隶？

最后一批执行委员会荣誉卫队也登上了乘客舱。妮塔看着乘客舱升起，朝着高耸在他们头顶的战争机器的腹部移动着。

她的父亲叹了口气，说："我已经尽力了。"他看起来很累，好像突然间就老了。

现在，看着梅西耶的战斗指挥舰在他们上方巍然屹立，妮塔终于明白，为什么收到梅西耶的消息，她的父亲会如此恐惧了。

看着梅西耶的飞艇，就像看着一条恶龙。它迟早会注意到他们，攻击他们。飞艇下挂满了导弹发射轨道和无人机弹射器。她看到一对归来的突击无人机滑入飞艇的机库甬道。那么多军队，那么多武器，而这还只是梅西耶众多舰艇中的一艘而已。

乘客吊机摇摆着远离飞艇，地勤人员开始从嵌入浮动平台混凝土的大铁环中解开锚钩，准备让飞艇回到狂风之中。

妮塔握着她父亲的手，凝视着水面，不确定她是在安抚父亲还是在安抚自己。

她隐约看到一艘小型渔船漂在水上。一个年轻人在灰色的水面上引导帆船穿过海景内湾的波涛。

这艘船小而脆弱，在悬在头顶的那艘巨大飞艇的对比下，显得像个小玩具。开得还挺稳当，她想。在飞艇的锚垫附近，在更大、更快的船的尾流之中，小船上的水手似乎很享受驭船的过程。

"我们应该做好最坏的打算。"她的父亲望着安纳普尔纳号的锚链解开，叹了口气。

"我曾经也这么想。"妮塔也叹了口气。她再次望向帆船。那个年轻人正站起来收帆。她觉得如果她眯眼看，就能看见他那拆船时期的文身。

"我曾经觉得，我每时每刻都要提防别人害我。但其实有时候，别人是会对我施以援手的，也许他们的做法才是对的。"她攥着父亲的手，"是您教会了我，有时信任他人才是更好的选择。"

飞艇的最后一根锚链解开，她拉着父亲离开了锚垫。

在他们头顶，安纳普尔纳号的推进风扇加速旋转着。咆哮声越来越大，是力量的尖鸣。这艘巨大的飞艇缓缓上升着，就要驶离海景。地面上留下一阵呼呼的风。

码头工人的惊喊声在推进风扇的噪声中回荡着。

妮塔紧抓着她父亲的手臂，向他们的小艇走去。但她忍不住回头匆匆看了一眼。

安纳普尔纳号正在起飞,锚链迅速向内收缩,就像触手被拉进了章鱼的腹部。

有个东西紧抓着其中一根锚链,在狂风中荡来荡去,正在快速上攀——

是图尔。

攀上天空的图尔。

第三十七章
攀上北极夜空

图尔紧紧抓着锚链,风抽打着他。锚链缠绕着向上收,拉力使之咯吱乱响。图尔翻转着,在飞艇下悬荡着,越来越快地往上升。上方的庞然大物填满了他的视线。

舱门向他俯冲过来。

图尔纵身一跃。锚钩急速收缩进去时,他抓住了舱门边沿。再晚一秒钟,他就会被吸进去,被沉重的铁链碾碎。而此时,他悬挂在舱门边沿,大幅摇摆着,摸索着可以抓扶的地方。

下方一千米处是海景,码头和建筑林立,灰白交错。

飞艇继续上升。

抓住锚链简直是疯狂之举,他这会儿意识到了。但在最后时刻,潜伏在内勒的小艇下,目睹他的敌人就要再次脱逃,他没有办法控制自己。就像一只被本能冲昏头脑的动物一样,他冲出水面去追捕逃离的猎物,抓住了刚刚解开、正缠绕着往里收的锚链。

疯狂。

第三十七章　攀上北极夜空　　277

他往锚链隔层里看，找寻能够休息的地方，但里头空间不够。

舱门开始滑动关闭。

他在舱门边沿摇摆着，舱门从他刚刚抓扶的位置滑过。他伸手抓住舱门，在即将关上的门上悬摆着，扫视四周想要自救。他看见一根舱门解锁杆，笨拙地使劲一跃，用一只手抓住了它，此时嘎吱作响的舱门正在关闭。

情况越来越糟。

飞艇继续上升，穿过潮湿凉爽的云层。他估计现在已经有两千米高了。

执行委员会看起来并不会立刻返回洛杉矶。他们正朝北驶向大西洋。从他悬挂的位置来看，整个世界尽收眼底——地球的弧线，还有辽阔的蓝色积云。

远远地，下方的海洋映射着太阳的光辉。飞艇继续上升，可能是在寻找高海拔的喷气流。现在他们已经超过海拔三千米，向北驶出海域，并且还在上升。

图尔感到自己的体温在下降。

飞艇的动力更足了，风撕扯着图尔。他尝试将两只手都搭在一个小手柄上，但是不行。这个手柄是为弱小的人类设计的，尺寸实在不适合图尔。他咕哝着，用力撑起身子，松开手，换手，再次抓住手柄，让自己的重量压在另一只手臂上。

手滑掉落飞艇以前，他能换多少次手呢？

他让内勒和妮塔陷入了太大的麻烦。首先是重新回到他们的生活中，然后是鼓励他们参加外交谈判，这样执行委员会全员就触手可得了。

他与内勒和妮塔计划的方案是，趁执行委员会刚刚抵达现场，大家注意力都在一开始的仪式上时，偷偷溜进飞艇。有内勒的帆船提供掩护，他可以离敌人更近一些。但梅西耶的安保措施太严密了，所以他被迫在海景的水下逗留，看着供给和燃料准备停当，梅西耶领导层准备离开。梅西耶庞大无比，难以下手，但图尔终于让这些人送上门来了。这个机会太好了，绝不能放过。现在，他悬在这个庞然大物的腹部，离敌人只有几米之遥，却无法接近他们。

飞艇继续上升。六千米高空氧气稀薄，冰冷的北海在下方蔓延开来。

他已离下面很远很远。

图尔感到寒冷渗入他的体内，他的肌肉冷下来，手指也没了力气。无论成功还是失败，他都觉得这将是他的终结。他不会有第二次机会攻击他的原主人了。这场战斗将是他的最后一战。

空气很冷，几乎结冰了。图尔坚持着，思考着接下来的选择。

他们签有保卫飞艇主要舱室的协议，只要他们还在海景的范围内，他们就会处于高度戒备状态。但过一段时间，他们就会放松警惕。

他想象着飞艇的船员们将其巨大的战斗平台引导到巡航高度，然后，离开海景的范围，在荒凉水域的高空向北巡航，慢慢放松下来。

如果他要成功，就必须等待时机。

冰冷的风向他袭来。他再次挺身向上，快速地把两只手交换了一下，很高兴地发现他的手指还没有冷到握不住。他抖了抖疲惫的左臂。

我已经爬上了天空。他在与疲惫做斗争时告诉自己。尽管我会死去，但所有人都会知道我从未动摇过，也从未失败过。寒冷无法打倒我，我的敌人也逃不出我的手掌心。

图尔冷冷地悬在上面。

他们会唱起我如何杀死我的神的歌曲。

他的口鼻上结了霜，呼吸也是雾蒙蒙的，手指都冻成了冰块。

耐心点儿。

他一直都知道自己最终会战死沙场。他从小就知道死亡将是他最大的荣耀。他要在战斗中死去，浸着被他屠杀的敌人的鲜血。

他低头凝视着逐渐变暗的大海。

他会死去，但他不会失败。

安纳普尔纳号驶向寒冷的北极夜空。

在巨兽的腹部下方，图尔开始行动了。

第三十八章
安纳普尔纳号遇袭

安纳普尔纳号的驾驶台上,一对警示灯开始闪烁,先是绿色,再是琥珀色,最后变成红色。

值班员注意到了灯的闪烁,开始运行诊断程序。根据梅西耶的操作程序要求,他还通知了船长和首席工程师。

安布罗斯船长是梅西耶三十年的老兵,他在地球上的几乎各种环境中都有飞行经验。他在战争区和飓风中生还过,进行过难民疏散行动和低空飞行,在安第斯山脉参差的山峰和喜马拉雅山之间穿梭过。然而,夜间值班员和首席工程师叫醒他后的这场谈话,依旧让他措手不及。

"船长,尾部十二号舱似乎有一处泄漏。我这儿显示氦气丧失。"

"氦气丧失?"船长眨着眼,努力驱赶睡意,"那是不可能的。"

首席工程师梅木摇了摇头。"我从未见过这种情况,但肯定是氦气丧失了。"

"有没有可能是传感器故障?"

"我不知道……不，我觉得不是。我们现在显示升力有所下降，降了将近百分之三。肯定是泄漏。"

"储罐密封性还好吗？"安布罗斯问道，"能控制吗？"

"能控制，长官，我们仍然适航。只是我还从来没有见过储罐爆裂的情况。储罐非常坚固，除非……呃，除非我们被导弹击中了。"他耸耸肩，"但要是那样的话，我们会有震感的，还会收到一系列其他损坏报告。可这回只是一个储罐泄露了而已。"

"尾部十二号舱？"

"是的，长官。"

安布罗斯揉了揉眼，赶走睡意。"好的，我马上上来。这艘舰艇里的重要人物太多了，我最不希望的就是做那个无视警示灯、葬送执行委员会的船长，遗臭万年。人们到现在可都还记得泰坦尼克号的船长呢。"

"是，长官。"

"我五分钟后到。"

"是，长官。"

安布罗斯几分钟后就到了驾驶台。他发现一切相当平静，但是，他的首席工程师还在忧心忡忡地俯身盯着故障诊断系统。

"情况如何，梅木？"

"储罐密封性肯定是损坏了。"他说，"罐体裂开了。理想情况下，我们应该降落，让人出去检查泄漏情况，但是……"

"我们下边是海，离陆地还有相当远的距离。"安布罗斯觉得不可行，但看到首席工程师担忧的表情，他又重新考虑了一番，"好的，我们可以在六个小时内回到陆地上。"他拿起导航图，快速浏览，参照安纳普尔纳号的最大速度，计算风向、风力，"或者，我们还有几个北极钻探平台，我们可以在那里停泊修理。执行委员会肯定会不高兴，但是……"

"长官？"一位初级工程师说，"我又发现了一处泄漏，是头部舱的。头部六号舱。"

"什么？"

安布罗斯感到一阵近乎恐惧的寒意。他冲过去研究故障诊断系统。又泄露了？他突然对自己刚刚关于沉没在大西洋冰山之中的古老的泰坦尼克号说的那些话深感后悔起来。他有些怀疑，是不是自己念出了那个名字，才招致了灾难。

"不是系统错误吗？"他追问道。梅木也过来了，他俩一同站在那个初级工程师旁，盯着系统警示灯。

"不是的，长官。我们正在失去升力，长官。我们肯定在失去升力。现在下降超过了百分之五。百分之六……"她向前倾着身子，"尾部十二号舱又泄露了。"

"这不可能！"首席工程师梅木说道。他走到初级工程师的屏幕前，重新检查数据。

"将剩余动力转到右舷涡轮风扇。"安布罗斯命令道，试图保持冷静的语气。他回到导航屏幕前，"将右舷风扇重新设置到停靠位置。安纳普尔纳号操作预备，将方位转向东北偏东。"

"我们要试着降落吗，长官？"他的导航员问道。

第三十八章　安纳普尔纳号遇袭

安布罗斯皱起眉头，研究着飞艇海拔高度计的数值跳动。"我们可能无法落地。"他阴沉地说道，"有可能我们会下水。"

"长官？"这位初级导航员很年轻，刚从梅西耶学院毕业。

安布罗斯将手放在男孩肩膀上，让他冷静下来。"别担心，我们的飞艇就算飞不起来，也肯定能漂着。发送遇险信号，运行我们的位置灯标。"他一边检查地图，一边在脑海中运行着一系列计算，"通知执行委员会，触及海洋之前他们就要撤离，非核心人员也应当为撤离做好准备。把遇险灯标打开吧。"

"船长，又有泄露！"梅木喊道，"头部八号舱。漏得厉害！"

这一次，安布罗斯不用听别人向他报告，他自己就感受到了。飞艇巨大的漂浮平台在缓慢地滚动，向一侧倾斜着。

"全部动力都转到右舷涡轮风扇！全部动力！"

"长官！全部动力正在转移！"

安纳普尔纳号还是倒向右舷，但稳下来了。氦气持续泄露，更多警示灯由绿色变为琥珀色，又变成红色。

飞艇逐渐失衡，警报声充斥着驾驶台。

首席工程师从一个控制台冲到另一个控制台，试图理解究竟发生了什么。"这不可能！"他反复说道。他的团队不断将密封剂泵入氦气泄漏之处，他追问："密封剂起作用了吗？到底有没有？"

"我们还在泵入,长官,裂口还没封住!"

"这不可能!"

越来越多的警报响起。

确实不太可能,但却真实地发生了。标志密封气压丧失的红灯明晃晃的,十分刺眼,安纳普尔纳号的海拔高度计数值一跌再跌。下降速度放缓了一点点,毕竟安布罗斯调整了涡轮风扇,可以勉强维持着,补偿升力的下降,但他们依旧在下落,依旧朝右舷倾斜着。

"有人在朝我们开枪吗?"安布罗斯问他的武器员,"有突击无人机吗?或者什么其他的?"

"长官,雷达上什么也没有检测到!什么也没有。"

"有没有可能是偷袭?"安布罗斯又问。

"那我们也应该能感觉到爆炸啊。"首席工程师指出,"能袭击我们,造成这么大的破坏,我们不可能没有感觉。"

安纳普尔纳号依旧在倾斜,安布罗斯脚下的甲板倾斜得特别厉害,他不得不伸出手抓住他的船长椅才能站稳。

飞艇从来没遇上过爆炸,但目前的情况很明了。他参与过太多战斗,不会摒弃这种可能。

"撤离执行委员会。第一优先级。"他说,"我们遇袭了。"

图尔紧抓着安纳普尔纳号的右舷舷梯,用力撕扯着金属。他将利爪深深嵌入飞艇氢气室周围保护板的缝隙中,然后又往外拔。他的肌肉收紧,鼓出。他吭哧吭哧地继续使劲。收紧肌肉,猛扯……

金属发出尖响,铆钉像子弹一样弹出,保护板松动了。图尔低吼着,完全扯下保护板,撇开。保护板旋转着下落,像北极月光下一片银色的落叶,落入漆黑而冰冷的大西洋。

图尔继续破坏着,他的爪子是化学键合而成,表面是碳晶格结构,坚硬如钻石,比武士刀还要锋利,在北极夜空中散发着寒光。他一拳捶在兜着飞艇氦气的橡胶气囊上,就这样把它打穿了。他的爪子深深地嵌入了安纳普尔纳号此刻脆弱的内脏。

黏稠的绿色液体喷涌而出,那是能够防止小漏洞变成灾难性问题的自动密封剂。他掏得更深了,整条手臂都伸了进去。黏糊糊的纤维团粘在了他的手臂上,这些纤维团可以形成网络,以便密封剂能够黏附。他甩掉手臂上这些黏糊糊的东西,然后又把手臂伸进洞里,撕扯着更多地方,掏得越来越大。

撕扯、粉碎、破坏……

突然,一切都结束了。自动密封剂液体呈一个个巨大的绿色光斑状,喷薄而出。一个个交织的纤维团也伴随着密封剂一起喷出来,其中还有看不见的氦气,为其提供浮力。

安纳普尔纳号更不平稳了。图尔一直在撕扯这架飞艇的伤口,确保它永远不会自行愈合。之后,他沿着维修梯子,前往下一个氦气密封室。

在他身边,一个小嵌板打开了,露出一个黑暗的小口。随着一声轻响,洞里什么东西爆炸了,散着淡淡的尾烟。

抛射物燃烧升起,成为一个红色镁灯塔,在飞艇上高高拱起，然后越来越快地下降，明亮地燃烧着，直至跌入海中。

更多的信号弹随之而来，这艘巨型飞艇从头到尾开了无数个小口，紧急信号在夜空中闪烁着，呼喊两万米之内的每艘飞艇和快速帆船，昭告安纳普尔纳号遇险了，濒临崩溃。

图尔阴沉地笑了笑，沿着飞艇的表皮前进，前往下一个氦气密封室。

放出你们的信号弹吧，它们会装点你们的坟墓。

紧急的警报声吵醒了琼斯，她从不安稳的睡眠中惊坐起来。警笛呼啸着，刺眼的 LED 紧急灯在告诉她要撤离飞艇。

因为长期的习惯和演练，她知道该怎么做。她在安纳普尔纳号上待得够久，已经记住了这架飞艇的紧急程序。她早已形成了肌肉记忆和长期训练反射，快速从她的床铺上滚了下来，不停朝前滚。

她撞上了一堵墙，被惊住了。试图站起来时，她才完全明白了现在的状况。安纳普尔纳号正在倾斜。实际上，她的甲板倾斜了将近四十五度。

命运女神哪，到底怎么回事？

琼斯犹豫了一下。如果安纳普尔纳号仍然在她的职责范围内，她就需要完成情报部门的任务。电脑存储器和服务器需要被烧毁废弃，以免情报落入竞争对手之手。

但在这里，她只是一个附属于执行委员会的乘客。

那就先找到逃生吊舱吧。

她不需要对此负责，她只要逃出去就行。她抓起她工作的平板电脑,至少这个得被摧毁,或者和她一起离开。她打电话给恩格,他的面孔出现在她的屏幕上。

"琼斯!你到底在哪儿?"

这个人看上去癫狂又蓬乱,他的脸被舰艇遇险后打开的橙色应急灯照亮。他已经开始行动,喘着气穿过走廊。

"三层,右舷,船尾。"琼斯说。

"执行委员会正在撤离。"恩格说,"你能到左舷吗?"

她盯着倾斜的甲板。"我尽力,长官。"

"那就去吧。我们要坐滑翔机。有你的位置,但我们不能等。你明白吧?"

她明白。执行委员会是一定要救下来的。她运气好,才能被带上。

"我马上过来。"

"长官,泄漏的地方更多了!"汤利喊道,"头部十号舱已经失守!气体大规模泄漏!"

"不可能!"武器员惊呼,"没有人向我们开火!"他指着防空屏幕,"没有导弹,没有飞机,没有地空导弹,没有激光瞄准。什么都没有!"

"你这个傻瓜!他们已经在飞艇上了!"安布罗斯说,"所以我们才找不到他们!有一支突击利爪队就在飞艇外面!"

"什么?"

听见武器员的惊呼,所有船员都转过身来。武器员试图控制住自己的失态:"怎么做到的?"

"怎么做到的不重要。"安布罗斯说,"重要的是他们来了。这是唯一的解释了。"他阴郁地盯着安纳普尔纳号的工程诊断,又一个氦气室开始大规模泄露,"让利爪领队来。泰坦和刀锋必须让他们的突击利爪队出去战斗了,和对方肉搏。我们需要使用头部的维护舱口。不管外面是谁,肯定还没到那儿。"

"是,长官。"

"突击部署!"安布罗斯下令,"我们必须保持一定的密封性,否则我们落水时就无法浮起来!"其实,船长内心已经在怀疑安纳普尔纳号到底还能不能浮起来了。紧急监控器上有太多的红灯在闪烁。

我的舰艇。我漂亮的舰艇。

汤利从通信中心走出来。"利爪领队泰坦、混乱和刀锋已收到命令,突击利爪正在部署。"

"需要多长时间?"安布罗斯问。

"嗯……他们很快,长官。"

但他们能够快到阻止摧毁舰艇的那些破坏者吗?安布罗斯紧紧抓住他的船长椅。安纳普尔纳号现在因氦气泄露倾斜得厉害,他已经坐不稳了。不抓住椅子或者控制台支撑身体,他甚至都站不起来了。

如果安纳普尔纳号是一架飞机,他们现在就要翻斜坠毁了,而飞艇只是重心发生了变化。飞艇的左舷仍存氦气,可以继续提供升力,而右舷却在下沉。

他们像一根木头一样斜向一边,只是因为最大动力都拿来续供右舷涡轮风扇了,才没有完全侧翻。安布罗斯感觉到涡轮的振动摇晃着飞艇,即便重组了动力,徒然消耗着电池储备,安纳普尔纳号也只是勉强维持着飞行状态。

更多状态面板闪烁着红色,显示飞艇内部的压力已经发生了变化,因为头部的维护舱口打开了。

肯定是突击利爪开始部署了。

安布罗斯阴沉地笑了。

你们逃不出我们的手掌心……

图尔前方,几个身影猛虎扑食般地从一个舱门中跳出来,迅速、优雅地攀附在飞艇的舷梯上。图尔露出牙齿,意识到了威胁。

他们当然派遣他的同族来与他抗衡了。在数千米高空、温度零下的缺氧环境里,没有人类能在飞艇的表面上战斗。即便是他,在这个恶劣的环境里奋战,也有些头晕。

图尔匆忙返回他最后一个破开的氦气室。他背后响起步枪声,但子弹只是呼啸而过,他跳进了自己破开的洞里。

他迅速地下滑,抓住飞艇上部结构的一个碳纤维架。内部远离狂风,黑暗而近乎宁静。暖和多了。

图尔呼出的气体在他面前结成冰晶,月光泻入洞中。他等待着,耳朵竖起,听到梅西耶最致命的士兵们沿着飞艇的表面行进。

他的同胞在猎寻他。他们是梅西耶最忠诚的奴隶。

躲在氦气室的暗处，他等待着他的兄弟们。图尔感觉到一阵寒冷的不适。

同族。

梅西耶忠诚的士兵们。他们遵守了他们的誓言，而他却没有遵守自己的。

图尔咬紧牙关，不情愿地低吼一声。我没有失败，我做了选择。我不是叛徒，他们是奴隶。

但是一丝不确定感让图尔发冷，这比已经使氦气室结上冰柱、让密封剂冻在双重船体上的北极气流还要糟糕。

我不是奴隶，我是自由的。

他吐出一口气，一团冰晶形成又落下。

我是自由的。

他攀上了天空，要杀死他的神，摆脱他们的束缚，然而现在，在靠近他的同胞、他的神、他的创造者的时候，他又产生了令他在海景动弹不得的那种阴暗的感受。令人紧绷的羞耻感在他的脑海中卷曲，蜿蜒绕过他的脊梁，在他的耳朵里发出嘶声。

叛徒、违背誓言者、腐肉、失败者、弱者、懦夫……

这些声音——从他的脑海中爬过。

他们不是我的同胞。图尔告诉自己。梅西耶不是我的主人。

但他仍然感觉到有蛇盘绕在他的心脏周围，能感觉到它在紧紧收缩。他感觉到它在他的血液中，吞噬着他的战斗意志。

图尔缓缓退回黑暗中,听着那些精英士兵的脚步声越来越近,努力不让自己像只狗一样畏缩。

我不会投降。他拼命地想。我不会低头。

"他们捉到他了。"汤利宣布,他听起来如释重负。

"他?"安布罗斯追问,"只有一个人?就一个?"

汤利抬起一只手听着。"是的,长官,是一个军事强化人。"他再次抬起头,眼神里也满是惊讶,"是我们的人。泰坦报告说是我们的人。一个孬种……"

"是卡塔库尔!"

安布罗斯听到喊声,转过身来。卡洛亚将军正站在舰桥上。安布罗斯压抑住敬礼的冲动。"将军!"

安布罗斯已经看到,这位被免职的将军在离开南加州保护地后,又上了飞艇,但卡洛亚大多数时间都待在他的小舱里,可能是降职以后,再次在这艘他曾经监督过梅西耶在全世界四分之一的行动的船上露面,感觉太难堪了。但现在,他站在这里,笑得很阴郁。

"卡塔库尔来了。"这位老将军的眼睛里闪着疯狂的光,"杀了他,马上。"

安布罗斯皱着眉。"您无权——"

"别再浪费时间纠结衔级和许可了!执行委员会已经撤离了!我是你们的高级长官,我下令,马上除掉那个强化人!"

你似乎都忘记你已经降职了,老朋友。

"突击利爪队已经抓到他了。"安布罗斯安慰道。他抑制住了叫卡洛亚"长官"的冲动。

"他和突击利爪队在一起?"卡洛亚咆哮道,"在哪儿?他在什么地方?"

汤利少尉查看了舱口显示器。"他们刚把他带进来。"

第三十九章
为谁而战

置身于梅西耶飞艇内部，图尔感到迷失和眩晕：枪油、餐厅和消毒剂的气味，熟悉的梅西耶标志，身着制服在走廊上走动的梅西耶工作人员……

回忆从四面八方涌来——满眼望去，周围都是他的群队，他的亲人们、同伴们，他们个个勇猛威武。还有他们制服上的战斗标志……

狂野。忠诚。

突击利爪队的成员对他很粗暴，推搡着他。他们对他的投降充满蔑视。他们对他身上的气味——既是他们自己人，又是叛徒的气味——充满仇恨。他产生了一种令人震惊的、几乎是绝望的、想要乞求他们宽恕的欲望。

"蠕虫。"他们一遍又一遍地嘟囔着，"背信弃义。"

抓到他动用了三个突击利爪队。三个巨大的强化人带队。他们制服上的标记显示，他们分别叫泰坦、刀锋和混乱。

突击利爪在他前后，铐着他，推着他前进。

"兄弟们……"图尔说。

利爪队内发出一阵厌恶的咆哮声，图尔停下了脚步。他们抓住他的镣铐，把他拖了过来，他踉踉跄跄地走着。"兄弟。"他又说了一遍，随即被打了一耳光。

"安静，蠕虫！"

那个叫泰坦的强化人突然举起了手。"停！"

士兵们停在原地，等待他的指示。他显然在听通信器里的指示。强化人占满了走廊，电子通信器里，对图尔的仇恨噼啪作响。

泰坦转向他的队伍。"处决俘虏。"

"在这儿？"有人问。

泰坦已经拿出他沉重的步枪。"在这儿。"

图尔退到墙角，抓他的人匆忙走出了射击区。更多的强化人拿起了自己的步枪。

"兄弟们。"图尔又说了一遍。他能闻出他们，知道他们所有的历史，知道他们的战争、他们的忠诚。

"你不是我的兄弟。"

但泰坦犹豫了。

图尔盯着这个突击利爪领队，他们目光交汇，图尔咆哮着。"兄弟……"他向这名利爪领队伸出手，讲着他们共同的语言。那些从骨坑里挣扎出来的人的语言。凯旋者与幸存者的语言。

"忠诚的兄弟，可敬的同胞，真正的战士……"

泰坦咆哮着，但没有开枪。图尔已经感受到了自己周围这个队伍中的不确定。不过，泰坦是真正的领队，他需要这个人，必须影响这个人。他和泰坦对视着。这些不是帕特尔家族那种软弱的强化人。这些才是他的自己人。忠诚而可怕，优秀而怪诞。

同胞……

图尔向前迈了一步，伸出上了枷锁的手去碰泰坦的手。

他又迈了一步。

"别靠近！"泰坦怒吼着。他举起了步枪，但没能从图尔的目光中挣脱。

图尔把胸膛贴到泰坦的步枪口。他能感觉到自己内心的力量。压倒性的力量。人类最初对他使用的、让他感到羞耻的力量。渴望忠诚和服从的力量。

正是这种力量，让他成为利爪领队，然后是军队将军，最后是自由战斗的领袖。

"你会杀了我吗，兄弟？"图尔问道。

"我们不是兄弟。"巨人咆哮道。

"不是吗？"图尔露出他的獠牙，"我们不都是梅西耶的人吗？我也是从骨坑中挣扎出来，并向我的救世主宣誓。在你甚至还没有在试管中被构想出来之前，我就已经将最弱者的尸体放在卡洛亚将军的脚边，并对他发誓效忠了。"

他现在可以感受到利爪领队的怀疑和困惑。图尔提高了嗓门，让他的所有同胞都能听到他的话。"我从黑暗中爬出来，是为了效忠于梅西耶。我在每个大陆上都战斗过。我是血，是刀刃，是卡塔库尔。我曾在沙漠上单挑拉各斯第一利爪，吃掉了他的心脏，一天之内就结束了战争。我毫不畏惧！"他紧紧地堵住枪口，盯着泰坦的眼睛，"我不会畏缩！我不会撤退！我不是猎物！我是卡塔库尔，是屠杀者！我们是兄弟。"

"你是懦夫，是蠕虫！"巨人咆哮着。

"我是自由的。"图尔说，"你也会自由。"

他闻到周围士兵的气味，他们都吓呆了，有所动摇。"我们是讨主人欢心的奴隶吗？我们打仗是为了谁？"他目光灼灼，盯着泰坦，"是谁在流血牺牲？"

走廊里充满了恐惧和不确定性。他可以闻到情绪的涌动——像野火的烟一样黑暗且厚重。突然之间，他的所有同胞，他周围的所有人，都在面对忠诚与驯化的考验，不知如何是好。

图尔用力顶着泰坦的步枪口。

"你会为谁而战，兄弟？"

"氦气泄漏得到控制，船长！"

"高度如何？"

"海拔高度保持在三千米，长官。右舷涡轮风扇的动力在建议限值的百分之一百一十五，但稳定住了。"

安布罗斯吐出一口气，尽量掩饰自己如释重负的心情。他走到导航图那里。"如果能保持这个状态几个小时，我们应该能到达格陵兰。"

"我们要下令撤离吗？"

"不用。但要确保执行委员会已经离开。他们最好去坐滑翔机。"

"那个强化人呢?"卡洛亚追问,"他现在的情况如何?"

安布罗斯不耐烦地看着他。"他现在是一团血和骨头。如果您想,可以去把他的内脏从墙上擦掉。"

"确定是死了吗?"卡洛亚追问。

这个人简直疯了。"这件事已经处理好了。"安布罗斯说,尽量不表现出他对将军的厌恶。

他继续安排安纳普尔纳号的紧急航线。"如果这个升力能再保持两个小时,我们就能在这里的海岸上着陆。"他指了指,"同我们在北部油砂的资产取得无线电联系,把我们想要接头的位置通知他们。他们应该能够派出救援船只。"

"长官!我们又有氦气泄漏了!"

"什么?"安布罗斯猛扑向工程控制板,一枚警示灯闪烁着琥珀色,然后立刻变成了红色。另一枚警示灯也变成了红色。

"他们肯定没有抓住所有的破坏者!"

卡洛亚笑起来,几乎发出了咯咯声。"你们这些傻瓜!他已经策反了我们自己的部队。现在是我们自己的突击利爪在对付我们。"

"这不可能!"

卡洛亚取出他的武器,检查还有多少子弹。"无论可不可能,你们都指挥不动突击利爪了。可能现在他们已经在屠杀你们的人了。"他重新装上了枪。

安纳普尔纳号又是一阵起伏、转向,倾斜得更厉害了。

卡洛亚向安布罗斯抛去一个阴森森的眼神。"发送全面疏散信号吧,船长,你的舰艇失守了。"

"长官?"汤利无助地看着工程控制板。又有更多警示灯变红了。

安布罗斯船长按下通信器。"利爪领队泰坦,汇报!你那边情况如何?"

没有回复。

长时间的沉默过后,利爪领队低沉的声音传来。"他冲着你们来了,冲着你们所有人来了。"

通信中断了。

"命运女神哪。"汤利瞪大眼,喃喃自语道。

卡洛亚嘲讽地向安布罗斯行了个军礼。"现在我相信你理解我了,是不是,船长?"

安布罗斯望向观察窗外,下面是无尽的冷寂和黑暗。他盯着海拔高度计,上面的数值还在不断走低。

"宣布全面疏散。"他说,"所有人,去逃生吊舱。"

"长官?"

"我们浮不起来了,我们的浮力丧失太多了。"他瞥了卡洛亚一眼,咽了一口口水,身体前倾,小声对汤利说:"给所有人类员工发通知,叫他们避开强化人员工,不要和强化人来往。"

这个少尉满脸惊恐,但还是照做了。"他们怎么会被策反呢?"他问。

安布罗斯无助地摇摇头。想到强化人……叛变……这比安纳普尔纳号即将到来的覆灭更吓人。他突然想到了另一件事。

"执行委员会在哪儿?他们出发了吗?"

汤利检查了控制板。"执行委员会没有回复,长官。"

"什么叫没有回复?"

"我——"他犹豫着,"我联系不上执行委员会,没人接听通信器。"

"他们出发了吗?"

汤利又扫了一眼控制板。"没有,长官。滑翔机还在启动准备阶段,我没有收到回复。"

卡洛亚又笑了,笑得冷漠而绝望。

第四十章
逃生吊舱

对琼斯来说,爬到严重倾斜的飞艇左舷,就像是穿越一个趣味迷宫。所有的甲板都是歪的,所有的楼梯方向都不对,电梯门也都紧闭着。

琼斯爬行着、支撑着、摇晃着,用门框当扶手,用墙壁作楔子,一直攀爬到滑翔机等待起飞的甲板上。

她感到无助,但一直前进着。她告诉自己,即使来不及坐上滑翔机,她最好的选择也是待在左舷的逃生吊舱,也就是目前悬在头顶的那个部分。它会将她发射到空中,而不是让她直接掉进海里。

至少那样的话,她还有机会用吊舱里的降落伞。

新的紧急警报响起,震耳欲聋。全体疏散中。其他船员都出现在大厅里,以自己的方式向指定的逃生吊舱前进,帮助彼此在倾斜的走廊中攀爬。

一个警报声响起。"准备了,十五分钟弹射,十九分钟触地。"

身处各种警报声中,琼斯还在默默希望托里能够逃

第四十章 逃生吊舱

出去——

她感到手腕在震动,看到她的通信器上有一条绝密警告信息:

> 立即疏散。避免接触强化人。
> 要极其小心。极其小心。
> 强化人可能已被策反。
> 要不惜一切代价避免与之接触。

命运女神哪。

这正是卡洛亚所担心的。不可能发生的事情已经发生了。卡塔库尔在飞艇上。不知他是怎么潜入飞艇的,还策反了他们的强化人。

她收到警告后不久,就看到一群强化人快速而优雅地穿过走廊,完全未受到倾斜甲板的阻碍。他们奔走、跳跃,哪怕在这个慢慢坠落的飞艇极度恶劣的环境里,也能适应战斗。

一名人类军官站在他们面前,要求他们回到岗位上。他们不理睬,军官拿出了手枪。

他们的反应极其迅速,只留下一个残影。那名军官甚至没有机会喊叫。强化人吼叫、跃起,刹那间,那名军官就化成了血水和一块块的身体碎片。

琼斯退到了一扇门的阴影中。她的安全通行证无法开门。现在她只是一个乘客。她咒骂着。她不在船员名单上,飞艇的很多地方她都无权进入。

强化人在被他们肢解的受害者上方停了一会儿，嗅着空气。

琼斯屏住了呼吸。

她曾信任、笃定自己很了解的生物，现在站在走廊里，像野兽一样闻着。他们的嘴和下颌都滴着血。老虎一般的牙齿闪闪发光，鬣狗一般的耳朵竖立，狗一般的鼻子闻着敌人的气味。这些怪物生来就是为了撕咬和杀戮的，而如今，他们像卡洛亚预言的那样，独立了。

命运女神哪。

她认出了其中两个，他们曾经在情报中心门口站岗，还向她问候。现在他们却在安纳普尔纳号的走廊里踱着步，就像这里是他们的地盘一样。

琼斯往黑暗中又躲了一躲，尽量不呼吸，祈求他们不会注意到她。

布鲁德、斯普林特还有其他强化人，他们在用自己的语言咆哮着。她几乎听不懂那些咆哮和喉音。但她还是仔细听着，试图分辨。那种语言有半数以上都是由气味和姿势组成的。

突然间，其中一个人碰了下通信器，向里面咆哮着。她听到了这几个字："碰头。逃生吊舱。"

琼斯的心一沉。逃生吊舱。如果执行委员会已经走了，那逃生吊舱就是她唯一离开飞艇的机会了，而现在强化人也往那个方向去了。

强化人在走廊中弹跳前进，灵活而可怕。她永远都追不上他们，而且听起来还有其他人也在朝同一方向行进。对人类来说，那将是一场血腥的屠杀。

现在她唯一的机会就是执行委员会的滑翔机了，但她不可能赶上了。她并不重要，他们不会等她。执行委员会很重要，而她是可以牺牲的。

尽管知道这样做是徒劳的，她也还是再次出发，爬上了陡峭而倾斜的走廊。

终于，她到达了机库，从最后一个舱门爬进了启动层。她的心狂跳，马上就要哭出来。

滑翔机还在那里，登机口敞开着。这架流畅的三角翼形机还在等待着她，上面的启动灯闪着光。已经准备起飞了，只是还在等待。

她高兴地大喊一声，爬向滑翔机，攀上光滑的钢铁甲板。她抓住登机门，拼命钻了进去。

"谢谢你们——"等我。她还没说出口就呆住了。

执行委员会全员都在那里，系着安全带，准备起飞。

而不幸的是，他们的脖子上都没有脑袋。

"船长，我们必须走了！"

我是否应该跟我的舰艇一起沉没？安布罗斯想。

他大声问："逃生吊舱清空了吗？"

"即将清空，长官，右舷几乎全部清空了。下坡比上坡容易。"

"点名了吗？"

"马上点名，长官。数据显示，百分之九十以上的船员已经离开。我们可以边走边获取更新数据。至少让我们把您送到逃生吊舱吧。"

但安布罗斯犹豫了。我的舰艇。我的职责。

卡洛亚抓住他的肩膀。"走吧。"他说，"我来指挥。"

安布罗斯看着这位老将军。"这不是您的职责。"

卡洛亚摇了摇头。"你有所不知，我有很大的责任。你去处理船员撤离吧。没必要再增加一个伤亡人员了。"

"我联系不上执行委员会。"

卡洛亚嗤之以鼻。"那是因为他们已经死了。不用担心，我来指挥。把我接入指挥系统，我知道该怎么做。"他瞥了一眼观察窗外闪烁着的被月光照亮的海洋。"当然，撞沉飞艇我还是可以的。"

安布罗斯与他指挥团队的最后几个人交换了眼神。

"我们必须走了，长官。"汤利说，"我们需要清出一些空间来启动逃生吊舱。如果安纳普尔纳号再这样摇晃下去，我们就会直接被弹出去。这样是行不通的。"

卡洛亚的眼里闪着光。"把我接入系统吧，船长，你出去的路上，可以带走那些迷路的船员。"

"那您呢？"安布罗斯问。其实，他并不确定自己是否真的想要知道将军打算干什么。

"我？"卡洛亚笑了，"我要去会会一位老朋友。"

第四十一章
弑神者

图尔正蹲在机库的黑暗中休息。

让执行委员会身首分离只用了一小会儿。他们所有人都被绑在飞行座椅中，他们全都相信他们将要起飞。

他向滑翔机扑去时还在想，能否履行曾经对自己的承诺，或者他是否会再次被自己的亵渎神明震慑。他最早的记忆是向卡洛亚将军和梅西耶鞠躬。他的存在完全有赖于他们。

然而，他进入滑翔机时……他们全部抬头看着他，他却什么也没感觉到。没有不忠、没有恐惧，也没有羞愧的感觉。只是更多的人类要被屠杀罢了。易于捕捉、缓慢而柔弱的人类。有些人是粉红色的，像三文鱼；有些人是棕色的，像小鹿；有些人是黑色的，像山羊。但是所有人的内部都是柔软的，鲜红的。

图尔舔掉他爪子上的血，安纳普尔纳号上的疏散警报器仍在持续发声。

肢解他们的时候，他没有丝毫内疚。

我已经杀了我的神。我攀上了天空，我杀了我的神。

想到这个,他露出牙齿,想要感到愉悦,想要寻找他所期待的胜利感。

我是血。我是刀刃。我是食心者。我是卡塔库尔。我是屠杀者。我是图尔。

我是弑神者。

飞艇再次颤动,甲板再度倾斜,飞艇侧翻到一个新的惊人的角度。图尔很快就会死在寒冷的海洋里,但他却感到了平静。

我攀上天空,杀了我的神。

他在脑海中将他们一一划掉。财务的、贸易的、科学的、研发的、商品的、保护地的、联合部队的……他们所有人都疯狂地抓住自己的飞行座椅,但身首分离的那一刻,没人能逃离。他们是待宰的动物,是恐慌的肉,被绑在座椅上等待屠刀。没有一个人能反抗。他们总是依赖别人为他们进行杀戮,所以,他们中当然没有一个人能构成什么挑战。

他满心柔软地想起了泰坦。啊,起码他是能与他对抗的。

图尔拿起偷来的通信器,甩掉上面的血。泰坦接了起来。

"走吧。"图尔说,"去救我们的同胞。"

他用手捏碎了通信器。泰坦会让他的同胞安全的。他们太强壮了,太有韧性了,是生存的好手。也许他们会成立一个独立的哨所,自己占领格陵兰。图尔喜欢这个想法,祝他们好运。

机库外面的空气透过敞开的舱门猛烈地涌入,现在温度稍微升高了,但仍然严寒。很快他们就会撞上水面,这整艘巨大的飞艇都将毁灭。所有这些都是因为他。

图尔一丝内疚都没有。这些人曾向他的群队降下火焰，一次在加尔各答，一次在淹没之城。如果飞艇能因为他而毁灭，那就太好了。让他们承担整个执行委员会死亡的附带损害吧，他们活该。

他长长的舌头舔着嘴上的血，尝到了铁和生命的味道。他举起执行委员会联合部队指挥官的头骨。乔纳斯·恩格，一个他模糊记得的名字。这个粉色的人脸被冻僵了，是一副恐惧的面孔。图尔厌恶地看着他的表情。这可是联合部队指挥官啊。一个曾经指挥着所有士兵的人。

图尔盯着他死去的敌人。这个人可怜的恐惧表情让他感到不满，其他人也是。没有一位配得上他的对手，都只是软弱的肉囊，等着被扯开。易碎的脖颈等着被折断，圆圆的脑袋等着被砍下。

可悲。

图尔将恩格的头撞在舱壁上。砰。砰。

他们的心甚至不值得食用。这些人类不如垃圾。让大西洋的鱼吃这些受污的肉吧。没有任何一首战歌值得用来纪念这次胜利。

图尔闭上眼睛，感到很疲惫。疏散警报持续尖响，提醒船员，他们快没时间逃离即将坠毁的飞艇了。

现在我可以休息了。

警报声很响，图尔没有听见那个年轻女子跌跌撞撞地走进机库。他先闻到了她的气味，没想到她已经离得这么近了。

他睁开眼睛，追踪这个威胁。他发现她挤着身子翻上了陡峭的、倾斜的甲板。他保持不动，融入了阴影，利用人类眼睛只对移动事物做出反应的办法，直视前方，追捕着自己的猎物。

那个女子甚至没有想到往四周看看。

图尔眯起眼睛。他的耳朵慢慢向后倾斜，看着她吃力地爬着。她要坐上滑翔机了。

有意思。

她爬了进去，显然拼命地想登上滑翔机。图尔满意地听着她的尖叫声。她从滑翔机里爬出来，惊慌失措，笨手笨脚。她摔倒在甲板上，滑下甲板，撞到了墙上，尖声哀叫着停了下来。

图尔对她与执行委员会的关系感到好奇。他已经屠杀了梅西耶的所有指挥官——他确认过了。她不是一名漏掉的执行委员会成员，只是她似乎认为自己属于他们。不过，从她制服上的等级标志可以看出，她的地位远低于那些人高高在上的地位。

她不是另一个要杀的神，只是众神的卑微仆人。

是杀，还是不杀？

突然，疏散警报声被扩音器里的嘈杂声淹没了。

"血！"一个熟悉的声音喊道，"刀刃！卡塔库尔！我知道你在这儿！"

图尔的毛竖了起来。那个声音。他梦魇中的声音。来自过去的声音。他曾经咬住那个人的头……

第四十一章 弑神者

"你把我给漏了!"那个声音嘲笑道,"你听到了吗?"

群队的记忆。战争的记忆。

"我还在这儿呢!我还活着,你这个懦夫!"

卡洛亚。

卡洛亚将军。

卡洛亚父亲。

卡洛亚神。

突然,图尔的脉搏急速跳动起来。他有一股快要压不住的冲动,想要在地上打滚,请求原谅,露出肚皮,露出喉咙……图尔的嘴唇因愤怒而扭曲着。

老朋友。老主人。老敌人。

卡洛亚的声音在机库的甲板上回响着。"如果你想结束这一切,我就在驾驶台!我在这儿,我不害怕!来找我,狗脸!来面对我,你这个懦夫!"

愤怒的情绪充斥着图尔,他一下子就行动起来了。那个年轻女子惊恐地转身看着他从隐蔽处冲了出来,但对他来说,她算不了什么。执行委员会也算不上什么。是卡洛亚。一直以来都是卡洛亚。他才是图尔想要击败的神。

扩音器里,卡洛亚将军还在讥讽着。"我还在这儿呢,懦夫!"

图尔冲了出去,连跑带跳,沿着走廊狂奔,如离弦的箭飞向驾驶台,冲向他最早的敌人。

"来找我,血!是时候收拾你了!"

第四十二章
故主的驯服

卡塔库尔从阴影中出现,仿佛噩梦初醒,乔纳斯·恩格断掉的头颅在他的拳头下晃荡着。屠杀之神,战之化身。血迹斑斑,伤痕累累,野蛮残暴。

他轻蔑地冲琼斯低吼一声,琼斯吓得后退,尿了裤子。知道她将像执行委员会那样被撕成碎片,她就无法控制自己的膀胱了。但他却消失了,迅速而野蛮地闪过,咆哮着冲向卡洛亚。

琼斯止不住地发抖。

她原本以为梅西耶的安保强化人已经很可怕了,而这个生物完全就是另外一种存在。一看到他,她内心的本能就乱了套,理性的人类大脑顿时回到了原始的恐惧之中,回到她的猿猴祖先面对雷电暴力的惊惶里。

她止不住地发抖。她尝试着站起来,却摇晃着倒下。他庞大的身体、凶恶的野兽面孔以及浸满血的牙齿和爪子仍然冲击着她。

这就是卡洛亚创造的东西。这就是卡塔库尔。屠杀者。

第四十二章 故主的驯服

在所有被创造出来的怪物中,他最为独特。

这就是卡洛亚将军害怕的东西。

但卡塔库尔已经不见了。她听到他在远处沿着走廊狂奔,咆哮着寻找卡洛亚,而卡洛亚仍在嘲弄着这个怪物——他的声音充斥着愤怒和战斗的欲望,几近癫狂。

"你在哪儿?你这只土狗!露出你的肚皮来!"

让卡洛亚和他斗吧。这是他的创造物。让他去面对。

"来啊,血!我在驾驶台上!我就在这儿等你,你这只懦夫狗!"

别管了。她告诉自己。快跑。

但她又能跑去哪里呢?叛变的强化人也在赶往逃生吊舱。她对抗不了他们。那怎么办……?只能坐等坠毁了吗?她的目光落在了滑翔机上。她想到里面的场景,打了一个寒战。她已经意识到,它无论如何也不会起飞了。倾斜成这样,它根本无法起飞。

琼斯轻声咒骂着,拔出了手枪。我肯定是疯了。她笨拙地朝着门走去,沿着强化人前进的方向,钻进他在墙上掏出的洞口。

这是自杀。

然而她还是无法抵抗这个怪物的诱惑。她是为了看到这一切探寻的结局吗?为了看到创造者和被创造者之间的最终决斗?还是为了再看一眼这个生物,这个他们无论怎么努力都无法摧毁的生物?她可能会死,但这个东西,这个怪物,一直是她追捕的目标。

所以，我还是要猎他。

她感到绝望，但还是摇晃着走在陡峭的甲板上，思索着安纳普尔纳号落水以后能漂多久。

正常情况下，安纳普尔纳号满是氦气，能够轻松地飘浮在空中，所以这艘大型飞艇应该有一些天然的浮力。然而，他们现在正在坠入海洋。一旦他们撞上海面，水就会从开放的发射甲板进入，涌进氦气泄漏的洞口。一旦这些空的氦气罐开始填入海水，距离整个飞艇被冰冷的盐水吞噬，又需要多久呢？

我应该试着找到逃生吊舱，也许还有一个留下。

但她仍在走廊中爬行前进着，爬向驾驶台。

现在大厅里空无一人。大部分——如果不是全部——船员都已经离开了。

卡洛亚依然通过扬声器咆哮着，引诱着卡塔库尔。

"你当时是个懦夫，你现在还是一个懦夫！你是你种族的侮辱！可悲！脆弱！你只不过是一团肉！只不过是猎物，你听到没有？你根本不算真正的卡塔库尔！我要掏出你的心脏喂老鼠！你听到没有？老鼠会吃掉你的心脏！比你强的人会吃掉你——！"

将军的声音戛然而止，只留下警报器疯狂地鸣叫，通知空旷的舰艇撤离。

就这样了。她告诉自己。一切都结束了，赶紧走吧。

但她仍在向前走，拖着身子穿过倾斜的走廊。她追踪他太久了，太过深入地研究了他。卡塔库尔。她内心深处是渴望看到这个生物的,即使这意味着她的死亡。他有某种绝对的吸引力,某种她无法避开的东西……

琼斯到了驾驶台,喘着气。在观察窗外,冷冰冰的、月光照耀下的海浪从下降的飞艇底下迅速滑过,每一秒,海洋都变得更加巨大。她觉得自己仍有时间逃离,实际上是在自欺欺人。

卡洛亚和他创造的生物站在玻璃窗前,对峙着。卡洛亚的表情凝结成一个骷髅般的狞笑。他的战争怪物在他身旁徘徊着。恶魔,亦是饿虎。

但令琼斯惊讶的是,这个怪物没有进攻。他咆哮着,咬牙切齿地吐着血沫,但他没有扑上去。

强化人的低吼声充满警告意味,他的耳朵向后倾斜。他咆哮着,做着假动作,但卡洛亚没有畏缩。这位将军站在强化人面前,无论强化人怎么绕着他走动,他的脸都总是面向着他。

卡洛亚自己的牙齿也裸露着,露出疯狂的、死人般的笑。
"我给你起名叫血!"他挑衅道,"我称呼你为血!你从我的血中诞生!你从我的手中长大!"卡洛亚喊道,"你是我的!我的血!我的亲人!我的群队!我的!"

琼斯瞪大了眼睛,震惊于将军的话。

他的血?

卡塔库尔再次咆哮起来,但仍然没有攻击。巨大的爪子伸向将军,但没有抓住他。

"停!"卡洛亚的声音如同抽鞭,"血!停!"

令琼斯讶异的是，卡洛亚竟然伸出拳头，打在怪物的鼻子上。怪物咆哮了，但没有攻击他。相反，他试图后退。卡洛亚又打了他一下。

"停！"

怪物开始蹲下，缩作一团。卡洛亚向前迈了一步，此刻他已在这个生物的攻击范围里了。他的拳头再次打在怪物的鼻子上。

"看在命运女神的分儿上，你必须停下，否则我将把你扔回你来的那个坑里！我的血会服从！血会服从！"

卡洛亚在汗水中直视着这头巨大的怪物，毫不动摇。怪物低声咆哮着，锐利的牙齿暴露在外，耳朵向后倾斜。他的每一个细胞都在渴望着扑向卡洛亚，撕烂他，但他没有进攻。

"我停下。"怪物咆哮着，"我服从。"

第四十三章
吾血之血

各种情绪在图尔身上翻涌。愤怒、恐惧、喜悦、悲痛和羞耻的洪流在他见到将军的那一刻,喷涌而出。

卡洛亚。

太久太久了,图尔甚至不确定他能不能认出他的创造者。但这个人就站在他面前,就是他。当然,他确实更老了,并且伤痕累累,但他还是那个他。

"老朋友,"卡洛亚说,"我们又见面了。"

图尔感到一股深沉的冲动,想一拳打穿这个人的肋骨,挖出他的心脏,然后吃掉。

但有些东西让他束手无策。

也许是他的旧自我,曾经与卡洛亚并肩战斗、赢得胜利的自我。他仰视着卡洛亚。他年纪大了,但仍旧不屈,眼睛里闪烁着真正勇士的犀利光芒。卡洛亚是一个毫不畏惧死亡的人。

是我的同胞。

"我是来杀你的。"图尔咆哮道。

卡洛亚笑了。"如果你是来杀我的，那你早该下手了。"

他抚摸了一下图尔的头。图尔小时候的记忆里就有这样的抚摸，就在他从骨坑中爬出来的时候。那时，他和他的同胞们在阿根廷训练场的草原上玩耍，一起为了好玩追狮子，像群队那样一起学习狩猎，一起证明他们无论身在何方都是顶级狩猎者。

而后带着他们猎杀的战利品回到卡洛亚面前。

图尔低头看，意识到他仍提着乔纳斯·恩格的头颅。一颗要送给他的将军的头颅。他发现自己将这颗头举了起来，向卡洛亚递过去。

为什么我还要在意这个人的赞扬？他微不足道。他很弱。我比他强。

然而图尔还是献上了那颗代表梅西耶军方的头颅。

卡洛亚微笑着说："卡塔库尔，你做得很好。"

图尔感到内心一阵愉悦。他还在深深地渴望这个人的赞扬，顿觉吃惊。尽管两人之间发生了各种事情，图尔仍然希望得到这个人的尊重。

"你是最棒的。"卡洛亚将那颗头从图尔手中接过，端起来仔细研究着。他的表情突然变得很严肃。"立正！"

听到将军的命令，图尔立刻做出反应，挺直后背，目视前方，双耳竖起，等待着下一个命令的到来，准备着、渴望着服从将军的命令。他望着卡洛亚，感到非常惊讶。慢慢地，他强制自己放松，不再保持服从的姿态。

"我不再是你忠诚的狗狗了。"他咆哮道。

第四十三章 吾血之血

卡洛亚欣然微笑。"不,你从来都不只是乖狗狗。"他拿起恩格的头颅,"但你一直很忠诚,我的孩子。我曾经对你说,要带这个人的首级来见我。现在,你已经做到了。当然,如果你当时听从命令就更好了,一切也就更容易了。"他叹了口气,"你会是我强大的右拳,是四个大陆上的第一利爪。"

这没错。图尔记得他的命令。他记得卡洛亚计划政变带给他的震惊,他意识到并不是所有人都是忠诚的,随之而来的是他脑海内铺陈开的一系列可能性:一些新世界的大门向他敞开,向他招手,引诱他走向加尔各答的狂暴叛乱。

为什么我不能直接杀了这个人,一了百了?

这种需要服从的感觉,比他在海景波士顿遇到杀戮小队时的感觉还要糟得多。

卡洛亚将军在图尔面前踱步。"你辜负了你的连队,你辜负了你的将军。你背叛了拳头和利爪,背叛了你的同族。"

图尔听了卡洛亚的话,退缩了。一声极其抱歉的哀叫从他的唇齿间淌出,哪怕他的内心十分愤怒。

我不会屈服的!

但他现在却蹲得更低了。他认识到自己对将军做的错事,向将军鞠躬。他长久以来一直活在否定之中。他对自己编造了谎言,以合理化自己的懦弱和背叛。他背叛了他的责任,逃避了后果,没有足够的勇气来面对自己的失败。

他从未自由过,而只是在逃避自己。

琼斯看到这个野兽蹲下,向卡洛亚鞠躬,充满敬畏。卡洛亚微笑着。他向前走了一步,仍然握着乔纳斯·恩格血淋淋的头颅,把手放在图尔低低的头上。

"吾血之血。"他说。

"同胞。"怪物发出低吟,"我们是同胞。"

"群队。"卡洛亚说,"同胞和群队,我的孩子。我们是同胞和群队。"

怪物深情地仰望着他。"我投降。"他说,"将军。"

卡洛亚听到这些,仿佛松了一口气。琼斯惊讶地意识到,其实将军一直在担心。他一直在努力保持镇静。现在,他靠在驾驶台的控制面板上,筋疲力尽。他发现琼斯在门口看着,惊讶地眨眨眼睛。

"琼斯?你在这儿干吗?"

"我……"她想不出好的回答,"执行委员会已经死了。"她向蹲在地上的怪物努努嘴,"卡塔库尔杀了他们。"

"所有人吗?他杀了执行委员会全员吗?"

琼斯发现自己无法将目光从这个生物身上移开。他像一个弹簧一般蹲着,注视着他的主人,似乎被催眠了。他的注意力完全在卡洛亚身上,对其他事情丝毫不感兴趣。

"他取了他们的首级。"她说。

卡洛亚转向蹲在地上的怪物,深情地笑了笑。

"没取他们的心脏?"卡洛亚问道。

"杀他们很容易,"卡塔库尔咆哮道,目光灼灼,"但不值得。"

第四十三章 吾血之血

琼斯看向驾驶台窗外。她能看到白色的浪尖、陡峭的波浪和带着阴影的低谷,它们越来越大。猛烈的撞击正在逼近。

"长官,我们需要为撞击海面做准备了。"

"他的训练反射总算是起作用了。"卡洛亚说,"我之前不确定它会生效,但他最后也犹豫了。"他摸了摸他面部的伤疤,"他非常想要杀了我,但最后,我们变成了群队。"他冷静地笑了笑,"这就是为什么我一开始称他为'吾血之血'。"

"是,长官,这很好,但我们得走了,长官。"

卡洛亚看了琼斯一眼。

"如果他知道您向他扔了六组破坏王,他就不会放弃杀您。他会像杀掉执行委员会一样弹下您的头。"

卡洛亚愉悦地拍了一下这只巨兽的头。"但他在我面前收手了,因为他知道我们是群队。"

"是,长官,您非常特殊。我们现在可以走了吗?"

"啊,对。"卡洛亚似乎终于注意到了目前的情况,"我们要撞击海面了,对不对?"

"是的,长官!"

"别担心,琼斯。血会护佑我们安全离开。他是生存大师。"

他拍了拍怪物的肩膀。"血!我们跟着你!该走了。我觉得该从左舷走,右舷不行。不能最终被困在下面,对不对?带我们离开这儿,血。"

那个生物挣扎着站了起来。"是,将军。"

卡洛亚冲琼斯露出狡猾的微笑。"没有强化人可以抗拒自己的使命,世界上所有的军事强化人在我们面前都脆弱不堪,而且现在没有执行委员会了。"和他的怪物一起经过时,卡洛亚赞许地拍了拍琼斯的肩膀,"看来我们俩确实都会升得很高。"

强化人与她四目相对。这个强化人中的王者,忠诚地站在伤痕累累的将军身边。在她研究和追踪他的过程中,她对他的韧性和智慧感到敬畏:一个军事天才,一个几乎杀不死的怪物,一个从噩梦中走出来的生物。

一个完美的武器。现在又回到卡洛亚的手中。

第四十四章
巨兽觉醒

图尔并不是自然的产物,却有着自然的天性。自然是一场不断适应的战争。捕食者会长出锋利的牙齿,他的猎物则会长出坚硬的外壳。一种生物进化出伪装,另一种则进化出敏锐的视力。蛇会产生毒液,獾就会产生免疫力;蛇变得更毒了,獾的免疫力也更强了。

图尔是从一堆基因中被设计出来的。这些基因来自世界各地的最凶猛的捕食者,它们被缝合在一起,形成一个近乎完美的双螺旋结构,最终成为228xn基因平台。

卡洛亚将军出于自负,也为图尔提供了他自己的人类基因模板。也曾有其他人类捐赠者,比如来自梅西耶的各种精英,他们都出类拔萃,聪颖异常。

图尔是卡洛亚实验中独一无二的存在,只是图尔并不知道这个秘密。

很久很久以前,图尔已经意识到自己与他那些争夺食物和认可的竞争者之间有细微的差别。不过,当他从骨坑的黑暗中挣扎着爬出来,进入卡洛亚欢迎的手臂的光芒之中,浑身是他为了生存而将其撕成碎片的强化人的鲜血时，他并没有觉察到自己与其他强化人之间的差异如此巨大。

他知道自己深爱着卡洛亚，他的身体会因为害怕卡洛亚受伤或感到疼痛而颤抖。血会欢欣地为了卡洛亚而死。实现使命，死而后已。

现在，面对他的将军，图尔发现自己在与本性交战。血，那个曾经的他；图尔，这个后来的他。

他慢慢塑造了自己，并与人类和其他群队建立了不同的联盟。那些群队成员曾与他并肩作战，保护他，为他冒险。他们是人，简单的人，人类。不是他的同胞，不与他血脉相连。然而，他们所有人都比他渴望得到其认可的那个人更忠诚。玛丽亚、奥乔、斯托克、斯迪克、范、斯塔布、内勒、妮塔，在淹没之城和加尔各答的那些人，还有虎卫队第一利爪……

正要带将军和他曾经的下属离开飞艇的图尔突然停了下来。"我与你血脉相连，但你不是我的同胞。"

卡洛亚拉了拉图尔，露出惊讶的表情。然后惊讶变成了惊慌。"停下，血，停下！"

图尔惊讶地注意到他的渺小。与图尔相比，卡洛亚是那么小。他只是一直在图尔的脑海中显得巨大。那人正在摸索着手枪，但图尔轻而易举地把枪扔到一边。

"停下！"卡洛亚下令，"停——"

图尔一拳击穿了卡洛亚的胸膛，卡洛亚的肋骨像着了火一样碎了。图尔拽出他的心脏，放在这个垂死的男人眼前。

他握着血淋淋的战利品,露出獠牙。"我们不是同胞,将军。我们流着一样的血,但我们不是同胞。"

他把卡洛亚将军的心脏丢在甲板上。

它不值得吃。

第四十五章
终极援救

上一秒,强化人似乎还完全被卡洛亚掌控,而下一秒,卡洛亚就被他创造的生物拽到跟前,瞬间毙命。

他的心脏湿漉漉地躺在甲板上。

血、刀刃……

"卡塔库尔。"琼斯低声说。

怪兽那狩猎者的目光落在琼斯身上。"不是卡塔库尔,现在不是了。我是图尔,而你……"他露出尖牙,"你杀了我的群队。"

琼斯仓皇后退,却无路可逃。控制室里,这头怪物围着她,步步紧逼。她手忙脚乱地想要拔出自己的手枪。

"你在我身上降下了火焰。"

琼斯跌倒在甲板上。

"你夺走了我的群队!"图尔吼道。

他一把揪住了她,轻松地将她举起来,就像捉住一只小猫一样。他将她猛烈地撞向舱壁,贴近她低声咆哮,恶狠狠地盯着她。

第四十五章 终极援救

"按下按钮,投下火焰,烧我和我的群队,是不是让你挺享受的?是不是让你觉得挺安全的?你想到我会来找你吗?"

灼热的腐肉气息扑面而来,带着执行委员会的血腥味。死亡的恶臭让琼斯感到窒息。他紧紧抓着她,她动弹不得,几乎无法呼吸。他单手压住她。她知道他随时都有可能一拳击穿她的胸膛,挖出她的心脏。

"这是我的工作。"她在巨大的压迫下勉强说出这句话,"我只是履行职责。"

她等着被他杀掉,但令她感到意外的是,怪兽停了下来。他抬起眉毛,眨了眨眼睛。"我只是在做我的工作,"她喘息着,大口吸入空气,手指试图挤入他的巨掌和自己的脖子之间。

"我只是听命行事。"她喘息着,还在试图撬开他的手指,"我和你一样,只是执行命令而已。这不是你的错,也不是我的错。那是我必须做的,是我的工作。"

这个称自己为图尔的怪物似乎在考虑她说的话,琼斯感到了一丝希望。求求你了,放我走吧。我也不想这样做,都是卡洛亚的命令。求求你,求求你了——

"不。"图尔一副狩猎的姿态,牙齿闪闪发光,"你是有选择的。"他将她推到墙上,"你是可以选择的!"他摇晃着她,像在晃动一个布娃娃,再次将她撞向金属舱壁。琼斯感觉自己断了肋骨,大喊一声。我就要死了——

他将她固定在墙上。一只爪子探出来,试图抓住她的眼睛。琼斯低声呻吟着,试图扭过头去。他的爪子马上就要挖进她的双眼，直捣她的大脑了。

"你说你没有选择。"图尔嘲笑道，"这不是真的，对吧？我们强化人才没有选择，我们的命运早就被设计好了。"他的表情变成了咆哮状，"不过，我选择了！"

"我知道你的群队在哪儿！"琼斯大喊道。她把头往后缩，疯狂地扭动着，试图避开那个要穿透她的爪子，"我知道他们在哪儿！我可以告诉你。你还可以救他们！"

"我的群队都死了！"

"不！那些干走私的没死！"琼斯绝望地喊着，"我说那些走私艺术品的商人和小战士！淹没之城来的那些！我知道他们在哪儿！他们中的几个！你还能救他们。如果我活着，我可以帮你把他们救出来！"

她没想到这会起作用。一秒钟过去了，她发现自己的头没有被撕裂，她的眼睛也没有被刺穿。

图尔盯着她，好像很惊讶。"他们死了，是你杀死了他们。"

"不是这样。"她拼命地摇头，"我们抓住了一个，玛丽亚，就是那个从淹没之城来的女孩。"

"骗子！"

"她在海景被我们抓住了！她告诉我们你去了无畏号，所以我们才确定你和帕特尔家族在一起。我们逼问了她，但她还活着。她和另外一个人。我们抓住了没有腿的那个。奥乔！他俩都在！"她现在说话语无伦次，"我没说谎。我们抓住了他们。还有那艘船上的几个人，我们抓住他们是为了情报。你必须相信我！我们手上还有那个女孩——你在海景救的那个。她是你的群队，对不对？她说她是你的群队！"

图尔盯着这个分析师。一方面，他怒气冲冲，想要完成已经着手的任务，完成复仇，将一切都毁灭掉。但听到玛丽亚的名字，他停下了。

玛丽亚，那个为他冒了一切风险，为他失去一切的女孩。

他特别想撕碎眼前这个人，为自己复仇，但是……此刻他发现自己被卷入到一张同盟网中。

正要杀死分析师的他停下了——

飞艇坠入了大海。

撞击力比琼斯预料的大得多，她和图尔都被甩飞了。窗户玻璃被他们撞碎，冰冷的大西洋水流涌入了船舱。

水把她淹没了，把她按了下去。她太震惊了，冰冷、喷射的水流，差点儿被她吸到肺里——

某个东西抓住了她，把她拽了上来。她浮出水面，呛咳着。水围绕着她翻腾，迅速充满驾驶台。

图尔抓住她，怒视着她。"她在哪儿？"他咆哮道，"玛丽亚在哪儿？"

水的寒冷让人震撼。琼斯的身体已经麻木了，她挣扎着喊道："救我，我就告诉你！"

"她在哪儿？"图尔吼道。

水将他们推向天花板，汹涌着，旋转着。她浮在水面上，只是因为图尔的力量。奔涌的波涛震耳欲聋，她必须大声喊叫:"我是唯一能把他们救出来的人!我知道他们被关到哪儿了!我能让他们被放出来!"

"去死吧!"图尔咆哮着。

琼斯以为他会掏出她的心脏,但他没有。他松开了她,潜到了水下,把她孤单地留在那里。她拼命地扑腾着,在海水淹没船舱时浮在水面上。

水流太强大了,无法与之抗争。她被冲向天花板,失去了舱内的最后一口空气。她要淹死了。命运女神哪。她要淹死了。

图尔再次浮出水面。"发誓,人类!发誓!"

他与她四目相对。她继续拼命地扑腾着。"我发誓!我发誓!"他盯着她,似乎要潜入她的灵魂一探究竟。"我发誓!"她喘息着,"我能救他们。我能救她!"

图尔咆哮着抓住她,把她拖到冰冷的海水中。

一开始,她以为他要淹死她,但随后她感到他在有力地踢水,快速而准确地在汹涌的波涛中前进,拖着她穿过淹没的走廊。她拼命憋气。

她想起自己第一次看到他游泳。在淹没之城黑暗的水下,他散发出明亮的红光。虽然被烧伤了,他仍在游泳。真是个杀不死的怪物。

图尔拉着她往前走。

琼斯祈祷自己还能跟得上他。

图尔怀疑他能否救下这个女孩,或是他自己。他从未打算在和梅西耶的交锋中存活,或是在赢得最后的胜利后还能活着。

他疲惫不堪,身上背负着无数人的死亡。杀掉卡洛亚给了他很大的压力,而现在,那一刻激增的肾上腺素已经消退……

图尔浮出水面。

梅西耶的分析师跟着他一起上来,咳嗽着呛出水。她的嘴唇开始发紫,他怀疑她坚持不了多一会儿了。她将会死于低温,而他还得游更久。

飞艇迅速下沉,舱内灌满了海水。涡轮风扇不再旋转,图尔撕开的氢气室也灌满了海水,巨大的飞艇开始翻沉。

图尔再次拖住女孩,把她拖下水。她依然勇敢地跟着他,但她的身体变得越来越无力。他有足够的气息游泳,但她没有。他试着给她做人工呼吸。她挣扎着陷入恐慌,几近淹死。

当他再次浮出水面时,他发现女孩已经快不行了。寒意开始侵袭他的肌肤,他也觉得供氧不足,越来越没有体力了。

他记得那艘空中飞艇的布局,是他很久以前在训练中学到的。现在是一场比赛。他必须从那艘坠入海中的空中飞艇里钻出去,与他自己渐渐枯竭的能量赛跑,也和女孩剩下的生命力赛跑。

他又把分析师拉下水。她皮肤冰凉。

他继续游着。

为什么我总是在艰难前行?

最后,他找到一个被撞烂的孔口,游出飞艇来到开阔的海洋,把女孩拖在身后。波涛之中,他浮出水面。

那艘庞大的空中飞艇像一头死去的膨胀的鲸鱼悬浮在海上,图尔爬上它冰冷的外壳。

琼斯的心脏停止了跳动。

他狠狠地按压她的胸口,她呕出了海水,又开始呼吸、咳嗽、哆嗦。无论在水下还是在水面上,她都很难存活。对于她这样的人类来说,海水太冷了。

图尔把她拖到飞艇更高处,但显然飞艇正在失去浮力。他们的小岛正在沉没。

琼斯看着他,气息奄奄地说:"我只是听命行事。"她的嘴唇发紫。

图尔看着她,想弄清楚她是真的可怜无奈,还是为了活命在撒谎,但他想到的却是玛丽亚。那么多的人类都在挣扎求生。那么多人在做可怕的事情,只是为了再多活一天。

碎片从海底涌起。靠垫、食品包装、制服、尸体,所有东西都被大海吐了出来。空中飞艇继续下沉。琼斯不再发抖,低温让她深深地陷入死亡的阴影,她的皮肤一片灰白。

"我不想用破坏王的。"她轻声说。

这句话她已经重复很多次了。这是她一直在努力卸下的负担,就好像她在向他寻求宽恕。他杀过的人早就数不清了。奇怪的是,这个人类需要他的安慰。这个人类渴望摆脱罪恶。

你有缺陷。他想。

但令他自己都感到惊讶的是,他抓住了她的手。

第四十五章　终极援救

我们都有缺陷。

飞艇继续下沉。

图尔瞥见了远处的动静。一条斑点大小的小船飞快地划过海浪。

图尔坐起来,盯着那条船。他抓住了琼斯,"过来。"

"啥——?"她几乎失去了意识。她的身体冰凉。图尔把她抗到他的肩膀上,在继续下沉的飞艇上爬得更高。他的手臂高高举起,向移动的船只挥手。

船改变了航向,向他驶来。它越来越大,从斑点变成大大的点,变成匕首船,迅速地划过海浪。

图尔再次挥手,尽管他知道船上的人已经看到他了。

匕首船向他飞速驶来,驾驶舱里的面孔很是熟悉。妮塔在操纵台旁,她的头发扎在后面。内勒跳到船头,准备好绳索和救生圈。

人类,正在努力拯救他。

同胞。如果不是血脉同胞,那就是同类胞亲。

群队。

后记

梅西耶新的执行委员会迅速组建起来。读到联合部队情报分部上尉艾瑞尔·马达莱纳·路易莎·琼斯的报告时,大多数人仍在匆忙熟悉他们的职责中。

在南加州保护地的安全高塔上,他们一段一段地扫读着报告文本。文本标记为绝密,仅限执行委员会内部人员知悉,还有禁止泄密的条约。

他们读着报告中有关自己上一任死去的内容,还有卡洛亚将军与他创造的野兽最后的英勇搏斗。房间里只剩下过滤器的嘶嘶声和偶尔移动的声音。

他们读到,卡塔库尔和卡洛亚一起死去。两人打斗得不可开交,最后,将军的身体被他创造的怪物碾碎,同时将军射杀了这个暴戾的强化人。

而后寒冷的大西洋将他们吞没。

执行委员会的成员们从各自的平板电脑中抬起头,看向报告的作者——一个穿着新制服,胸前佩戴着闪闪发光的上尉徽章的年轻女军官。相较于她目前的职级,她很年轻。

"琼斯上尉,"财务指挥官说,"你为公司做了一件大事。

报告有什么要补充的吗？"

"没有了，长官。"

"担心这次强化人还会活下来吗？"市场指挥官问道。"看起来，他生还不止一次了。"

"不会的，长官。卡洛亚干掉了强化人，我亲眼看到了。他的创造物已经不复存在了。"

联合部队指挥官翻看着屏幕上的文件。"我了解到，有些囚犯与这次行动相关，是我们捕获的资产？"

"是的，长官。"琼斯小心翼翼地点了点头，"这个强化人曾短暂地利用了一小群走私商人。我们在海景行动期间未能成功抓到他，但为了获得情报，我们抓住了几个人。事实上，他们虽然提供了一些关于强化人如何在淹没之城中工作的信息，但并没有什么情报价值。帕特尔全球已同意接收他们，保证他们不说出去。对我们来说，他们没有进一步的情报价值了。"

联合部队指挥官瞥了她一眼。"谁授权你释放的他们？"

琼斯耸了耸肩。"我自己。安纳普尔纳号坠毁后，再也没有其他了解情况的人了。这是我的使命。"

"我明白了。帕特尔全球……你是坐他们的一艘船返回保护地的？"

"是的，长官。事故发生后，我……不太能去坐飞机。"

"可以理解。你对那家公司有什么印象？他们是威胁吗？"

"您可以在附录中阅读到我的全部分析。"琼斯说，"作为竞争对手，他们向我们提供了最大化的帮助。当我们坠落时，他们的确派出了多艘船来帮助安纳普尔纳号。没有他们，我也活不下来。还有很多人也会丧生。他们理解卡塔库尔所带来的威胁，并迅速向我们提供了全部数据。您也有亚洲国家领事馆的报告。他们证实，帕特尔家族已履行了交出强化人所有数据的义务。"

"我知道了。"财务指挥官低头看了看自己的笔记，然后看了一眼执行委员会的其他成员后说，"非常好，谢谢你，上尉。"

她干脆利落地继续说道："委员会成员，我们将把这份档案标记为优先级保密内容，仅供执行委员会内部查阅。有关基因和脱离驯化的问题将会通过严格的红色通道交给研发部门。"她再次抬起头，"谢谢你，琼斯上尉。你可以走了。"

"是，长官。"

琼斯转身走向门口，留执行委员会成员继续开会。她听到财务指挥官说："下一项议程，锂供应。据我了解，在安第斯有个问题——"

滑动的玻璃门关上了。

琼斯站在门外的走廊上，松了一口气。在她两旁，穿着梅西耶制服的强化人静静守卫着，身姿笔挺地注视着远方。

他们宛如雕像一样，一动不动，但琼斯知道，他们关注着她的每一个动作，衡量着她的每一次呼吸，甚至能嗅出她松了口气。不过，他们没对她做出任何反应。

他们高大威猛，顺从并服务于他们的创造者。

他们不会攻击。

她快要克服自己的心理障碍了。不过，在她走进快速电梯，关上滑动门，看不见守卫的背影之后，她才感觉更加安心。

电梯迅速地下降。几分钟后，她来到了室外，并向码头走去。傍晚热腾腾的空气包围着她。

她在明媚的阳光中走下一个山坡，来到水边。在海湾里，沉城的一些残骸在拍打着的水花中露出头——它们是因准备不足而被上升的海洋淹没的大厦和街区。更远处，公司的浮动码头和货运转移站正忙碌于商业经营。它们的上面覆盖着太阳能板，闪闪发光。在其中一个码头上，一艘快速帆船正在准备离港。这是艘三体船，修长而优美，插着帕特尔全球的旗帜。它为速度而生，而非为了货运负重。

甲板上聚集了一群水手，中间有一个强化人，高大威猛，在小小的人类之中傲立着。实际上，这并不特别。很多公司都在他们的船员中使用强化人，帕特尔全球也不例外。

有些水手的脸上有伤疤和文身，这也没什么大不了。其中一位似乎是机械腿———些干净而光滑的金属物。另一位……也许是光线的问题，看起来她的手也是机械的，黑色的，在太阳下闪着光。这都完全合乎情理。航海是危险的工作，有时会发生意外。

水手也和其他人一样，都有自己的历史。

琼斯的通信器嗡嗡作响，新任务的指令到了。她查看了任务，转身离快速帆船远去，让船员及其历史逐渐消失，就像他们从未存在过一样。

在她的背后，三体船升起帆，正要随着潮水起航。